Guillaume Musso
Eine Geschichte, die uns verbindet

GUILLAUME MUSSO

Eine Geschichte, die uns verbindet

Roman

Aus dem Französischen
von Eliane Hagedorn und Bettina Runge
(Kollektiv Druck-Reif)

PENDO

Mehr über unsere Autoren und Bücher:
www.pendo.de

Wenn Ihnen dieser Roman gefallen hat, schreiben Sie uns unter Nennung des Titels »Eine Geschichte, die uns verbindet« an *empfehlungen@piper.de*, und wir empfehlen Ihnen gerne vergleichbare Bücher.

Von Guillaume Musso liegen im Piper Verlag vor:
Nachricht von dir
Sieben Jahre später
Ein Engel im Winter
Vielleicht morgen
Eine himmlische Begegnung
Nacht im Central Park
Wirst du da sein?
Weil ich dich liebe
Vierundzwanzig Stunden
Das Mädchen aus Brooklyn
Das Papiermädchen
Das Atelier in Paris
Was wäre ich ohne dich?
Die junge Frau und die Nacht
Ein Wort, um dich zu retten
Eine Geschichte, die uns verbindet

MIX
Papier aus verantwortungsvollen Quellen
FSC® C083411

ISBN 978-3-86612-484-4
© Calmann-Lévy 2020
© Titel der französischen Originalausgabe:
»La vie est un roman«, Calmann-Lévy, Paris 2020
© der deutschsprachigen Ausgabe:
Pendo Verlag in der Piper Verlag GmbH, München 2021
Illustrationen: © Matthieu Forichon
Satz: Eberl & Kœsel Studio GmbH, Krugzell
Gesetzt aus der Scala
Druck und Bindung: CPI books GmbH, Leck
Printed in the EU

Für Nathan

Samstag 3. Juni, 10 Uhr 30 morgens

Furchtbare Angstgefühle. Ich möchte gerne heute nachmittag einen Roman anfangen. Seit zwei Wochen bereite ich mich darauf vor. In den letzten zehn Tagen habe ich mit meinen Personen in ihrer Umgebung gelebt. Ich habe soeben meine vier Dutzend neuen Bleistifte gespitzt, und meine Hand fing dabei so sehr zu zittern an, daß ich ein halbes Belladenal genommen habe.
Werde ich es schaffen? [...] Im Augenblick habe ich großen Bammel und spüre jedesmal die Versuchung, das Ganze zu verschieben oder das Schreiben überhaupt aufzugeben.

Georges Simenon, *Als ich alt war*

**Die walisische Romanautorin Flora Conway,
Trägerin des Franz-Kafka-Preises**
AFP, 20. Oktober 2009

Die äußerst publikumsscheue neununddreißigjährige Romanautorin wird mit dem angesehenen Preis ausgezeichnet, der alljährlich für das Gesamtwerk einer Autorin oder eines Autors vergeben wird.

Flora Conway, die unter einer Sozialphobie leidet und Menschenansammlungen, Reisen und Journalisten aus tiefstem Herzen verabscheut, war an diesem Dienstagabend nicht nach Prag gereist, um an der Zeremonie im Rathaus der Stadt teilzunehmen.
An ihrer Stelle nahm ihre Verlegerin Fantine de Vilatte den Preis entgegen – eine kleine Kafka-Statue aus Bronze und das Preisgeld in Höhe von zehntausend Dollar. »Ich habe soeben mit Flora telefoniert. Sie bedankt sich sehr herzlich. Dieser Preis ist ihr eine besondere Freude, da das Werk Kafkas ein nie versie-

gender Quell der Bewunderung, der Reflexion und Inspiration für sie ist«, versicherte Mme de Vilatte.

Der von der Franz-Kafka-Gesellschaft gemeinsam mit der Stadt Prag verliehene Preis wird seit 2001 von einer internationalen Jury vergeben. Zu den Preisträgern zählen Philip Roth, Václav Havel, Peter Handke oder auch Haruki Murakami.

Flora Conways 2004 erschienener erster Roman, *The Girl in the Labyrinth* rückte sie ins Rampenlicht der Literaturszene. Das in mehr als zwanzig Sprachen übersetzte und von der Kritik sofort als Klassiker gefeierte Werk schildert das Leben mehrerer New Yorker am Tag vor dem Terroranschlag auf das World Trade Center. Alle begegnen sich im *Labyrinth*, einer Bar an der Bowery, in der Flora Conway vor der Veröffentlichung ihres Romans als Kellnerin gearbeitet hatte. Es folgten zwei weitere Titel, *The Equilibrium of Nash* und *The End of the Feelings*, die ihren Ruf als bedeutende Romanautorin des frühen 21. Jahrhunderts festigten.

In ihrer Dankesrede freute sich Fantine de Vilatte im Übrigen darüber, das baldige Erscheinen eines neuen Romans der Autorin ankündigen zu können. Diese Information verbreitete sich wie ein Lauffeuer in der literarischen Welt, so sehr gilt das Erscheinen eines neuen Conways als bedeutendes Ereignis.

Ohne je ein Geheimnis um ihre Person gemacht zu haben, trat Flora Conway nie im Fernsehen auf, nahm niemals an einer Rundfunksendung teil, und ihr Verlag verwendete stets dasselbe Foto von ihr.

Bei jeder Neuerscheinung begnügte die Autorin sich damit, homöopathisch dosiert einige Interviews per E-Mail zu geben. Mehrfach erklärte Mrs Conway, sich von den Zwängen und Heucheleien des Ruhms befreien zu wollen. In einer Kolumne des *Guardian* erklärte sie kürzlich, sie weigere sich, am Medienzirkus teilzunehmen, den sie verabscheut, und sie fügte hinzu, sie schreibe Romane, um eben »dieser von Bildschirmen dominierten, intelligenzlosen Welt zu entfliehen«.

Dieser Entschluss entspringt einer Haltung, die sie mit anderen zeitgenössischen Künstlern teilt – Banksy, Invader, der Gruppe Daft Punk oder auch der italienischen Romanautorin Elena Ferrante –, für die die Anonymität ein Mittel ist, das Werk und nicht den Künstler in den Vordergrund zu stellen. »Sobald mein Buch erschienen ist, genügt es sich selbst«, bekräftigte Flora Conway.

Sicherlich hatten einige Beobachter gehofft, die Verleihung des Kafka-Preises würde die Schriftstellerin dazu bewegen, ihren New Yorker Schlupfwinkel zu verlassen. Doch auch dieses Mal mussten sie sich leider eines Besseren belehren lassen.

Blandine Samson

Das Mädchen im Labyrinth

1 Versteckt

Die Geschichte, die sich direkt vor unserer Nase
vollzieht, sollte eigentlich am klarsten sein,
und doch ist sie am schwierigsten zu fassen.

Julian Barnes, *Vom Ende einer Geschichte*

1.
Brooklyn, Herbst 2010

Vor einem halben Jahr, am 12. April 2010, wurde meine dreijährige Tochter Carrie Conway entführt, als wir beide in meiner Wohnung in Williamsburg Verstecken spielten.

Es war ein schöner Nachmittag, hell und sonnig, wie New York im Frühling viele zu bieten hat. Getreu meiner Gewohnheit hatte ich Carrie zu Fuß von ihrer Vorschule abgeholt, der Montessori School am McCarren-Park. Auf dem Rückweg hatten wir bei *Marcello's* haltgemacht, um ein Früchtekompott und ein Cannolo, sizilianisches Gebäck mit Zitronenfüllung, zu kaufen. Während Carrie beides verspeiste, hüpfte sie fröhlich neben ihrem Buggy her.

Zu Hause, am Eingang des Lancaster Building, Berry Street 396, angekommen, schenkte der neue Portier, Trevor Fuller Jones, der erst seit knapp drei Wochen hier Dienst tat, Carrie einen Honig-Sesam-Lutscher, allerdings verbunden mit dem Versprechen Carries, nicht gleich alles aufzuessen. Dann meinte er, es sei doch ein großes Glück, eine Schriftstellerin als Mama zu haben, weil sie ihr sicher beim Zubettgehen schöne Geschichten erzählte. Lachend wies ich ihn darauf hin, dass er, um so etwas sagen zu können, wohl noch nie einen Blick in einen meiner Romane geworfen habe, was er auch zugab.

»Das stimmt, ich habe keine Zeit zum Lesen, Mrs Conway«, behauptete er.

»Sie nehmen sich nicht die Zeit, Trevor, das ist nicht dasselbe«, antwortete ich ihm, während sich die Aufzugtüren schlossen.

Wie es unser bewährtes Ritual verlangte, hob ich Carrie hoch, damit sie auf den Knopf für die sechste und oberste Etage drücken konnte. Die Kabine setzte sich mit einem metallischen Knarren in Bewegung, das uns beide inzwischen nicht mehr erschreckte. Das Lancaster war ein altes Gebäude in Gusseisen-Architektur, das gerade renoviert wurde. Ein unglaublicher Palast mit großen, von korinthischen Säulen umrahmten Fenstern. Früher hatte es einmal als Lager für eine

Spielzeugfabrik gedient, die es seit Anfang der 1970er-Jahre nicht mehr gab. Aufgrund der Deindustrialisierung hatte das Gebäude beinahe dreißig Jahre lang leer gestanden, bis man es schließlich zum Wohnhaus umbaute, als es Mode wurde, in Brooklyn zu wohnen.

Sobald wir das Apartment betraten, zog Carrie ihre kleinen Turnschuhe aus, um in ihre hellrosa Hausschuhe mit Bommeln zu schlüpfen. Sie folgte mir zur Stereoanlage, schaute zu, wie ich eine Schallplatte auflegte – das Klavierkonzert in G-Dur von Ravel – und den Tonabnehmer beim zweiten Satz aufsetzte. Vor Vorfreude auf die Musik, die gleich ertönen würde, klatschte sie in die Hände. Anschließend hing sie einige Minuten an meinem Rockzipfel, während sie wartete, bis ich die Wäsche fertig aufgehängt hatte, um mich dann zum Versteckspielen aufzufordern.

Es war mit Abstand ihr Lieblingsspiel. Ein Spiel, das eine große Faszination auf sie ausübte.

In ihrem ersten Lebensjahr beschränkte sich das Spiel »Kuckuck, wo bin ich« für Carrie darauf, ihre kleinen Hände mit gespreizten Fingern vor die Augen zu halten, sodass diese nur halb verdeckt waren. Ich verschwand für wenige Sekunden aus ihrem Blickfeld, bis mein Gesicht wie durch Zauberei wieder vor ihr auftauchte, woraufhin sie in lautes Lachen ausbrach. Mit der Zeit hatte sie schließlich das Prinzip, sich selbst zu verstecken, in ihr Spiel integriert. Sie verkroch sich hinter einem Vorhang oder unter einem niedrigen Tisch. Immer schaute jedoch ein Stück ihres Fußes, ein Ellenbogen oder ein nur halb angewinkeltes Bein heraus, um ihre Anwesenheit zu signalisieren. Gelegentlich, wenn sich das Spiel zu lange hinzog, wedelte sie sogar mit der Hand, damit ich sie schneller fand.

Je größer sie wurde, desto komplexer wurde das Spiel. Carrie hatte sich andere Zimmer der Wohnung erschlossen, was die Möglichkeiten vervielfachte: hinter einer Tür kauernd, zusammengerollt in der Badewanne, unter der Bettdecke verborgen, flach unter ihrem Bett liegend.

Auch die Regeln hatten sich verändert. Das Verstecken war inzwischen eine ernste Angelegenheit.

Bevor ich sie zu suchen begann, musste ich mich nun zur Wand drehen, die Augen schließen und laut und deutlich bis zwanzig zählen.

Genau das tat ich an diesem Nachmittag des zwölften April, während die Sonne hinter den Wolkenkratzern strahlte und die Wohnung in einem warmen, fast unwirklichen Licht badete.

»Nicht schummeln, Mummy!«, schimpfte sie, obwohl ich das Ritual genau befolgte.

Die Hände vor den Augen, begann ich in meinem Zimmer laut zu zählen, nicht zu langsam, nicht zu schnell.

»Eins, zwei, drei, vier, fünf ...«

Ich erinnere mich genau an das gedämpfte Geräusch

ihrer kleinen Schritte auf dem Parkett. Carrie hatte den Raum verlassen. Ich hörte, wie sie das Wohnzimmer durchquerte, den Eames-Sessel zur Seite schob, der vor der großen Glaswand thronte.

»... sechs, sieben, acht, neun, zehn ...«

Alles war gut. Meine Gedanken schweiften ab, getragen von den kristallklaren Klängen, die aus dem Wohnzimmer herüberkamen. Meine Lieblingsstelle in diesem Adagio. Der Dialog zwischen Englischhorn und Klavier.

»... elf, zwölf, dreizehn, vierzehn, fünfzehn ...«

Eine lange dahinperlende musikalische Phrase, die mit einem sanften Regen verglichen worden war, gleichmäßig und ruhig.

»... sechzehn, siebzehn, achtzehn, neunzehn, zwanzig.«

Augen auf.

2.

Ich öffnete die Augen und verließ den Raum.

»Achtung, aufgepasst, Mummy kommt!«

Ich ließ mich auf das Spiel ein. Lachend übernahm ich die Rolle, die sie von mir erwartete. Ich lief durch die Zimmer und kommentierte scherzend meine Versuche: »Unter den Kissen, keine Carrie ... hinter dem Sofa, keine Carrie ...«

Psychologen behaupten, dass Versteckspiele eine pädagogische Bedeutung haben: Sie sind eine Möglichkeit, das Kind auf positive Weise mit Trennung experimentieren zu lassen. Durch die Wiederholung dieser temporären und spielerischen Entfernung soll das Kind die Stärke der Bindung zu seinen Eltern erfahren. Um seine Wirkung zu entfalten, muss das Spiel nach einer echten Dramaturgie funktionieren und innerhalb kurzer Zeit eine breite Palette an Emotionen liefern: Aufregung, Erwartung und einen Hauch von Angst, die jedoch bald der Freude des Wiedersehens wichen.

Damit sich alle diese widersprüchlichen Gefühle entfalten können, muss das Vergnügen eine Weile andauern, und die Spannung darf nicht zu schnell aufgelöst werden. Natürlich wusste ich meistens, wo Carrie sich versteckt hatte, noch bevor ich die Augen wieder öffnete. Dieses Mal jedoch nicht. Und nach zwei oder drei ein wenig theatralischen Minuten beschloss ich, nicht länger so zu tun, als ob, sondern ich begann sie zu suchen. Wirklich zu suchen.

Auch wenn die Räumlichkeiten weitläufig sind – eine Art großer Glaswürfel mit zweihundert Quadratmetern in der Westecke des Gebäudes –, sind die Versteckmöglichkeiten dennoch nicht unbegrenzt. Ich hatte die Wohnung einige Monate zuvor gekauft und dafür meine gesamten Tantiemen investiert. Der Ansturm auf das zu Apartments umgebaute und sanierte alte Lancaster Building war groß gewesen, und obgleich die Arbeiten noch längst nicht abgeschlossen waren, war die Wohnung, die ich im Blick hatte, bereits die letzte, die noch zum Verkauf stand. Gleich bei der ersten Besichtigung hatte ich mich in das Ambiente verliebt, und um die Wohnung zu bekommen und möglichst schnell einziehen zu können, sogar akzeptiert, dem Bauträger ein Schmiergeld zu zahlen. Sofort nach dem Einzug hatte ich sämtliche Wände einreißen lassen, um ein Loft mit honigblondem Parkettboden und minimalistischer Einrichtung zu erhalten. Die letzten Male, als ich mit Carrie gespielt hatte, war es ihr gelungen, ausgeklügelte Verstecke zu finden: erfindungsreich war sie hinter den Wäschetrockner oder in den Besenschrank geschlüpft.

Geduldig, wenn auch inzwischen ein wenig ungehalten, suchte ich sie weiter in allen Ecken und Winkeln, hinter jedem Möbelstück. Dann begann ich von vorn. In meiner Hektik stieß ich gegen die Eichenkonsole, auf der die Schallplatten und der Plattenspieler standen. Dadurch sprang der Tonabnehmer aus der Rille, die Musik verstummte, und der Raum war in Stille getaucht.

In diesem Augenblick bekam ich ein flaues Gefühl im Magen.

»Es ist gut, mein Schätzchen, du hast gewonnen. Komm jetzt bitte aus deinem Versteck!«

Ich eilte in den Vorraum, um die verstärkte Eingangstür zu überprüfen: sie war doppelt abgeschlossen. Der Schlüssel, der an einem Bund hing, steckte im oberen Schloss, also außerhalb der Reichweite eines Kindes.

»Carrie! Komm aus deinem Versteck, habe ich gesagt, du hast gewonnen!«

Mit aller Vernunft, zu der ich fähig war, versuchte ich die Panik, die mich zu überwältigen drohte, unter Kontrolle zu halten. Carrie *musste* in der Wohnung sein. Da der Schlüssel im Schloss steckte, konnte die Tür auch mit einem Zweitschlüssel nicht von außen geöffnet werden. Die Fenster konnte man seit der Renovierung des Gebäudes nicht mehr öffnen. Also hatte weder Carrie die Wohnung verlassen, noch hatte jemand anderes sie betreten können.

»Carrie! Sag mir, wo du bist.«

Ich war außer Atem, als sei ich durch den halben Central Park gerannt. Auch wenn ich den Mund öffnete, um Luft zu holen, drang diese nicht bis in meine Lunge vor. Das ist doch unmöglich. Man kann nicht bei einem Versteckspiel in der Wohnung verschwinden. Es ist ein Spiel, das immer gut endet. Das Verschwinden ist eine symbolische und vorübergehende Inszenierung. Anders kann es nicht sein. Dies ist in der DNA des Spielkonzepts verankert: Man akzeptiert dieses Spiel nur, weil man die Gewissheit hat, den anderen wiederzufinden.

»Carrie, es reicht jetzt! Mummy mag nicht mehr!«

Mummy mochte nicht mehr, vor allem jedoch hatte Mummy Angst. Ein drittes und viertes Mal überprüfte ich alle üblichen Verstecke, dann kontrollierte ich alle ungewöhnlichen: die Waschmaschinentrommel, den Kaminabzug, der seit Ewigkeiten verschlossen war. Ich schob den schweren Kühlschrank zur Seite, schaltete sogar die Hauptsicherung aus, um das Gehäuse im Zwischenboden öffnen zu können, in dem sich die Leitungen für die Klimaanlage befanden.

»CARRIE!«

Mein Schrei hallte in der gesamten Wohnung wider, bis die Scheiben vibrierten. Aber das Echo verlor sich, und es wurde wieder still. Draußen war die Sonne verschwunden. Es war kalt. Als würde der Winter ohne Vorwarnung erneut zuschlagen.

Einen Moment lang stand ich wie erstarrt da, in Schweiß gebadet, Tränen liefen mir über die Wangen. Als ich wieder zur Besinnung kam, bemerkte ich einen von Carries Hausschuhen im Eingangsflur. Ich hob den kleinen Pantoffel aus hellrosa Velours auf. Es war der linke. Ich suchte den anderen Hausschuh, aber er schien ebenso wie Carrie verschwunden zu sein.

Da beschloss ich, die Polizei zu rufen.

3.

Der erste Polizist, der eintraf, war Detective Mark Rutelli vom 90. Polizeirevier, das für den Norden von Williamsburg zuständig war. Der Beamte war offensichtlich nicht mehr weit vom Ruhestand entfernt. Obgleich er müde aussah und dunkle Schatten unter den Augen hatte, begriff er die Dringlichkeit der Situation sofort und gab sich jede erdenkliche Mühe. Nach einer erneuten eingehenden Inspektion der Wohnung forderte er Verstärkung an, um das gesamte Gebäude zu durchsuchen, zog die Spurensicherung hinzu, schickte zwei Beamte los, um die Bewohner des Lancaster Buildings zu befragen, und sah sich persönlich zusammen mit dem Hausmeisterteam die Überwachungsvideos an.

Von Anfang an hatte ihn der einzelne Hausschuh dazu bewogen, einen »Entführungsalarm« auszulösen, doch die State Police benötigte für eine solche Genehmigung konkrete Fakten.

Je mehr Zeit verstrich, desto größer wurde meine Angst. Ich war völlig verloren, unfähig, herauszufinden, wie ich mich nützlich machen könnte, und dennoch begierig darauf, es zu sein. Ich hinterließ meiner Verlegerin eine Nachricht auf dem Anrufbeantworter: »Fantine, ich brauche deine Hilfe, Carrie ist verschwunden, die Polizei ist da, ich weiß nicht, was ich tun soll, ich bin krank vor Sorge, bitte rufe mich sofort zurück.«

Bald wurde der Himmel über Brooklyn dunkel. Carrie war nicht nur verschwunden, sondern die Ermittlungen der NYPD, der New Yorker Polizeibehörde, hatten bisher nicht die geringste Spur ergeben. Meine Tochter schien sich in Luft aufgelöst zu haben, von einem Erlkönig in die Dunkelheit davongetragen, der einen Augenblick meiner Unaufmerksamkeit genutzt hatte.

Um zwanzig Uhr traf Rutellis Vorgesetzte, Lieutenant Frances Richard, auf dem Vorplatz des Lancaster Buildings ein, wohin man auch mich geschickt hatte, während meine Wohnung und der Keller durchsucht wurden.

»Wir überwachen Ihren Telefonanschluss«, informierte sie mich. Sie schlug den Kragen ihrer Regenjacke hoch. Die Straße war abgeriegelt, und ein eisiger Wind fegte durch die Berry Street.

»Es ist nicht auszuschließen, dass der- oder diejenige Person, die Ihre Tochter entführt hat, versuchen wird, mit Ihnen Kontakt aufzunehmen, entweder um ein Lösegeld zu fordern, oder aus einem anderen Grund. Im Moment müssen Sie jedoch mit uns aufs Kommissariat kommen.«

»Warum denn? Wie hätte sie entführt werden können? Die Tür war ...«

»Genau das wollen wir herausfinden, Ma'am.«

Ich hob den Kopf zu der massigen Silhouette des Gebäudes, das sich gegen die Dunkelheit abzeichnete. Irgendetwas sagte mir, dass Carrie noch im Haus war und ich einen Fehler beging, wenn ich mich entfernte. In der Hoffnung auf Unterstützung suchte ich Rutellis Blick, aber er schlug sich auf die Seite seiner Vorgesetzten.

»Folgen Sie uns, Ma'am. Sie müssen uns noch einige Fragen detaillierter beantworten.«

Auszug aus der Vernehmung von Mrs Flora Conway
Durchgeführt Montag 12. April 2010 durch Detective Mark Rutelli und Lieutenant Frances Richard in den Räumen des 90. Bezirks, 211 Union Ave, Brooklyn, NY 11211.

20:18 Uhr
Lieutenant Richard *(in ihren Notizen nachlesend)*: Sie haben uns gesagt, dass Carries Vater Romeo Filippo Bergomi heißt. Er ist Tänzer an der Pariser Oper, richtig?
Flora Conway: Er ist Tänzer im Rang eines »Coryphée«.
Detective Rutelli: Und was bedeutet das im Klartext?
Flora Conway: In der Hierarchie der Oper gibt es die Solotänzer, die sogenannten »Étoiles«, dann die ersten Tänzer, anschließend die »Sujets«, gefolgt von den »Coryphées«.
Lt. Richard: Wollen Sie damit sagen, dass er ein Loser ist?
Flora Conway: Nein, ich habe lediglich Ihre Frage beantwortet.

Lt. Richard: Mr Bergomi ist heute sechsundzwanzig Jahre alt, richtig?
Flora Conway: Ich vermute, Sie haben das überprüft.
Det. Rutelli: Ja, wir haben Kontakt mit ihm aufgenommen, was Sie auch hätten tun sollen. Er schien sehr beunruhigt. Er hat eiligst einen Flug gebucht und wird morgen Vormittag in New York eintreffen.
Flora Conway: Das wäre allerdings das erste Mal, dass er sich um seine Tochter Sorgen macht. Bisher hat er sich nicht um sie gekümmert.
Det. Rutelli: Nehmen Sie ihm das übel?
Flora Conway: Nein, das ist mir sogar sehr recht.
Det. Rutelli: Glauben Sie, Mr Bergomi oder jemand aus seinem Umfeld könnte Carrie etwas angetan haben?
Flora Conway: Das glaube ich nicht, beschwören könnte ich es allerdings nicht. Ich kenne ihn nicht wirklich.
Lt. Richard: Sie kennen den Vater Ihres Kindes nicht?

20:25 Uhr
Det. Rutelli: Haben Sie Feinde, Mrs Conway?
Flora Conway: Nicht dass ich wüsste.
Det. Rutelli: Aber es gibt doch sicher gewisse Feindschaften. Wer könnte etwas gegen eine anerkannte Romanautorin, wie Sie es sind, haben? Weniger erfolgreiche Kollegen?
Flora Conway: Ich habe keine »Kollegen«. Ich gehe nicht in eine Fabrik oder in ein Büro.

Det. Rutelli: Gut, Sie verstehen, was ich sagen will. Es wird immer weniger gelesen, oder? Demnach müssen die vorderen Ränge doch begehrt sein. Das muss zu Spannungen unter den Autoren führen, zu Eifersüchteleien ...
Flora Conway: Mag sein, aber nicht in einem Maß, um deswegen ein Kind zu entführen.
Lt. Richard: Welche Art Romane schreiben Sie?
Flora Conway: Sicher nicht die Art, die Sie lesen.
Det. Rutelli: Und seitens Ihrer Leser? Ist Ihnen da ein verrückter Fan aufgefallen wie in der Geschichte *Misery*? Haben Sie Briefe oder Mails von Lesern erhalten, die zu aufdringlich waren?
Flora Conway: Ich lese die Post meiner Leser nicht, aber meine Verlegerin macht dies sicherlich. Sie können sie fragen.
Det. Rutelli: Warum lesen Sie diese Post nicht? Interessiert es Sie nicht zu erfahren, was Ihre Leser über Ihre Bücher denken?
Flora Conway: Nein.
Lt. Richard: Warum nicht?
Flora Conway: Der Schriftsteller schreibt, was er kann, der Leser liest, was er will.

20:29 Uhr
Det. Rutelli: Ist die Schriftstellerei ein einträgliches Geschäft?
Flora Conway: Das schwankt.

Det. Rutelli: Wir haben Ihre Bankkonten überprüft, und man kann nicht gerade sagen, dass Sie im Geld schwimmen ...
Flora Conway: Ich habe sämtliche Tantiemen dafür verwendet, meine Wohnung zu kaufen und sie zu renovieren.
Det. Rutelli: Stimmt, eine derartige Wohnung muss eine Menge Geld kosten.
Flora Conway: Mir war das wichtig.
Lt. Richard: Was war Ihnen wichtig?
Flora Conway: Wände zu haben, die mich schützen.
Det. Rutelli: Vor wem schützen?

20:34 Uhr
Lt. Richard (*In der Hand die Meldung der Agence France-Presse*): Wie ich sehe, hat man gestern in der Presse über Sie berichtet. Ich weiß, das ist jetzt nicht der passende Moment dafür, aber Glückwunsch zum Kafka-Preis.
Flora Conway: Stimmt, dafür ist jetzt nicht der passende Moment ...
Lt. Richard: Sie sind also nicht nach Prag gereist, um Ihren Preis entgegenzunehmen, weil Sie, ich zitiere die Agenturmeldung, unter einer »Sozialphobie« leiden. Ist das richtig?
Flora Conway: ...
Det. Rutelli: Ist das richtig, Ms Conway?
Flora Conway: Ich würde wirklich gern wissen, was in

Ihrem Kopf vorgeht, dass Sie Ihre Zeit damit verplempern, mir solche Fragen zu stellen, anstatt lieber ...

Lt. Richard: Wo waren Sie gestern Abend? In Ihrer Wohnung mit Ihrer Tochter?

Flora Conway: Gestern Abend bin ich ausgegangen.

Lt. Richard: Wo waren Sie?

Flora Conway: In Bushwick.

Det. Rutelli: Bushwick ist groß.

Flora Conway: In einer Bar an der Frederick Street, dem *Boomerang*.

Lt. Richard: Ist es nicht merkwürdig, in eine Bar zu gehen, wenn man unter einer Sozialphobie leidet?

Flora Conway: Okay, diese Geschichte mit der Sozialphobie ist Unsinn, eine Erfindung meiner Verlegerin Fantine, um es mir zu ersparen, Journalisten und Leser treffen zu müssen.

Det. Rutelli: Warum wollen Sie die denn nicht treffen?

Flora Conway: Weil das nicht mein Job ist.

Det. Rutelli: Und was ist Ihr Job?

Flora Conway: Bücher zu schreiben, nicht, sie zu verkaufen.

Lt. Richard: Gut, kommen wir auf die Bar zurück. Wer passt normalerweise auf Carrie auf, wenn Sie weggehen?

Flora Conway: Meistens eine Babysitterin. Oder Fantine, wenn ich niemanden finde.

Det. Rutelli: Und gestern Abend? Während Sie im *Boomerang* waren?

Flora Conway: Eine Babysitterin.
Det. Rutelli: Wie heißt sie?
Flora Conway: Keine Ahnung. Ich rufe bei Bedarf eine Babysitter-Agentur an, aber sie schicken nie dasselbe Mädchen.

20:35 Uhr
Det. Rutelli: Und in dieser Bar, was haben Sie da gemacht?
Flora Conway: Das, was man üblicherweise in einer Bar macht.
Det. Rutelli: Sie haben also getrunken?
Lt. Richard: Sie haben Typen angebaggert?
Flora Conway: Das gehört zu meiner Arbeit.
Det. Rutelli: Ihre Arbeit besteht darin, etwas trinken zu gehen?
Lt. Richard: Und Typen anzubaggern?
Flora Conway: Meine Arbeit besteht darin, mich an verschiedene Orte zu begeben, um Leute zu beobachten, mit ihnen zu sprechen, zu versuchen, ihr Privatleben zu erraten und mir ihre Geheimnisse vorzustellen. Das ist der Treibstoff, um meine Romane schreiben zu können.
Lt. Richard: Haben Sie gestern Bekanntschaften gemacht?
Flora Conway: Ich wüsste wirklich nicht, inwiefern das ...
Lt. Richard: Haben Sie die Bar zusammen mit einem Mann verlassen, Mrs Conway?

Flora Conway: Ja.
Det. Rutelli: Wie hieß er?
Flora Conway: Hassan.
Det. Rutelli: Hassan, und weiter?
Flora Conway: Keine Ahnung.
Det. Rutelli: Wohin sind Sie gegangen?
Flora Conway: Zu mir.
Lt. Richard: Haben Sie Sex mit ihm gehabt?
Flora Conway: ...
Lt. Richard: Mrs Conway, hatten Sie mit diesem Unbekannten, den Sie wenige Stunden zuvor kennengelernt hatten, in Ihrer Wohnung, wo Ihre Tochter schlief, Sex?

20:46 Uhr
Det. Rutelli: Bitte schauen Sie sich dieses Video aufmerksam an: Die Aufnahmen wurden heute Nachmittag von einer Überwachungskamera im Flur der sechsten Etage Ihres Wohnhauses aufgenommen.
Flora Conway: Ich wusste gar nicht, dass es dort eine Kamera gibt.
Lt. Richard: Die Eigentümerversammlung hat dies vor sechs Monaten beschlossen. Die Sicherheitsvorkehrungen des Lancaster Buildings wurden deutlich verschärft, seit sich die Reichen dort Wohnungen gekauft haben, um sie zu renovieren.
Flora Conway: Aus Ihrem Mund klingt das wie eine Kritik.
Det. Rutelli: Ihre Wohnungstür befindet sich im Fokus

der Kamera. Hier sieht man, wie Sie mit Carrie von der Schule kommen. Achten Sie auf die unten eingeblendete Uhrzeit – 15:53. Dann nichts mehr. Ich habe den Film im Schnelldurchlauf angeschaut. Bis zu meiner Ankunft um 16:58 hat sich niemand Ihrer Tür genähert.
Flora Conway: Das habe ich Ihnen doch gesagt!
Lt. Richard: Diese Geschichte hat weder Hand noch Fuß. Ich glaube, Sie sagen uns nicht die ganze Wahrheit, Mrs Conway. Wenn niemand die Wohnung betreten hat und auch niemand sie verlassen hat, muss Ihre Tochter noch dort sein.
Flora Conway: Wenn das so ist, dann bringen Sie mir meine Tochter!

Ich erhebe mich von meinem Stuhl. Ich sehe, welches Bild mir der Spiegel zurückwirft: blasses Gesicht, blonder Haarknoten, weiße Bluse, Jeans, Lederjacke. Noch halte ich mich auf den Beinen. Und ich muss mich dazu zwingen, das auch weiterhin zu tun.

Lt. Richard: Setzen Sie sich, Mrs Conway! Wir sind noch nicht fertig. Wir haben weitere Fragen an Sie.

Ich sage mir, dass ich durchhalten werde. Dass ich bereits andere schlimme Dinge erlebt habe. Dass ich schon anderes durchgestanden habe. Und dass dieser Albtraum irgendwann ein Ende haben wird. Und dass ...

Det. Rutelli: Bitte, Mrs Conway, setzen Sie sich.
Lt. Richard: Verdammt, sie wird ohnmächtig. Stehen Sie nicht so herum, Rutelli! Rufen Sie den Rettungsdienst. Das wird man sicher uns anlasten. Verdammt!

2 Ein Gespinst aus Lügen

*Wenn Sie mit Schriftstellern sprechen,
denken Sie bloß immer daran,
dass es keine normalen Menschen sind.*

Jonathan Coe

1.

Vor einem halben Jahr, am 12. April 2010, wurde meine dreijährige Tochter Carrie Conway entführt, als wir beide in meiner Wohnung in Williamsburg Verstecken spielten.

Nachdem ich bei der Vernehmung auf dem Kommissariat ohnmächtig geworden war, kam ich in einem Zimmer des Brooklyn Hospital Center wieder zu mir, wo ich, bewacht von zwei Beamten des FBI, einige Stunden blieb. Die New Yorker Außenstelle der Behörde hatte die Ermittlungen übernommen. Einer der Beamten erklärte mir, ein Team sei dabei, meine Wohnung »auseinanderzunehmen«, und wenn Carrie noch dort sei, würde man sie auch finden. Ich musste eine zweite Vernehmung über mich ergehen lassen, bei der ich mich wieder von ihren Fragen angegriffen fühlte, so als sei ich das Problem. Als hätte *ich* die Antwort auf dieses Rätsel: Was war mit Carrie passiert?

Sobald ich mich kräftig genug fühlte, bestand ich darauf, das Krankenhaus zu verlassen, und fand bei meiner Verlegerin Fantine de Vilatte Unterschlupf. Dort blieb ich eine Woche lang und wartete darauf, dass man mich ins Lancaster Building zurückkehren ließ.

2.

Seither sind die Ermittlungen keinen Schritt vorangekommen.

Monat für Monat verbringe ich meine Tage in einem Medikamentennebel. Verzweifelt warte ich darauf, dass etwas geschieht: ein Hinweis gefunden oder ein Verdächtiger verhaftet wird, eine Lösegeldforderung eingeht. Ja, ich warte sogar darauf, dass ein Polizist zu mir kommt, um mir zu sagen, dass die Leiche meiner Tochter gefunden worden ist. Alles wäre besser als dieses hoffnungslose Ausharren. Alles wäre besser als diese Leere.

Vor dem Lancaster Building befinden sich zu jeder Tages- und Nachtzeit eine Kamera, ein Fotograf, ein oder mehrere Journalisten, die mir ihre Mikros entgegenstrecken. Die Meute ist nicht mehr so groß wie in der ersten Zeit, als sie sich zu Dutzenden die Beine in den Bauch standen, aber es sind noch immer ausreichend viele, um mich davon abzuhalten, das Haus zu verlassen.

Was sie die »Affäre Carrie Conway« nennen, ist zu einer Story geworden, die »Amerika leidenschaftlich bewegt«, so die Formulierung, mit der die Nachrichtensender ihr Publikum bombardieren.

Sie schreckten dabei vor nichts zurück: »Das neue Geheimnis des gelben Zimmers«, »Eine Tragödie wie gemacht für Hitchcock«, »Agatha Christie, Version 2.0«, ganz zu schweigen von den Verweisen auf Stephen King wegen des Vornamens meiner Tochter oder den verrückten Theorien, von denen es auf Reddit wimmelt.

Von einem Tag auf den anderen machten sich Leute, die noch nie etwas von mir gehört, nie eines meiner Bücher gelesen, ja, sogar noch nie auch nur irgendein Buch gelesen hatten, daran, kryptische Sätze aus meinen früheren Romanen auszugraben, sie zu verdrehen und lächerliche Hypothesen daraus abzuleiten. Mein Leben und das der Menschen, mit denen ich irgendwann einmal zu tun hatte, wurde von diesen Aasgeiern, auf der Suche nach belastenden Elementen, genauestens unter die Lupe genommen. Denn ich habe sehr wohl begriffen, dass die Schlussfolgerung zwangsläufig immer dieselbe ist: Ich bin schuld am Verschwinden meiner Tochter.

Und dieses Medienecho ist das schlimmste Urteil überhaupt. Es liefert keinerlei Beweise, Reflexionen oder Nuancen. Es geht nicht um Wahrheit, sondern nur um das Spektakel. Nichts wird analysiert, alles bleibt oberflächlich und nährt sich von verführerischen Bildern, der Faulheit der Presse und ihren abgestumpften Lesern, die dem Diktat der Klicks verfallen sind. Das Verschwinden meiner Tochter, das Drama, das mich zerstört, ist für sie lediglich Unterhaltung, eine Show, Gegenstand dummer Sprüche und Witze. Um ehrlich zu sein, ist ein solches Vorgehen nicht allein qualitativ minderwertigen oder populären Informationsträgern vorbehalten. Auch vorgeblich seriöse Medien suhlen sich gern wie die anderen mit den Schweinen im Dreck, nur stehen sie nicht dazu und verschleiern ihren Voyeurismus ohne jedes Schamgefühl mit angeblichen »Investigationen«. Mit diesem Zauberwort rechtfertigen sie ihre morbide Faszination und ihre sogenannten Recherchen.

Ihre Nachstellungen machen mich zu einer Gefangenen, die sich den ganzen Tag in ihrem Glaswürfel im sechsten Stock verkriechen muss. Fantine hat mir mehrmals vorgeschlagen, ich solle zu ihr ziehen, aber ich sage mir immer, sollte Carrie zurückkommen, dann *nach Hause*, in unsere Wohnung.

Meine einzige Ausflucht ist die Dachterrasse des

Hauses: ein ehemaliger Badmintonplatz, von Bambusmatten umgeben, der einen Rundumblick auf die Skyline von Manhattan und Brooklyn bietet. Die Stadt wirkt zugleich fern und doch auch nahe mit ihren kleinen Details: den Gullys, aus denen Dampfwolken aufsteigen, den wechselnden Reflexionen im Glas der Gebäude, den gusseisernen Feuerleitern, die sich an die Fassaden aus rotem Sandstein klammern.

Ich steige mehrmals täglich hinauf, um freier atmen zu können. Gelegentlich klettere ich sogar noch höher, dafür benutze ich die alte Metallleiter, über die man den Wasserspeicher erreicht, der das Lancaster Building versorgt. Von hier aus ist der Blick schwindelerregend. Himmel und Abgrund wetteifern um Aufmerksamkeit. Und wenn ich den Blick nach unten richte, überkommt mich die Versuchung, zu springen. Was mich auch daran erinnert, dass ich noch nie in meinem Leben fähig war, die geringste familiäre oder freundschaftliche Bindung zu knüpfen.

Carrie war meine einzige Verbindung zur Welt. Wenn man sie nicht findet, weiß ich, dass ich mich eines Tages in die Tiefe stürzen werde. So steht es irgendwo im Buch der Zeit geschrieben. Und deshalb steige ich immer wieder auf den Wasserspeicher, um herauszufinden, ob der Tag schon gekommen ist. Bisher hat mich das Band der Hoffnung noch stets zurückgehalten, aber Carries Abwesenheit will nicht enden, und ich fürchte, ich werde nicht mehr lange durchhalten. Die extremsten Gedanken bewegen sich in meinem Kopf. Keine Nacht, in der ich nicht aus dem Schlaf hochschrecke, schweißgebadet nach Luft ringe, und in der mein Herz nicht zu zerspringen droht. In meiner Erinnerung beginnen die Bilder von Carrie zu verblassen. Ich spüre, dass sie mir entgleitet. Ich sehe ihr Gesicht nicht mehr so klar, erinnere mich nicht mehr genau an ihre Mimik, an die Intensität ihres Blicks, an den Klang ihrer Stimme. Warum? Durch den Alkohol? Die angstlösenden Medikamente? Die Antidepressiva? Egal. Es ist, als würde ich sie gerade zum zweiten Mal verlieren.

Seltsamerweise ist der Einzige, der sich um mich sorgt, Mark Rutelli. Der Polizist, vor drei Monaten in den Ruhestand gegangen, kommt seither mindestens ein Mal pro Woche bei mir vorbei, um mich über seine Parallelermittlungen auf dem Laufenden zu halten, die derzeit an einem toten Punkt angelangt sind.

Und dann gibt es noch meine Verlegerin, Fantine.

3.

»Ich bestehe darauf, Flora: Du musst von hier weg.«

Es ist nachmittags, sechzehn Uhr. Fantine de Vilatte sitzt mit einer Tasse Tee in der Hand auf einem der Barhocker in meiner Küche und versucht zum x-ten Mal, mich zu einem Umzug zu bewegen.

»Du wirst nur woanders wieder zu dir finden.«

Sie trägt ein Wickelkleid mit Blumenmuster, eine schwarze Lederjacke und fahlgelbe Stiefel mit Absätzen. Ihr rotbraunes Haar, von einer breiten, mit Perlen verzierten Spange zum Knoten frisiert, schimmert im Herbstlicht.

Je länger ich sie betrachte, desto mehr habe ich den Eindruck, mich im Spiegel zu sehen. Innerhalb weniger Jahre hat der Erfolg ihres Verlages Fantine verändert. Sie, die früher so introvertiert und unscheinbar war, hat an Selbstsicherheit und Ausstrahlung gewonnen. Bei Unterhaltungen spricht sie heute mehr, als dass sie zuhört, und erträgt es immer weniger, wenn man sich nicht ihrem Willen beugt. Durch kleine Veränderungen ist sie zu einer anderen Ausgabe von mir geworden. Sie kleidet sich wie ich, ahmt meine Gestik nach, hat sich meine Scherze, meine Ausdrücke und die Art, wie ich mir eine Haarsträhne hinters Ohr streiche, zu eigen gemacht. Sie hat sich auf die rechte Halsseite eine unauffällige Möbiusschleife tätowieren lassen, an die gleiche Stelle, an der auch ich mein Tattoo trage. Je mehr ich verkümmere, desto mehr blüht sie auf, je mehr ich untergehe, desto mehr erstrahlt sie.

Das erste Mal begegnete ich Fantine vor sieben Jahren in Paris, im Garten der Residenz des *Hôtel Salomon de Rothschild*, wo der neue Roman eines Stars der amerikanischen Literaturszene gefeiert wurde.

Ich hatte New York für ein paar Monate verlassen,

um durch Europa zu tingeln, und finanzierte meine Reise durch kleine Aushilfsjobs. An diesem Abend servierte ich den Gästen Champagner. Fantine war damals die Assistentin der Assistentin der Leiterin eines großen Verlagshauses. Anders gesagt, Fantine war ein Niemand, sie war durchsichtig, die Leute rempelten sie an, ohne sie wahrzunehmen. Eine Miss Zellophan, die sich dafür entschuldigte, dass es sie gab, und die nicht wusste, was sie mit ihrem Körper tun, wohin sie ihren Blick richten sollte.

Der einzige Mensch, der sie bemerkte, war ich. Weil ich die geborene Romanschriftstellerin bin. Weil es vielleicht mein einziges Talent ist, auf jeden Fall das, was ich besser kann als andere: bei den Menschen etwas zu erspüren, das sie selbst von sich noch nicht wissen. Da sie recht gut Englisch sprach, hatten wir ein paar Worte miteinander gewechselt. Mir war bei ihr ein Widerspruch aufgefallen: Abscheu vor dem Milieu, in dem sie sich bewegte, und Wut, trotz allem dazuzugehören. Und ich erkannte, dass auch sie in mir etwas gesehen hatte, sodass ich mich in ihrer Gesellschaft wohlfühlte. Etwas, das ausreichte, um ihr zu erzählen, dass ich gerade dabei war, einen Roman abzuschließen. Eine vielschichtige Handlung mit dem Titel *The Girl in the Labyrinth*, in der es um das Leben mehrerer New Yorker ging, die sich am 10. September 2001 zufällig in einer Bar an der Bowery begegnen.

»Labyrinth heißt die Bar«, erklärte ich ihr.

»Versprechen Sie mir, dass ich die Erste sein werde, der Sie Ihren Roman schicken!«

Einige Wochen später sandte ich ihr per Mail das Manuskript zu, das ich nach meiner Rückkehr fertiggestellt hatte. Zehn Tage lang hörte ich nichts von ihr, bekam auch keine Empfangsbestätigung. Dann klingelte Fantine eines Nachmittags im September an meiner Wohnungstür. Damals wohnte ich in einem winzigen Apartment in Hell's Kitchen. In einem baufälligen Haus an der 11th Avenue, jedoch mit einer großartigen Aussicht auf den Hudson und die Küsten von New Jersey. Ich sehe noch immer, wie Fantine in ihrem dicken Gummi-Regenmantel, mit ihrer braven Jungmädchen-Brille und ihrem Bankiers-Aktenkoffer vor mir steht. Ohne Umschweife sagte sie, *The Girl in the Labyrinth* habe ihr großartig gefallen und sie wolle den Roman herausbringen, allerdings nicht bei dem Verlag, für den sie arbeitete. Sie hatte vor, ihren *eigenen* Verlag zu gründen, der genau auf das Erscheinen meines Romans zugeschnitten sein sollte. Als ich meine Skepsis äußerte, zog sie einen Schnellhefter aus ihrem Aktenkoffer, der einen Kreditantrag enthielt, den die Bank gerade genehmigt hatte. »Ich verfüge über die finanziellen Mittel, um mein Unternehmen zu starten, Flora. Dein Text hat mir die Kraft dazu gegeben.« Dann fügte sie mit leuchtenden Augen hinzu: »Wenn du mir vertraust, werde ich bis zum letzten Atemzug für dein Buch kämpfen.« Da ich den Eindruck hatte, eins zu sein mit meinem Buch, verstand ich den Satz »Ich werde bis zum letzten Atemzug für DICH kämpfen«. Es war das erste Mal, dass jemand mir das sagte. Ich glaubte an ihre Aufrichtigkeit und trat ihr die weltweiten Rechte an meinem Roman ab.

Fantine hielt Wort und kämpfte mit Leib und Seele für mein Buch. Knapp einen Monat später wurden auf der Frankfurter Buchmesse die Rechte für *The Girl in the Labyrinth* an über zwanzig Länder verkauft. In den Vereinigten Staaten erschien der Roman im Knopf-Verlag mit einem Klappentext von Mario Vargas Llosa, in dem er versicherte, der Roman sei »aus demselben Holz geschnitzt« wie sein Meisterwerk *Gespräch in der Kathedrale*. Die Star-Kritikerin des Literaturteils der *New York Times*, die gefürchtete Michiko Kakutani, urteilte, der Roman sei getragen von »einem rauen und gewagten Schreibstil«, in Szene gesetzt würden darin »Lebensfragmente, die das berührende Porträt einer zu Ende gehenden Welt zeichnen«.

Die Maschinerie begann auf Hochtouren zu laufen. Alle Welt las *The Girl in the Labyrinth*. Nicht unbedingt aus den richtigen Gründen und häufig, ohne den Sinn des Buches überhaupt zu begreifen. Ein dem Erfolg innewohnender Mechanismus.

Als weiteren Geniestreich nutzte Fantine meine geringe Medienpräsenz. Anstatt sich über meine Weigerung, öffentlich aufzutreten, zu beklagen, vermarktete sie diese Einstellung und verbreitete nur ein einziges Foto von mir – eine etwas geheimnisvoll wirkende Schwarz-Weiß-Aufnahme, auf der ich Ähnlichkeit mit Veronica Lake hatte. Ich gab Journalisten, die ich niemals persönlich traf, Interviews per Mail, signierte weder meine Bücher in Buchhandlungen, noch hielt ich Lesungen in Unis und Bibliotheken. Zu einer Zeit, in der viele Schriftsteller begannen ihr Privatleben auszubreiten oder sich in sozialen Netzwerken in endlosen Debatten zu verlieren, hob mich diese mediale Askese von den anderen ab. In allen Artikeln wurde ich als die »äußerst publikumsscheue« oder »sehr geheimnisvolle« Flora Conway vorgestellt. Und das gefiel mir.

Ich schrieb einen zweiten Roman, dann einen dritten, der mir einen Literaturpreis eintrug. Dank dieses Erfolges erlangte der in Paris ansässige Verlag Fantine de Vilatte internationales Ansehen. Fantine veröffentlichte auch andere Autoren. Einige versuchten so zu schreiben wie Flora Conway, und andere, dies vor allem zu vermeiden, aber alle positionierten sich letztlich *im Vergleich* zu mir. Und auch dies gefiel mir. In Saint-Germain-des-Prés erfreute sich »Fantine« größter Beliebtheit. Fantine, die »anspruchsvolle Literatur« herausgab, Fantine, die sich für die kleinen Buchhandlungen einsetzte, Fantine, die für ihre Autoren kämpfte. Fantine, Fantine, Fantine ...

Dies ist das große Missverständnis zwischen uns: Fantine glaubt wirklich, sie habe mich »entdeckt«. Es kommt sogar vor, dass sie von »unseren Büchern« spricht, wenn sie *meine* Romane erwähnt. Ich kann mir vorstellen, dass man früher oder später immer mit seinen Verlegern an diesen Punkt kommt. Aber seien wir ehrlich, wer hat Fantines Wohnung in Saint-Germain-des-Prés bezahlt, ihr Landhaus in Cape Cod, die Miete für ihre Wohnung in Soho?

Als ich mit Carrie schwanger war, erschien mir zum ersten Mal das Leben interessanter als das Schreiben. Dieser Eindruck hielt nach ihrer Geburt an. Von nun an vereinnahmte mich das »wahre Leben« stärker, denn ich hatte darin eine aktive Rolle zu spielen. Ich musste die Realität nicht mehr so sehr fliehen.

Als Carrie ihren ersten Geburtstag feierte, teilte Fantine mir ihre Sorge über die Fortschritte an meinem nächsten Buch mit. Ich sagte ihr nicht, dass ich vorhatte, nie mehr zu schreiben, gab ihr aber sehr wohl zu verstehen, dass ich eine sehr lange Pause machen würde.

»Du wirst doch dein Talent nicht wegen einer Göre brachliegen lassen!«, empörte sie sich.

Ich antwortete ihr, meine Entscheidung sei unumstößlich. Die Prioritäten in meinem Leben hätten sich geändert, und ich würde meine Energie nun lieber für meine Tochter einsetzen als für meine Bücher.

Und das ertrug Fantine nicht.

4.

»Um aus diesem schwarzen Loch herauszukommen, musst du wieder anfangen zu schreiben.«

Fantine stellt ihre Teetasse auf dem Tisch ab und strafft ihre Schultern, bevor sie ihre Worte begründet.

»Du trägst noch drei oder vier bedeutende Bücher in dir. Es ist meine Aufgabe, dir dabei zu helfen, sie herauszubringen.«

Mein Leid ignorierend, hat sie schon längst einen Schlussstrich unter Carries Verschwinden gezogen und bemüht sich nicht einmal, Mitgefühl zu heucheln.

»Aber wie soll ich denn je wieder schreiben können? Ich bin eine einzige klaffende Wunde. Jeden Morgen wache ich mit dem Verlangen auf, meinem Leben ein Ende zu setzen.«

Ich flüchte ins Wohnzimmer, aber sie folgt mir.

»Genau darüber musst du schreiben. Es gibt viele Künstler, die ein Kind verloren haben, was sie nicht daran gehindert hat, weiterhin kreativ zu sein.«

Fantine versteht es einfach nicht. Ein Kind zu verlieren, das ist nicht die Art von Kummer, den man sich wie eine Prüfung vorstellen kann, aus der man gestärkt hervorgeht, nachdem man ihn überwunden hat. Es ist ein Schmerz, der einen zerbricht und niedergestreckt auf dem Schlachtfeld zurücklässt, ohne Hoffnung, die Wunde könnte eines Tages heilen.

Aber ich weiß, dass sie das nicht hören will, und ziehe daher den Versuch vor, ihre Argumente vom Tisch zu wischen.

»Du hast kein Kind, also hast du auch kein Recht, dich dazu zu äußern.«

»Genau das sage ich doch: Mich interessiert, was du dazu zu sagen hast, nicht meine Meinung. In sehr unterschiedlichen Genres wurden unter dem Einfluss des Schmerzes Meisterwerke geschrieben.«

Ihre Silhouette zeichnet sich im Gegenlicht vor der Glaswand ab, als sie mit einer Aufzählung beginnt: »Victor Hugo hat das Gedicht *Morgen, schon ...* kurz nach dem Tod seiner Tochter geschrieben, Marguerite Duras' Roman *Der Schmerz* ist Teil ihrer Tagebücher, die sie während des Krieges verfasst hatte. William Styron hat *Sturz in die Nacht* geschrieben, nachdem er eine fünfjährige Depression überwunden hatte, was ...«

»Hör auf!«

»Das Schreiben war dein Rettungsanker«, argumentiert sie. »Ohne deine Bücher würdest du noch immer deinen Säufern Getränke servieren, im *Labyrinth* oder anderswo. Du wärst noch dieselbe Frau wie damals, als du mich aufgesucht hast: ein verlorenes, hilfloses Mädchen, ein Punk aus der Gosse ...«

»Schreib bitte die Geschichte nicht neu, *du* hast mich aufgesucht!«

Ich kenne ihre Methode: Mir Stiche zu versetzen,

damit sich in mir etwas bewegt. Das mag eine Zeit lang funktioniert haben, doch jetzt nicht mehr.

»Flora, hör mir zu. Du bist da, wo du immer sein wolltest. Erinnere dich daran, wie du im Alter von vierzehn Jahren in der Stadtbibliothek von Cardiff die Bücher von George Eliot oder Katherine Mansfield gelesen hast. Du träumtest davon, die zu sein, zu der du nun geworden bist: Die geheimnisvolle Romanautorin Flora Conway, deren nächstes Buch von Lesern in aller Welt sehnsüchtig erwartet wird.«

Von ihrer Ansprache erschöpft, lasse ich mich aufs Sofa fallen. Fantine steht vor dem Bücherregal und scheint etwas zu suchen. Schließlich findet sie es: Ein altes Exemplar des Magazins *The New Yorker*, in dem eines meiner Interviews abgedruckt ist.

»Während dieses Gesprächs hast du selbst es mehrfach wiederholt: ›Die Fiktion erlaubt es, das Unglück auf Abstand zu halten. Hätte ich mir meine Welt nicht komplett selbst erschaffen, wäre ich sicherlich in der Welt der anderen umgekommen.‹«

»Den Satz muss ich aus den Tagebüchern von Anaïs Nin geklaut haben.«

»Wen kümmert's. Ob du es willst oder nicht, du wirst schließlich wieder mit dem Schreiben anfangen. Weil du ohne das Schreiben nicht leben kannst. Bald wirst du dein kleines Ritual erneut aufnehmen: Alle Vorhänge zuziehen, die Klimaanlage so hoch einstellen, dass das Zimmer in einen Kühlschrank verwandelt wird. Du wirst deine uralten Jazz-Schallplatten auflegen, wieder anfangen zu rauchen wie ein Schlot und ...«

»Nein.«

»Aber so funktioniert das nicht, Flora. Es sind die Bücher, die entscheiden, dass du sie schreibst, nicht umgekehrt.«

Manchmal habe ich den Eindruck, dass es Fantine gar nicht wirklich gibt. Dass sie nur eine Stimme in meinem Kopf ist. Mal die von Jiminy Grille aus dem Pinocchio-Film von Walt Disney, mal die einer Misses Hyde, ein Wirbel provozierender oder widersprüchlicher Gedanken.

Da ich nicht reagiere, versucht sie es mit einem neuen Angriff: »Schmerz ist der beste Treibstoff des Schriftstellers. Vielleicht wirst du dir eines Tages sogar sagen, dass Carries Verschwinden eine Chance war.«

Ich gehe nicht darauf ein. Ich falle mehr und mehr in mich zusammen, bin nicht einmal mehr in der Lage, Wut zu empfinden. Alles, was ich noch zu sagen imstande bin, ist: »Ich möchte, dass du gehst.«

»Ich werde gehen, aber zuerst habe ich noch eine Überraschung für dich.«

Sie zieht aus ihrer großen Ledertasche eine Schachtel heraus.

»Die kannst du behalten. Ich mag deine Überraschungen nicht.«

Meine Worte ignorierend, legt sie das Geschenk auf den Wohnzimmertisch.

»Was ist das?«

»Die Lösung«, antwortet sie, bevor sie das Zimmer verlässt und die Tür hinter sich zuschlägt.

3 Das sechsunddreißigste Untergeschoss

*Bleiben Sie berauscht vom Schreiben,
damit die Realität Sie nicht vernichten kann.*

Ray Bradbury, *Zen in der Kunst des Schreibens*

1.

Mein aktuelles Problem war, dass Fantines Gerede über Zigaretten bei mir den dringenden Wunsch ausgelöst hatte, eine zu rauchen. In der Küche fand ich die angebrochene Schachtel, die ich für ebensolche Situationen oben auf dem Schrank versteckt hatte.

Ich zündete mir eine an, nahm ängstlich drei Züge und ging dann zum Tisch, um Fantines »Geschenk« – ich vermutete eine Hinterlist – in Augenschein zu nehmen. Es handelte sich um eine quadratische Holzschachtel von etwa zehn Zentimetern Höhe. Auf der glänzenden, leicht gesprenkelten Oberfläche schimmerten verschlungene rötliche Reflexe, die an eine Schlangenhaut erinnerten. Ich erriet den Inhalt, noch ehe ich sie geöffnet hatte: ein teurer Füllfederhalter. Fantine hatte eine romantische Vorstellung vom Schreiben. Sie glaubte offenbar wirklich, ich würde meine Gedanken mit Caran-d'Arche-Stiften in Moleskinbüchern niederschreiben, die ich auf der Christopher Street gekauft hatte. Sie schenkte mir oft sündhaft teure Schreibgeräte, um das Erscheinen eines neuen Romans oder einer Übersetzung zu feiern.

Nein, meine Liebe, so funktioniert das nicht.

Bevor ich einen neuen Roman begann, machte ich mir zwar auf Hunderten von Seiten Notizen, doch dazu benutzte ich einen einfachen BIC-Cristal-Kugelschreiber und einen karierten Block, den ich für neunundneunzig Cent in dem kleinen Supermarkt an der Ecke erstand. Autoren, die mit einem imposanten Montblanc-Füller schreiben, gibt es nur im Film oder in der Werbung.

Ich öffnete die Schachtel. Sie enthielt einen Vintage-Füllfederhalter und ein Fläschchen mit Tinte. Es war ein sehr schönes Modell von Dunhill Namiki, das vermutlich aus den 1930er-Jahren stammte – eine goldene Feder und ein schwarz lackierter Corpus, verziert mit japanischen Motiven in Perlmutt, Blattgold und Eierschale. Um den unteren Teil, kurz vor der Feder, zogen sich wellenförmige Arabesken, die in der Nähe des Tintentanks durch die verschlungenen Zweige eines blühenden Kirschbaums ersetzt wurden. Die berühmte *Sakura*, Symbol für die Vergänglichkeit unseres Lebens.

Ich nahm den Stift aus der Schachtel. Ein schönes Objekt – ja, eigentlich sogar ein Kunstwerk –, aber total retro. Ich konnte mir gut vorstellen, dass Zelda Fitzgerald oder Colette mit einem solchen Stift geschrieben hatten, während sie nebenbei Schokolade naschten oder, was wahrscheinlicher war, Gin oder Wodka tranken. Am Schaft des Füllers befand sich ein Hebel aus Perlmutt. Ich betätigte ihn und tauchte die Feder in das Fläschchen, um den Tank zu befüllen. Die Tinte hatte eine kupferfarbene Tönung und eine dickflüssige Konsistenz.

Ich ging mit dem Füllfederhalter zum Küchentisch. Kurz versuchte ich mir einzureden, dass ich mir einen Tee machen würde, doch ich wusste genau, dass ich letztlich eine der Meursault-Flaschen öffnen würde, die im Weinschrank lagen. Ich schenkte mir ein Glas ein, genoss den Wein in kleinen Schlucken und suchte dabei nach dem Schulheft, in dem ich vor langer Zeit begonnen hatte, Kochrezepte zu notieren. Ich fand es beim Zubehör des Backofens. Als ich es durchblätterte, stellte ich fest, dass meine kulinarischen Fähigkeiten sich auf Crêpes Suzette und Gratin Dauphinois beschränkten. Ich schraubte die Hülle des Füllers ab und setzte meine Unterschrift auf ein leeres Blatt, um die Feder zu testen. Sie glitt geschmeidig über das

Papier. Der Schriftverlauf war fließend, der Tintenfluss weder zu langsam noch zu schnell.

2.

»Ich verabscheue Literatur als Trost«, versicherte ich gern in meinen Interviews. Und oft fügte ich hinzu: »Ich war nie der Ansicht, dass es die Aufgabe der Literatur ist, die Welt zu korrigieren oder zu verbessern. Ich schreibe, ehrlich gesagt, nicht, damit sich meine Leser nach der Lektüre besser fühlen.«

Ich sagte das, weil man es von mir erwartete. Oder besser gesagt, man erwartete es von der Person Flora Conway, die ich gemeinsam mit Fantine erschaffen hatte. Man erwartete es von einer vermeintlich ernsthaften Schriftstellerin, die das Ideal des ästhetischen und intellektuellen Schreibens verteidigen musste und deren einziges Ziel die Form war. Eine Schriftstellerin, die sich mit einem Ausspruch von Oscar Wilde schmückte: »Bücher sind gut geschrieben oder schlecht geschrieben, weiter nichts.«

Doch in Wirklichkeit glaubte ich kein einziges Wort von dem, was ich da erzählte. Im Gegenteil, ich war stets der Überzeugung gewesen, dass die große Macht der Fiktion darin besteht, uns die Realität vergessen zu lassen oder die Wunden zu heilen, die uns die Gewalttätigkeit um uns herum zugefügt hat. Ich betrachtete den Dunhill Namiki. Lange war ich felsenfest davon überzeugt, ein Stift sei ein Zauberstab. Wirklich. Ganz ohne jede Naivität. Denn bei mir funktionierte das. Die Worte waren für mich wie Lego-Bausteine. Indem ich sie zusammenfügte, erschuf ich geduldig eine alternative Welt. Sobald ich an meinem Schreibtisch saß, war ich die Königin eines anderen Universums, das mehr oder minder meinem Willen unterworfen war. Ich bestimmte über Leben und Tod meiner Figuren. Ich konnte die Idioten umbringen, den Verdienstvollsten meine Gnade erweisen, Urteile je nach Lust und Laune fällen, ohne mich rechtfertigen zu müssen. Ich hatte drei Romane veröffentlicht, doch ich ging mit einem Dutzend weiterer Projekte schwanger. Und diese Anzahl bildete eine fiktive Welt, in der ich fast ebenso viel Zeit verbrachte wie in der Realität.

Doch nun war mir diese Welt verschlossen, mein Zauberstab ein Accessoire ohne jede Magie und machtlos gegen die Abwesenheit einer kleinen Dreijährigen. Die Realität hatte sich auf schmerzhafte Weise ihr Recht zurückerobert und ließ mich jetzt für meine Befreiungsversuche teuer bezahlen.

Ich schenkte mir ein weiteres Glas ein und dann noch eins. Alkohol und Angstlöser – der beste Cocktail, um den Boden unter den Füßen zu verlieren.

Müdigkeit und Verzweiflung hüllten mich in ihre Finsternis ein. *Vielleicht wirst du dir eines Tages sogar sagen, dass Carries Verschwinden eine Chance war.* Fantines obszöne und schockierende Worte hallten in meinem Kopf wider. Jetzt, da ich allein war, versuchte ich nicht mehr meine Tränen zurückzuhalten. Das Gespräch hatte Spuren hinterlassen. Wie konnte Fantine es wagen, zu glauben, ich sei mir nichts, dir nichts wieder in der Lage zu arbeiten? Schreiben verlangt eine unvergleichliche Energie. Es ist physische und mentale Schwerstarbeit. Doch mein Schiff war im Sinken begriffen. Einen Roman zu verfassen, das bedeutet, in die Tiefen meiner selbst hinabzutauchen. An einen dunklen Ort, den ich als sechsunddreißigstes Untergeschoss bezeichne. Denn dort befinden sich die kühnsten Ideen und Geistesblitze, die Seele der Protagonisten, der kreative Funke. Doch das sechsunddreißigste Untergeschoss ist ein feindseliges Territorium. Um seinen Hütern entgegenzutreten und unbeschadet von einer solchen Reise zurückzukehren, benötigt man Mittel, über die ich nicht mehr verfügte. Ich war nur noch von einem grenzenlosen Schmerz erfüllt, der von morgens bis abends in meinen Adern brannte. Ich konnte nicht schreiben, ich wollte nicht schreiben. Ich wollte nur noch eins: meine Tochter wiedersehen. Sogar, wenn es das letzte Mal wäre.

Und genau das schrieb ich mit dem Füllfederhalter wie ein Mantra in das kleine Rezeptheft:

Ich will Carrie wiedersehen.
Ich will Carrie wiedersehen.
Ich will Carrie wiedersehen.

Ein letztes Glas Meursault. An diesem Abend fühlte ich mich noch hilfloser als an anderen Abenden. Am Rande des Wahnsinns oder des Selbstmords. Dennoch versuchte ich in mein Schlafzimmer zu wanken, brach aber schließlich, wie niedergestreckt, auf dem Küchenboden zusammen.

Ich schloss die Augen, und die Nacht verschlang mich in ihrem Strudel. Ich trieb über einen grauen Himmel. Dunkle Wolken zerfaserten um mich herum. Dann tauchte im Nebel die Tür eines Aufzugs auf, in dem es nur einen einzigen Knopf gab. Nur eine Etage: das sechsunddreißigste Untergeschoss.

3.

Und plötzlich war Carrie da. Lebendig.

Es war ein sonniger Wintertag auf dem Spielplatz des McCarren-Parks ganz in der Nähe ihrer Vorschule.

»Pass auf, Mummy, jetzt!«, rief sie mir von der Plattform der Rutschbahn aus zu, ehe sie hinunterglitt.

Ich fing sie in meinen Armen auf, und mein Magen krampfte sich zusammen. Ich spürte ihr Haar und die

Wärme ihres Halses. Ich berauschte mich an ihrem Geruch und ihrem hellen Lachen, als ich sie küsste.

»Möchtest du ein Eis?«

»Es ist zu kalt, lieber einen Hotdog!«

»Ganz, wie du willst.«

»Los, komm, wir gehen«, rief sie aufgeregt.

Es war schwierig, diese Szene zeitlich genau zuzuordnen, aber auf dem Rasen vor der Church of Transfiguration lagen noch Schneereste. Es musste im letzten Januar oder Februar gewesen sein. Ich folgte Carrie zum Hotdog-Stand und bestellte das kleine Brötchen, das sie genüsslich verspeiste, wobei sie sich zum Rhythmus eines alten Reggae-Songs wiegte, der aus dem Ghettoblaster einer auf den Betonstufen sitzenden Skatergruppe dröhnte. Ich sah zu, wie sie in ihrem Schottenröckchen, der anthrazitfarbenen Strumpfhose, dem marineblauen Mäntelchen und der peruanischen Mütze tanzte. Und ich entdeckte ihre Fröhlichkeit wieder, ihre Energie, die ansteckende Lebensfreude, die mein Dasein verändert hatte, und ließ mich von ihr in den Strudel des Lebens ziehen.

4.

Um kurz vor sieben Uhr morgens öffnete ich die Augen. Eigentlich hätte ich in einen tiefen Schlaf fallen müssen, doch die Nacht war wie ein Windhauch vergangen. Eine leichte Nacht, in der mir Carrie im Traum erschienen war und mir den Luxus von Details, Gerüchen und Wahrnehmungen geschenkt hatte.

Das Erwachen war schwierig. Gesicht und Oberkörper waren schweißgebadet, die Glieder steif. Ich schleppte mich benommen ins Badezimmer und blieb lange unter der heißen Dusche stehen. Das Blut pulsierte mir in den Schläfen. Ich war kurzatmig und hatte Sodbrennen.

Unglaublich präzise und eindringliche Bilder von Carrie überschlugen sich in meinen Kopf und beeinträchtigten mein Sehvermögen. Was war in dieser Nacht geschehen? Niemals zuvor hatte ich je einen solchen Traum gehabt. Aus dem einfachen Grund, weil das, was ich erlebt hatte, kein Traum gewesen war. Es handelte sich um *etwas anderes*. Eine geistige Vision, die derart beschaffen war, dass sie eine perfekte Erinnerung widerspiegelte. Ja, sogar *realer* war als die Wirklichkeit selbst. Wie lange hatte diese Illusion angedauert? Ein paar Minuten oder gar Stunden? War der Füllfederhalter, den Fantine mir geschenkt hatte, der Auslöser gewesen? Im Grunde spielte das auch gar keine Rolle. Das Wichtigste war, dass ich für eine Weile meine Tochter wiedergefunden hatte – ein kurzes und künstliches Wiedersehen, und doch hatte es mir gutgetan.

Als ich aus der Dusche stieg, begann ich mit den Zähnen zu klappern. Mein ganzer Körper schmerzte.

Die Rippen, der Rücken, der Kopf. Ich ging in mein Schlafzimmer und verbrachte den Vormittag unter der wärmenden Bettdecke damit, den Film dieser Nacht vor meinem inneren Auge immer wieder ablaufen zu lassen. Ich blieb im Bett und öffnete schließlich meinen Laptop, um Recherchen über den Füllfederhalter anzustellen.

Die Namiki wurden in Japan hergestellt und in den 1920er-Jahren von Alfred Dunhill in Frankreich und Großbritannien vermarktet. Der englische Unternehmer war fasziniert von der Schönheit dieser Schöpfungen aus einer japanischen Manufaktur, die die geniale Idee gehabt hatte, die traditionellen Stifte aus Ebonit mit einem Lack zu überziehen. Man gewann ihn aus Büschen, die unmittelbar nach der Ernte abgeholzt und durch junge Büsche ersetzt wurden. Dieser Prozess und das komplexe Dekor aus Perlmutt und Blattgold machte jeden Füllfederhalter »einzigartig und magisch«, wie die damaligen Werbebroschüren präzisierten.

Nachmittags verließ ich mein Bett, um Mark Rutelli zu empfangen, der mir seinen wöchentlichen Besuch abstattete. Wir hatten es uns zur Gewohnheit gemacht, uns montags in meiner Küche zu treffen, wo wir bei gefüllten Crêpes, gekauft bei Hatzlacha, einem kosheren jüdischen Geschäft, angeregte Gespräche führten. Der ehemalige Polizist hatte ausgedehnte Nachforschungen angestellt, vor allem über Hassan, jenen

Mann, der am Vorabend von Carries Verschwinden einen Teil der Nacht mit mir verbracht hatte, sowie über Amelita Diaz, die junge philippinische Babysitterin, die mir von der Agentur geschickt worden war, um auf meine Tochter aufzupassen. Wenn auch bislang die Ergebnisse seiner Parallelermittlungen immer enttäuschend gewesen waren, kam Rutelli jedoch das Verdienst zu, nicht aufzugeben. Ganz im Gegensatz zu den anderen Ermittlern, mit denen ich zu tun gehabt hatte, hatte er mich nie für Carries Verschwinden verantwortlich gemacht.

An diesem Nachmittag sah ich ihm sofort an, dass er Neuigkeiten hatte. Er war nachlässig gekleidet, und sein Haar war zerzaust, so als ob er im Auto geschlafen hätte, aber seine geröteten Augen glänzten stärker als normalerweise.

»Haben Sie etwas entdeckt, Mark?«

»Freuen Sie sich nicht zu früh, Flora«, erwiderte er und nahm auf einem der Barhocker Platz.

Gelassen zog er seinen Blouson aus und legte das Holster neben sich auf den Tisch. Obwohl er sich bemühte, ungerührt zu wirken, verhielt er sich doch anders als sonst. Er hatte zwar keine Crêpes mitgebracht, aber ich schenkte ihm trotzdem den Wein ein, der vom Vorabend übrig geblieben war, und nahm dann neben ihm Platz.

»Ich will mit offenen Karten spielen«, erklärte er, während er seine abgewetzte Lederaktentasche öffnete. »Ich habe bereits Perlman, den Supervisor des FBI, über das informiert, was ich Ihnen jetzt erzählen werde.«

Ein stechender Schmerz fuhr durch mein Herz, ganz so, als hätte man einen Pfeil hineingebohrt.

»Was haben Sie herausgefunden, Rutelli? So reden Sie doch endlich!«

Er zog einen alten Laptop und eine kartonierte Mappe aus der Tasche.

»Lassen Sie mir Zeit, Ihnen alles zu erklären.«

Ich war so nervös, dass ich nach dem Glas Meursault griff und es zur Hälfte leerte. Der ehemalige Polizist sah mich mit gerunzelter Stirn an und nahm dann mehrere Fotos aus der Mappe.

»Ich habe Ihnen nichts davon erzählt, aber seit einigen Wochen überwache ich Ihre Verlegerin sehr gezielt«, erklärte er und breitete die mit einem Teleobjektiv aufgenommenen Fotografien vor mir aus.

»Fantine? Aber warum?«

»Warum nicht? Sie gehört zu Ihren engen Kontakten, und sie hat oft auf Carrie aufgepasst ...«

Ich betrachtete die Aufnahmen. Fantine auf den Straßen von Greenwich Village; Fantine, die ihre Wohnung in Soho verlässt; Fantine am Union Square; Fantine vor dem Schaufenster des Handtaschengeschäfts Celine in der Prince Street. Fantine, immer wie aus dem Ei gepellt.

»Und was hat diese Überwachung ergeben?«

»Nicht viel«, räumte Rutelli ein, »bis gestern Nachmittag.«

Er zeigte mir die beiden letzten Aufnahmen. Man sah Fantine in Jeans und einem Blazer, eine Sonnenbrille auf der Nase hinter der Vitrine eines Antiquariats.

»Das ist The Writer Shop, ein Geschäft im East Village.«

»Noch nie gehört.«

»Fantine hat dort einen Stift gekauft.«

Ich erklärte Rutelli, dass es sich vermutlich um den Dunhill Namiki handelte, den sie mir am Vorabend geschenkt hatte, um mir wieder auf die Sprünge zu helfen. Äußerst interessiert bat er, sich den Füllfederhalter ansehen zu dürfen. Ich zeigte ihn ihm, ohne meinen Traum der letzten Nacht zu erwähnen. Ich wollte vor dem einzigen Menschen, der mich unterstützte, nicht als Verrückte dastehen.

»Dann wissen Sie sicher etwas über den Stift«, fuhr Rutelli fort. »Man behauptet, er habe Virginia Woolf gehört.«

»Was hat das mit meiner Tochter zu tun?«

»Darauf komme ich gleich. Der Writer Shop ist ein Geschäft, das auf Relikte und die persönliche Habe bekannter Schriftsteller spezialisiert ist«, erläuterte Rutelli, während er die Website aufrief. »Für Wahnsinnssummen können Sie dort eine von Simenons Pfeifen oder das Gewehr erstehen, mit dem sich Hemingway eine Kugel in den Kopf gejagt hat.«

Ich zuckte mit den Schultern.

»Das ist typisch für unsere Zeit. Es gibt immer weniger wahre Leser. Die Leute interessieren sich nicht mehr für das Werk, sondern für den Künstler. Für sein Leben, sein Gesicht, seine Vergangenheit, seine Seitensprünge, den Blödsinn, den er in den sozialen Netzwerken postet. Sie interessieren sich für alles, außer fürs Lesen.«

»Dieses Geschäft hat mich neugierig gemacht«, fuhr Rutelli fort. »Also habe ich es etwas genauer unter die Lupe genommen. Ich bin hingegangen und habe mich als Sammler ausgegeben, dann habe ich den Inhaber mehrmals per E-Mail kontaktiert.« Er öffnete seinen Mail-Account und drehte den Bildschirm zu mir.

»Hier die Antwort des Besitzers.«

5.

Von: *Writer* Shop – East Village
An: Mark Rutelli
Betreff: Auszug aus unserem Katalog

Sehr geehrter Mr Rutelli,
zur Beantwortung Ihrer Anfrage schicken wir Ihnen in der Anlage gern eine Auflistung der zum Verkauf stehenden Objekte,

die nicht auf unserer Website präsentiert werden. Ich rechne mit Ihrer Diskretion und stehe Ihnen für alle weiteren Auskünfte zur Verfügung.

Mit besten Grüßen
Shatan Bogat, Geschäftsführer

Schenkung Alphonse François de Sade (1740 – 1814)
Zwei italienische Landschaften des Malers Jean-Baptiste Tierce, vormals Eigentum des Marquis, zeigen das zerstörte Dekor einiger Orgien-Szenen, die in dem Roman *Juliette oder Die Vorteile des Lasters* beschrieben werden.

Honoré de Balzac (1799 – 1850)
Kaffeekanne aus Limoges-Porzellan versehen mit den Initialen H. B., die dem Autor von *Die Menschliche Komödie* gehört hat. Diese Kaffeekanne war die beste Verbündete Balzacs – der Schriftsteller konnte bis zu fünfzig Tassen Kaffee am Tag trinken und schrieb oft mehr als achtzehn Stunden. Aber dieser Koffein-Missbrauch wird manchmal auch nur behauptet, um seinen frühen Tod im Alter von einundfünfzig Jahren zu erklären.

Knut Hamsun (1859 – 1952)
Fotografie des schwedischen Nobelpreisträgers von 1920 in Begleitung Hitlers.

Marcel Proust (1871–1922)
<u>Du Côté de chez Swann</u>, Paris, Bernard Grasset, 1914 Originalausgabe (1/5) auf handgeschöpftem Japanpapier, aus dem Besitz von Madame Céleste Albaret.
Das Buch ist in blauen Satin gebunden, demselben Stoff, aus dem die Tagesdecke des Schlafzimmers gemacht war, in dem Marcel Proust an seinem Lebensabend die meiste Zeit verbrachte.

Virginia Woolf (1882–1941)
<u>Schwarzer Lack-Füllfederhalter</u> der Marke Dunhill Namiki mit japanischen Motiven. Ein Geschenk ihrer Freundin und Geliebten Vita Sackville-West aus dem Jahr 1929 an die Autorin von *Mrs Dalloway*, begleitet von einer handschriftlichen Notiz: »Bitte bleibe in all diesem Durcheinander von Leben ein heller und beständiger Stern.« (Virginia benutzte ihn, als sie ihren Roman *Orlando* schrieb.)

James Joyce (1882–1941)
<u>Entwurf eines der *Dirty Letters*</u>, lange von der Zensur verboten, den er 1909 an seine Frau Nora schickte.

Albert Cohen (1895–1941)
<u>Morgenmantel aus roter Seide</u> mit schwarzen Tupfen, den er trug, während er *Ô vous, frères humains* verfasste.

Vladimir Nabokov (1899–1977)
3 Dosen spritzbares Morphium (20 mg/ml) aus Nabokovs Besitz.

Jean-Paul Sartre (1905–1980)
Meskalinpulver und Spritze, mit dem der Schriftsteller während des Verfassens von *Die Eingeschlossenen* seine Fantasie stimulierte.

Simone de Beauvoir (1908–1986)
Blau melierter Turban aus Alpaka, der Simone de Beauvoir gehörte.

William S. Burroughs (1914–1997)
*Revolver; Kaliber 38
Die Waffe, mit der Burroughs am 6. September 1951 seine Frau Joan Vollmer Adams tötete. Während eines feuchtfröhlichen Abends in Mexiko wollte er sich als guter Schütze beweisen und das Experiment von Wilhelm Tell nachstellen. Der amerikanische Schriftsteller bat seine Gefährtin, ein Champagnerglas auf ihren Kopf zu stellen, doch der Schuss verfehlte sein Ziel.
*Cannabis-Joint, der bei seinem Herzinfarkt am 2. August 1997 in der Jackentasche des Schriftstellers gefunden wurde.

Roald Dahl (1916–1990)
Schokoladenriegel der Marke Cadbury, der Roald Dahl gehörte und ihn zum Verfassen von *Charlie und die Schokoladenfabrik* inspirierte.

Truman Capote (1924–1984)
Graburne, die die Asche des Autors von *Frühstück bei Tiffany* enthält.

George R. R. Martin (1948–)
Computer Osborne mit Textverarbeitungsprogramm WordStar, auf dem der erste Band von *Game of Thrones* geschrieben wurde.

Nathan Fawles (1964–)
Schreibmaschine der Marke Olivetti aus mandelgrünem Bakelit (und mit zwei Farbbändern), auf der der Roman *A small american town* verfasst wurde, der Fawles den Pulitzerpreis einbrachte.

Romain Ozorski (1965–)
Patek-Philippe-Uhr, ewiger Kalender Ref. 3940G. Geschenk seiner Frau an den französischen Autor anlässlich des Erscheinens seines Romans *L'homme qui disparaît* im Frühjahr 2005. Gravur auf der Rückseite: *You are at once both the quiet and the confusion of my heart.* (Du bist gleichzeitig die Ruhe und die Aufregung meines Herzens.)

Tom Boyd (1970–)
Laptop PowerBook 540c, Geschenk seiner Freundin Carol Alvarez, auf dem der amerikanische Autor die beiden ersten Teile der *Angels Trilogy* geschrieben hat.

Flora Conway (1971–)
Rosafarbener Hausschuh aus Samt mit einem Bommel. Rechter Fuß. Gehörte ihrer unter mysteriösen Umständen verschwundenen Tochter.

6.

»Wem gehört dieses Geschäft?«, fragte ich und hob den Blick vom Bildschirm.

»Einem gewissen Shatan Bogat. Ein Gauner, der schon mehrmals wegen Betrügereien verurteilt wurde.«

»Das wundert mich nicht. Ich könnte wetten, dass die meisten dieser Objekte Fälschungen sind. Und erst recht der Hausschuh meiner Tochter. Das ist doch alles Unsinn, Rutelli.«

»Das behauptet auch das FBI. Aber sie werden Shatan Bogat verhören, um es zu überprüfen.«

Innerhalb weniger Minuten war Niedergeschlagenheit an die Stelle der Aufregung getreten. Wirklich ein Schlag ins Wasser. Rutelli spürte, dass ich Mühe hatte, meine Enttäuschung zu verbergen.

»Ich werde jetzt gehen, Flora. Tut mir leid, wenn ich Ihnen falsche Hoffnungen gemacht habe.«

Ich behauptete, das sei nicht schlimm, und dankte ihm trotzdem für seine Mühe. Ehe er ging, drängte er mich, ihm den »Stift von Virginia Woolf« zu überlassen, den er analysieren lassen wollte.

Als ich wieder allein war, verspürte ich erneut den Wunsch, einfach zu verschwinden. Mich in Luft aufzulösen. So tief zu versinken, dass mich niemand mehr retten könnte. Und darum verordnete ich mir dasselbe Shutdown-Ritual wie am Vorabend: eine Flasche Wein und Angstlöser. Ich holte das Schulheft heraus und bedauerte, Rutelli den Füllfederhalter überlassen zu haben, auch wenn ich wusste, dass alles, was sich in meinem Kopf abspielte, nur eine Illusion war, dass mir mein Geist einen bösen Streich spielte. Aber immerhin blieb mir das Tintenfläschchen. *Die Zaubertinte.* Ich öffnete es und tauchte meinen Zeigefinger in die rötlich schimmernde Flüssigkeit. Dann schrieb ich auf eine Doppelseite in Großbuchstaben eine Nachricht.

ICH WILL CARRIE WIEDERSEHEN, SO WIE SIE
EINE STUNDE VOR IHREM VERSCHWINDEN
WAR

Ich war von diesem magischen Gedanken wie beseelt: Die verrückte Idee, dieses Ritual könnte mir ein Fenster zur Vergangenheit öffnen und mich an den Tag zurückversetzen, an dem meine Tochter verschwunden war. Von der Wirkung meines einschläfernden Cocktails benommen, lief ich durch die Wohnung, um schließlich auf mein Bett zu sinken. Draußen war es Nacht geworden. Das Zimmer und ich ruhten im Dämmerlicht. Ich spürte, wie sich meine Gedanken trübten. Ich trieb dahin. Die Realität verformte sich und wich seltsamen Bildern. Plötzlich tauchte ein Liftboy, wie man sie früher in großen Hotels kannte, in meinem Traum auf. Er trug eine zinnoberrote Uniform mit goldenen Tressen und Knöpfen, sein Gesicht war furchterregend in die Länge gezogen, die Ohren abstehend und die Zähne wie die eines Riesenkaninchens.

»Wissen Sie, was auch immer Sie tun mögen, Sie werden das Ende der Geschichte nicht ändern können«, erklärte er, als er das Gitter des Aufzugs öffnete.

»Ich bin Schriftstellerin«, erwiderte ich. »Und ich bin diejenige, die über das Ende der Geschichte entscheidet.«

»In Ihren Romanen vielleicht, aber nicht in der Realität. Die Schriftsteller versuchen die Welt zu kontrollieren, doch manchmal lässt die sich das nicht gefallen.«

»Würden Sie bitte trotzdem hinunterfahren?«

»In das sechsunddreißigste Untergeschoss, nicht wahr?«, fragte er und schloss die Türen.

4 Tschechows Gewehr

Umsonst ist nichts im Leben,
umsonst ist nur der Tod,
und der kostet das Leben.

Elfriede Jelinek, *Die Ausgesperrten*

1.

Es ist einer jener schönen, sonnigen Nachmittage, die New York uns im Frühling so oft beschert. Die Eingangshalle der Montessori School am McCarren-Park ist lichtdurchflutet. Einige Eltern, die auf dem Gang warten, tragen noch ihre Sonnenbrille. Plötzlich öffnet sich eine Tür, und etwa zwanzig Drei- bis Sechsjährige stürmen lachend und lärmend aus der Klasse. Ich nehme Carrie an die Hand, und wir gehen auf die Straße. Sie hat gute Laune, will sich aber nicht in ihren Buggy setzen, sondern neben mir laufen. Da sie nach fast jedem dritten Schritt stehen bleibt, brauchen wir beinahe eine halbe Stunde, um das *Marcello's* an der

Ecke zum Broadway zu erreichen. Carrie wählt mit Sorgfalt das Obstkompott und ihr Cannolo aus, die sie verspeist hat, noch ehe wir das Lancaster Building erreichen.

»Ich habe etwas für dich, meine Kleine«, ruft ihr der neue Portier Trevor Fuller Jones zu, als wir die Eingangshalle betreten.

Er reicht Carrie einen Honig-Sesam-Lutscher, allerdings verbunden mit dem Versprechen Carries, nicht gleich alles aufzuessen. Dann meint er, es sei doch ein großes Glück, eine Schriftstellerin als Mama zu haben, weil sie ihr sicher abends beim Zubettgehen schöne Geschichten erzählt.

»Wenn Sie das sagen, heißt das aber, dass Sie noch nie einen Blick in meine Romane geworfen haben.«

»Das stimmt, aber bei meiner Arbeit habe ich keine Zeit zum Lesen.«

»Sie nehmen sich nicht die Zeit zum Lesen, das ist nicht dasselbe«, antworte ich ihm, während sich die Aufzugtüren schließen.

Wie es unser bewährtes Ritual verlangt, hebe ich Carrie hoch, damit sie auf den Knopf für die sechste und oberste Etage drücken kann. Die Kabine setzt sich mit einem metallischen Knarren in Bewegung, das uns beide inzwischen nicht mehr erschreckt.

Sobald wir die Wohnung betreten, zieht Carrie ihre kleinen Turnschuhe aus, um in ihre hellrosa Hausschuhe mit Bommeln zu schlüpfen. Sie folgt mir zur

Stereoanlage, schaut zu, wie ich eine Schallplatte auflege – das Klavierkonzert in G-Dur von Ravel –, und vor Vorfreude auf die Musik, die gleich ertönen wird, klatscht sie in ihre Händchen. Anschließend hängt sie einige Minuten an meinem Rockzipfel, bis ich die Wäsche fertig aufgehängt habe, um mich dann zum Versteckspielen aufzufordern.

Ich bin aufgeregt. Ich spüre, dass diese temporäre Ausdehnung so empfindlich ist wie eine Seifenblase. Und ich habe Angst, dass sich das Fenster in die Vergangenheit plötzlich einfach schließen könnte, noch ehe ich etwas Neues erfahren habe.

»In Ordnung, mein Schatz.«

»Geh in dein Zimmer und zähl bis zwanzig!«

Carrie folgt mir, um sich davon zu überzeugen, dass ich mich auch wirklich zur Wand drehe und die Augen schließe.

»Nicht schummeln, Mummy!«, schimpft sie, bevor sie davonläuft, um sich zu verstecken.

Die Hände vor den Augen, beginne ich in meinem Zimmer laut zu zählen, nicht zu langsam, nicht zu schnell.

»Eins, zwei, drei ...«

Ich höre das gedämpfte Geräusch ihrer kleinen Schritte auf dem Parkett. Carrie hat mein Zimmer verlassen. Mein Herz krampft sich zusammen.

»... vier, fünf, sechs ...«

Durch die kristallklaren Klänge des Adagio hindurch höre ich, wie sie das Wohnzimmer durchquert, den Eames-Sessel zur Seite schiebt, der vor der großen Glaswand thront. Die beschwörende Musik regt zum Träumen an und hat etwas Hypnotisches, das mich in eine Art Glücksrausch zu versetzen vermag.

»... sieben, acht, neun ...«

Ich öffne die Augen.

Als ich gerade ins Wohnzimmer komme, sehe ich noch, wie Carrie in den Flur läuft. Ich darf sie nicht aus den Augen verlieren. Um sie nicht misstrauisch zu machen, zähle ich weiter.

»... elf, zwölf, dreizehn ...«

Ich schleiche durch den Salon. Die Sonne hinter den Hochhäusern erzeugt ein unwirkliches Licht. Vorsichtig werfe ich einen Blick in den Flur.

»... vierzehn, fünfzehn, sechzehn ...«

Mit ihren kleinen Händen öffnet Carrie den Besenschrank. Ich sehe, wie sie hineinschlüpft. Aber das ist doch unmöglich! Ich habe zwanzig Mal in dem verdammten Schrank nachgesehen.

»... siebzehn, achtzehn, neunzehn ...«

Ich laufe über den lichtdurchfluteten Gang. Ich blinzle. Mein Herz schlägt schneller. Die Wahrheit ist ganz nahe. Zum Greifen nahe.

»Zwanzig.«

Als ich die Schranktür öffne, wirbelt eine Staubwolke vor meinen Augen auf. Es ist eine dicke, bräunliche Wolke, die mir die Sicht nimmt und aus der die

Silhouette eines Hasen-Mannes auftaucht, der wie ein Liftboy gekleidet ist. Als er seinen widerwärtigen Mund öffnet, warnt er mich: »Was auch immer Sie tun, Sie werden das Ende der Geschichte NIE ändern können!«

Dann verschwindet er mit grässlichem Gelächter.

2.

Angsterfüllt schreckte ich hoch. Ich lag quer auf dem Bett. Es war heiß im Zimmer. Ich erhob mich, um das Gebläse der Heizung auszuschalten, legte mich dann aber sofort wieder hin. Meine Kehle war ausgetrocknet, die Lider waren geschwollen, und mein Kopf fühlte sich an, als würde er in einem Schraubstock stecken. Dieser Albtraum, der realer war als die Realität, hatte mich verstört, und ich war völlig außer Atem, so als wäre ich die ganze Nacht über gerannt. Ich blieb noch eine Viertelstunde im Bett, doch die Migräne wurde immer schlimmer, ja, fast unerträglich. Also zwang ich mich, aufzustehen und ins Bad zu gehen, wo ich mit mehreren Gläsern Wasser zwei Tabletten Diclofenac schluckte. Mein Hals war steif, und meine Finger, die ich aneinanderrieb, schienen von Arthritis gelähmt. So konnte es einfach nicht weitergehen.

Der wiederholte Klingelton der Bildsprechanlage zerriss mir fast das Trommelfell. Als ich auf den Knopf drückte, sah ich auf dem Display das Gesicht des Portiers Trevor.

»Die Journalisten sind wieder da, Mrs Conway.«

Die Scherereien würden also nie aufhören.

»Welche Journalisten?«

»Das wissen Sie doch.«

Ich massierte mir die Schläfen, um den Schmerz zu lindern, der in meinem Schädel pulsierte.

»Sie wollen eine Stellungnahme von Ihnen haben. Was soll ich denen sagen?«

»Dass sie sich zum Teufel scheren können.«

Ich legte auf, holte meine Brille aus dem Wohnzimmer und sah aus dem Fenster.

Trevor hatte recht. Eine Gruppe von etwa zwanzig Personen belagerte das Lancaster Building vom gegenüberliegenden Bürgersteig aus. Aasgeier, Ratten und Blutsauger: Immer dieselben widerwärtigen Kreaturen, die in regelmäßigen Abständen zurückkamen, um sich am Verschwinden meiner kleinen Tochter zu weiden. Ich fragte mich, wie man auf solche Abwege geraten konnte. Wie konnte man jeden Tag diesen Job machen? Was redeten sie sich ein, um das guten Gewissens tun zu können, und was erzählten diese Leute abends ihren Kindern von ihrem Tag? Und warum waren es gerade heute so viele?

Ich griff nach meinem Handy, um zu sehen, ob ich Nachrichten bekommen hatte, aber der Akku war leer. Als ich ihn zum Aufladen anschloss, bemerkte ich, dass Rutelli sein Holster mit der Waffe auf der Arbeitsplatte in der Küche vergessen hatte. Ich wandte den Blick von der Glock ab – Pistolen hatten mir schon immer Angst gemacht –, schaltete den Fernseher ein und zappte durch die Nachrichtensender.

Ich brauchte nicht lange zu suchen:

Neue Entwicklung im Fall der verschwundenen kleinen Carrie Conway. Der etwa fünfzigjährige Mann, der gestern Abend festgenommen wurde, ist wieder auf freiem Fuß, ohne dass ihm irgendetwas zur Last gelegt werden konnte. Shatan Bogat, Besitzer eines Antiquitätengeschäfts im East Village, hatte einen Hausschuh angeboten, den Carrie Conway angeblich am Tag ihres Verschwindens trug. Dabei handelt es sich um eine Fälschung, und Mister Bogat redete sich auf einen schlechten Scherz heraus. Also müssen die Ermittler wieder bei null anfangen ...

Ich schaltete den Fernseher aus. Ich hatte es zwei Minuten lang ausgehalten. Ohnehin hatte ich nicht an diese verrückte Fährte geglaubt. Als mein Handy wieder funktionstüchtig war, fand ich jede Menge Nachrichten von Rutelli vor, der mich dringend um einen Rückruf bat.

»Hallo, Mark.«
»Flora? Sie haben Shatan Bogat freigelassen!«
»Ja«, antwortete ich mit einem Seufzer. »Ich habe

gerade die Nachrichten gesehen. Wissen Sie, dass Sie Ihre Waffe bei mir vergessen haben?«

Rutelli ignorierte die Bemerkung.

»Das ist ein großer Irrtum, Flora! Der Stift!«

»Was ist mit dem Stift?«

»Ich habe ihren Füllfederhalter in einem privaten Labor untersuchen lassen.«

»So schnell? Und?«

»Der Stift ist nicht das Problem ...«

Ich wusste, was jetzt kommen würde: *sondern die Tinte.*

»Es geht um die Tinte«, sagte er, wie um mich zu bestätigen. »Um die Zusammensetzung der Tinte.«

»Was stimmt daran nicht?«

Ich war auf alles Mögliche gefasst.

»Sie enthält Wasser, Farbstoff, Ethylalkohol, aber auch ... Blut.«

»Menschliches Blut?«

»Das Labor ist sich ganz sicher, Flora, es handelt sich um das Blut Ihrer Tochter.«

3.

Schwindelgefühle.

Ein Räderwerk, dessen Einzelteile mich nach und nach zermalmten.

Ich legte auf. Mein ganzer Körper war verkrampft.

Ich bekam keine Luft mehr. Ich hätte gern die Fenster geöffnet, aber sie waren versiegelt. All das musste endlich ein Ende haben, dieses ständige Grübeln, diese Orientierungslosigkeit, diese plötzlichen und ungeahnten Wendungen. Diese emotionalen Achterbahnfahrten.

Ungeschickt zog ich Rutellis Pistole aus dem Holster und überprüfte, ob sie geladen war. Vielen Schriftstellern ist es bekannt, es gibt ein dramaturgisches Prinzip in der Literatur, das man als »Tschechows Gewehr« bezeichnet: Wenn man im ersten Akt sagt, dass ein Gewehr an der Wand hängt, erklärt der russische Dramaturg, dann muss im zweiten oder dritten Akt zwangsläufig damit geschossen werden. Und genau dieses Gefühl beschlich mich in dem Moment: dass jemand absichtlich diese Waffe hierher gelegt hatte, damit ich danach griff.

Die Glock in der Hand, stieg ich aufs Dach, wo mich ein erfrischender Wind und die Geräusche der Stadt empfingen. Die synthetische Beschichtung des ehemaligen Badminton-Feldes begann zu bröckeln. Die Blumenkästen, in denen ich mit Carrie Gemüse angepflanzt hatte, waren von Unkraut überwuchert.

Doch die frische Luft löste eine Blockade in meinem Gehirn, sodass ich klarer denken konnte. Ich musste ab jetzt meine Gefühle und Emotionalität beiseiteschieben und durfte mich nur noch auf mein logisches Denken verlassen. Von Anfang an hatte etwas nicht gestimmt. Die Geschichte war von Grund auf verfahren. Wenn die Wohnungstür von innen abgeschlossen gewesen war, war es völlig unlogisch, dass man Carrie nicht gefunden hatte. Es war schlicht und ergreifend *unmöglich*.

Ich musste an Arthur Conan Doyles Ausspruch denken: »Nachdem alles Unmögliche ausgeschlossen worden ist, muss man in dem, was übrig bleibt, so unwahrscheinlich es sein mag, die Wahrheit finden.« Aber wo lag dann die Erklärung? Vielleicht litt ich an einer Geisteskrankheit, oder ich befand mich in einem Medikamentendelirium oder lag wegen einer Nahtoderfahrung im Koma. Womöglich war es auch eine Amnesie oder ein frühzeitiger Alzheimer. Bereit, alle Hypothesen ins Auge zu fassen, spürte ich jedoch, dass sie nicht zutrafen.

Der Himmel war bedeckt, die Wolken türmten sich auf. Die Bambusumzäunung der Terrasse bog sich unter den Windböen.

Irgendetwas war mir entgangen. Kein Detail, nein. Etwas viel Grundlegenderes. Ganz so, als hindere mich von Anfang an eine Rauchwolke daran, die Realität wahrzunehmen. Ich litt zwar nicht an einer Paranoia, aber dennoch hatte ich von der ersten Minute an das unangenehme Gefühl gehabt, dass mich jemand beobachtete und sogar an meiner Stelle die Entscheidungen traf. Es war schwierig, diese Empfindung rational zu erfassen, doch zum ersten Mal hatte ich den Eindruck, eine Bresche in die glatte Oberfläche schlagen zu können.

Ich versuchte, klarer zu sehen, was ich empfand. Woher kam dieses Gefühl, dass die Geschichte bereits geschrieben war? Dass ich keine Kontrolle über die mich umgebende Realität hatte? Und vor allem, dass jemand die Fäden zog und mich wie eine Marionette manipulierte.

Aber wer?

Und ein weiteres Gefühl nahm von Tag zu Tag zu und wurde immer präziser: das des Gefangenseins. Seit wie vielen Monaten hatte ich meine Wohnung nicht mehr verlassen? Meine vermeintliche Begründung war, dass ich der Hetzjagd der Journalisten entkommen wollte und auch, dass ich zu Hause sein wollte, falls Carrie plötzlich wiederauftauchte, aber diese Vorwände waren nicht stichhaltig. Was hinderte mich *wirklich* daran, mich hinauszuwagen?

Plötzlich tauchte ein Bild vor meinem inneren Auge auf – Platons Höhlengleichnis. Das menschliche Schicksal verdammt uns dazu, in Unwissenheit zu leben, Gefangener falscher Vorstellungen zu bleiben, wie in einer Grotte eingeschlossen, geblendet durch Manöver und Intrigen, die ihre Schatten werfen, welche wir für die Wahrheit halten.

Wie die Menschen, die Platon als in ihren Höhlen gefangen beschreibt, war ich an meine Wohnung gefesselt. Und wie sie erfasste auch ich nicht die Wahrheit der Welt. Ich nahm nur die sich ständig wandelnden Silhouetten zur Kenntnis, die im täuschenden Sonnenlicht ihre Schatten warfen. Ihre Bruchstücke, ihren Widerhall.

Genau das war es: Ich war geblendet.

Ich klammerte mich an diese Vorstellung: Irgendjemand oder irgendetwas sorgte ganz bewusst dafür, dass ich die Welt in einem falschen Licht sah. Die Realität war anders, als ich geglaubt hatte, und ich hatte bisher in einer Lüge gelebt.

Diesen Schleier der Unwissenheit musste ich zerreißen, koste es, was es wolle.

Das Getöse der Stadt hallte immer lauter in meinen Ohren wider. Das Hupen, die Polizeisirenen, der Lärm der Kräne und Presslufthämmer von einer benachbarten Baustelle. Bedrohung lag in der Luft. Ich hatte Angst vor dem, was ich entdecken könnte. Die Angst der Gefangenen, die endlich ihre Höhle verlassen und feststellen müssen, dass die Dunkelheit, in der sie gelebt hatten, angenehm ist und sie unter der Helligkeit leiden.

Jetzt schien mir gar nichts mehr sicher. »Niemand kann wissen, ob die Welt nur in der Fantasie existiert oder real ist, und auch nicht, ob es einen Unterschied zwischen träumen und leben gibt.« Dieser Satz von Jorge Luis Borges fiel mir wieder ein und verstärkte in mir das Gefühl, dass die Realität nur eine Lackschicht war.

Erneut spürte ich eine deutliche Präsenz in meiner Nähe, auch wenn ich wusste, dass ich allein auf dem Dach war. Der Einfluss war unsichtbar und kam von jemand anderem.

Einem Marionettenspieler.

Einem Feind.

Einem Dreckskerl.

Einem *Romanschreiber*.

Die vertraute Landschaft um mich herum begann kurz zu vibrieren. Dann kam alles wieder zum Stillstand und trat klarer zutage – die Docks der Werften, der hohe Ziegelschornstein der ehemaligen Zuckerfabrik, die imposante Metallkonstruktion der Williamsburg Bridge, die sich über den East River spannte.

Ganz allmählich hatte ich diese Gewissheit gewonnen. Ich war das Spielzeug eines Schriftstellers. Ich war eine Romanfigur. Hinter seiner Schreibmaschine oder wohl eher hinter dem Bildschirm seines Computers spielte jemand mit meinem Leben.

Ich hatte den Feind enttarnt und wusste, wie er vorging, denn ich übte ja denselben Beruf aus wie er. Und das gab mir die Gewissheit, dass ich seine Pläne durchkreuzt hatte. Der Marionettenspieler rechnete nicht damit, demaskiert zu werden, und war gerade dabei, die Fäden seines Spielkreuzes zu verheddern.

Eine neue Chance eröffnete sich. Eine Chance, die alle Möglichkeiten gewährte, vor allem die, den Lauf der Geschichte zu verändern. Ich musste eine Möglichkeit finden, den Spieß umzudrehen. Um mich seiner Kontrolle zu entziehen, hatte ich keine andere Wahl, als ihn in das Spiel mit einzubeziehen.

Ich zog Rutellis Waffe aus meiner Jackentasche. Zum ersten Mal seit langer Zeit hatte ich das Gefühl, ein wenig mehr Freiheit errungen zu haben. Ich spürte deutlich, dass der Typ hinter seinem Bildschirm nicht damit gerechnet hatte. Was auch immer man behaupten mag, letztlich mögen Schriftsteller es gar nicht, wenn ihre Protagonisten ihnen das Messer an die Kehle setzen.

Ich hielt mir den Lauf der Glock an die Schläfe.

Erneut tanzten verwackelte Bilder vor meinen Augen, so als würde sich die Landschaft um mich herum verzerren.

Bevor sie ganz verschwand, legte ich den Finger auf den Abzug und schrie dem Kerl hinter seinem Bildschirm zu:

»DU HAST DREI SEKUNDEN, UM ZU VERHINDERN, DASS ICH ES TUE: EINS, ZWEI, DR ...«

Eine Roma(i)nfigur

5 Zeitenfolge

> *Einen Roman zu schreiben, ist nicht besonders schwierig [...] Ausnehmend schwierig ist es jedoch, unentwegt Romane zu schreiben. [...]*
> *Wie gesagt, braucht man dazu diese besondere Fähigkeit zur Beharrlichkeit, die sich vom gewöhnlichen Talent unterscheidet ...*
>
> Haruki Murakami, *Von Beruf Schriftsteller*

Ich hielt mir den Lauf der Glock an die Schläfe.
Erneut tanzten verwackelte Bilder vor meinen Augen, so als würde sich die Landschaft um mich herum verzerren. Bevor sie ganz verschwand, legte ich den Finger auf den Abzug und schrie dem Kerl hinter seinem Bildschirm zu:
»DU HAST DREI SEKUNDEN, UM ZU VERHINDERN, DASS ICH ES TUE: EINS, ZWEI, DR ...«

1.
Paris, Montag, 11. Oktober 2010

Von Panik ergriffen, klappte ich meinen Laptop hektisch zu. Ich saß auf einem Stuhl, und obwohl meine Stirn glühend heiß war, lief mir ein eisiger Schauer über den Rücken. Meine Augen brannten, und ein heftiger Schmerz lähmte mir Schultern und Nacken.

Verdammt, es war das erste Mal, dass mich eine meiner Figuren direkt ansprach, während ich an einem Roman schrieb!

Ich heiße Romain Ozorski. Ich bin fünfundvierzig Jahre alt. Und ich habe schon immer geschrieben. Mein erstes Manuskript, *Les Messagers*, wurde herausgegeben, als ich einundzwanzig Jahre alt und noch Medizinstudent war. Seither habe ich achtzehn weitere Romane geschrieben, die alle Bestseller geworden sind. Seit über zwanzig Jahren schalte ich jeden Morgen meinen Laptop ein, öffne mein Textverarbeitungsprogramm und lasse die Mittelmäßigkeit des Erdendaseins hinter mir, um in meine Parallelwelten abzutauchen. Schreiben war für mich nie eine Freizeitbeschäftigung. Ich gehe völlig darin auf. »Eine besondere Lebensart«, nannte Flaubert es. »Schreiben ist wie eine Droge.« Lobo Antunes: »Man fängt aus purem Vergnügen an, und am Ende organisiert man sein Leben wie ein Drogensüchtiger um seine Sucht herum.«

Ich arbeite also jeden Tag von morgens bis abends, ohne auf die dafür angeblich nötige »Inspiration« zu warten. Es ist eher das Gegenteil der Fall: Weil ich arbeite, kommt schließlich die Inspiration. Ich liebe diese Disziplin, diese Beharrlichkeit, diese Herausforderung. Dabei ist nichts einfach, nichts gesichert. Stets lauert der Abgrund, denn man weiß nie, wohin das Schreiben einen führt.

Bei einer täglichen Arbeitszeit von sechs Stunden – die Schätzung ist eher niedrig gegriffen – hatte ich inzwischen die Marke von fünfundvierzigtausend Arbeitsstunden bei Weitem überschritten. Fünfundvierzigtausend Stunden, in denen ich inmitten meiner Figuren auf dem Papier lebte. Das machte mich – nach Ansicht meiner zukünftigen Ex-Frau – vielleicht zu einem »für das echte Leben ungeeigneten« Menschen, aber auch zu jemandem, der behaupten konnte, sich im Bereich der Fiktion gut auszukennen. Doch das, was mir soeben widerfahren ist, war mir noch nie passiert. In Interviews konnte ich wunderbar wiederholen, der aufregendste Moment beim Schreiben sei der, wenn die Figuren autonom würden und den Wunsch hätten, ungeahnte Dinge zu tun, die man für sie nicht unbedingt vorgesehen hatte. Niemals jedoch hätte ich geglaubt, mich eines Tages tatsächlich in einer solchen Situation wiederzufinden.

Fest entschlossen, es nicht bei einem Misserfolg zu belassen, öffnete ich erneut mein Textverarbeitungsprogramm und unternahm den nächsten Versuch, mit meiner Erzählung fortzufahren.

```
Bevor er ganz verschwand, legte ich den
Finger auf den Abzug und schrie dem Kerl
hinter seinem Bildschirm zu:
»DU HAST DREI SEKUNDEN, UM ZU VERHINDERN,
DASS ICH ES TUE: EINS, ZWEI, DR …«
```

Ich versuchte den Faden meiner Geschichte wiederaufzunehmen, aber ich hatte das Gefühl, jedes Aufblinken des Cursors auf dem Bildschirm würde meinen Pupillen einen kleinen Schnitt zufügen. Ich war wie gelähmt, unfähig, mich dieser Situation zu stellen.

Für das Schreiben eines Romans gibt es, grob gesagt, zwei Vorgehensweisen. Lange Zeit hatte ich die sichere Variante gewählt. Mit der Genauigkeit eines Uhrmachers verbrachte ich mehrere Monate damit, einen vollständigen Plan auszuarbeiten. Ich füllte ganze Hefte, in denen alles peinlichst genau aufgeführt war: die Handlung, überraschende Wendungen, die Biografien der einzelnen Personen, die Dokumentation. Nach Abschluss dieser Vorarbeiten musste ich nur noch die Hefte zur Hand nehmen und dem Ablauf meiner Geschichte folgen. Um mit Jean Giono zu sprechen: »Das Buch ist fast fertig, es muss nur noch geschrieben werden.« Aber wozu eine Geschichte schreiben, deren Ende man bereits kennt? Mit den

Jahren hatte sich meine Arbeitsmethode verändert. Mittlerweile versuchte ich mich selbst zu überraschen, indem ich mir die Story während ihrer Entstehung erzählte. Mir gefiel die Vorstellung, einfach loszulegen, ohne das Ende der Handlung zu kennen. Das war die »Stephen-King-Methode«, der davon ausgeht, dass die Geschichten bereits im Vorfeld existieren und wie Fossilien im Boden ruhen, die der Romanschriftsteller im Lauf des Schreibens nur noch ausgraben muss, ohne zu wissen, ob es sich dabei um das Skelett eines Dinosauriers oder eines Waschbären handelt.

Diesen Weg hatte ich für meinen neuen Roman gewählt, der den vorläufigen Titel *La troisième face du miroir – Die dritte Seite des Spiegels* – trug. Ich war von einer einfachen Situation ausgegangen – dem Verschwinden eines Kindes – und blieb offen für die Vorschläge meiner Figuren. Nicht alle sind aus demselben Holz geschnitzt. Einige sind faule Säcke erster Güte, Diven, die sich damit begnügen, ihren Text aufzusagen, ohne einem die geringste Hilfestellung zu geben. Andere hingegen versuchen, die Führung zu übernehmen und einen vom geplanten Kurs abzubringen. Aber das hier ging entschieden zu weit. Flora Conway hatte nicht nur rebelliert, sie hatte mich entlarvt.

Die Regentropfen prasselten mit einem Höllenlärm gegen die Fensterscheiben. Seit drei Tagen wurde ich von einer heftigen Grippe mit Fieberschüben geplagt und hustete mir die Seele aus dem Leib. Ich verbrachte die Tage eingewickelt in ein Plaid aus Vikunjawolle, das meine Frau vergessen hatte, als sie mich verließ, und bewegte mich zwischen dem Sofa im Wohnzimmer und meinem Laptop, zwischen Paracetamol und Vitamin C. Eine Viertelstunde lang blieb ich niedergeschlagen auf meinem Bürostuhl sitzen, fixierte den Bildschirm und dachte über die vier Kapitel nach, die ich bisher geschrieben hatte. Je mehr ich mich jedoch darauf konzentrierte, desto größer wurde meine innere Unruhe. Das Bild von Flora Conway und ihrer Waffe erschreckte mich so sehr, dass ich erst einmal aufgab und mich erhob, um mir einen Kaffee zu kochen.

2.

Ein Blick auf die Wanduhr. Bald sechzehn Uhr. Ich musste aufpassen, dass ich Théos Schulschluss nicht verpasste. Während das Wasser in der Kaffeemaschine heiß wurde, blickte ich aus dem Fenster auf den Garten. Der Himmel war schwarz. Seit dem frühen Vormittag goss es in Strömen. Ein abscheulicher Pariser Herbst.

Passenderweise hatte auch noch die Heizung ihren Geist aufgegeben, und es war eisig kalt im Wohnzimmer. Eine undichte Stelle im Dach und Sicherungen, die täglich heraussprangen, vermittelten mir den Eindruck, in einer Bruchbude zu leben. Dabei hatte ich dieses Haus einem alten Paar, das hier sechzig Jahre gelebt hatte, für ein Vermögen abgekauft. Auf dem Papier war es eine idyllische Bleibe, wie ich sie mir erträumt hatte, um dort Kinder großzuziehen. Zwei helle Stockwerke mit Garten, nicht weit vom Jardin du Luxembourg entfernt. Aber das Haus war in die Jahre gekommen und erforderte beträchtliche Renovierungsarbeiten, für die ich keine finanziellen Mittel mehr besaß. Und zu denen ich auch keine Lust hatte.

Ich hatte den Kauf vor einem Jahr getätigt, keine drei Monate vor Almines Ankündigung, sie werde mich verlassen. Als meine Frau ging, hatte sie unsere gemeinsamen Konten gekündigt, seither konnte ich keinen Cent mehr ohne ihre Zustimmung ausgeben. Diese Situation lähmte mein Leben, denn Almine war nicht kooperativ. Sie machte sich sogar einen Spaß daraus, alle meine Bitten abzulehnen, und ich hatte weder ein Druckmittel in der Hand noch ein Faustpfand: Lange bevor der Sturm losbrach, hatte sie vorsorglich genügend Geld auf ihr eigenes Konto geschafft, um ihren persönlichen Bedarf zu decken, bis unsere Scheidung rechtskräftig wäre.

Jeden Tag wurde mir mehr bewusst, wie sorgfältig sie diese Trennung geplant hatte, um mir die Rolle des Bösen zuzuweisen. Mehr als sechs Monate bevor sie mir ihre Absicht mitteilte, sich scheiden zu lassen, hatte Almine beinahe täglich beleidigende SMS von meinem Smartphone an ihr Handy geschickt, um den Eindruck zu erwecken, ich sei der Urheber. Jede Menge Beschimpfungen und Drohungen gegen sie und unseren Sohn Théo. Da kam alles vor: »blöde Ziege«, »Miststück«, »verdammte Hure«, »ich werde dich niemals gehen lassen«, »ich werde dich kaltmachen, dich und deinen Bengel«, »ich werde dich umbringen und anschließend deine Leiche ficken«.

Und noch dazu hatte sie, gemeinsam mit ihren Anwälten, Äußerungen dieser Art an die Presse durchsickern lassen. Naiv und ohne Misstrauen, wie ich war, ließ ich mein Handy überall herumliegen und hatte mein Passwort seit zehn Jahren nicht mehr geändert. Ich hatte nichts bemerkt, denn nachdem sie ihre SMS versendet hatte, achtete sie peinlich genau darauf, diese auf meinem Gerät zu löschen. So hatte Almine sich ein Repertoire an niederträchtigen Textnachrichten angesammelt – erdrückende Beweisstücke zu meinen Ungunsten.

Und dann gab es noch dieses Video. Das Sahnehäubchen. Dreißig Sekunden, die eine Zeit lang auf YouTube standen – angeblich wegen eines Datendiebstahls von Almines Handy. Darin sieht man, wie ich morgens um halb acht in die Küche komme, wo meine Frau und Théo beim Frühstück sitzen, bevor sie zur Schule aufbrechen. Ich trage Boxershorts und ein Mötley-Crüe-Shirt zweifelhafter Sauberkeit, einen drei Wochen alten Bart und einen »strukturlosen« Haarschnitt. Ich habe dunkle Schatten unter den Augen und sehe aus, als hätte ich drei Joints nacheinander geraucht. Eine Bierflasche in der Hand, öffne ich den Kühlschrank und rege mich darüber auf, dass er noch immer defekt ist. Das Video endet mit einem heftigen Fußtritt gegen das Gerät und dem Aufschrei »das ist doch zum Kotzen«, der meinen Sohn zusammenfahren lässt. Dreißig vernichtende Sekunden, so geschnitten, so gewählt, dass ich als Haustyrann dastehe. Mehrere hunderttausend Mal war das Video im Internet angeklickt worden, bevor es entfernt wurde. Ich hatte eine Stellungnahme herausgegeben, um mich zu verteidigen und den Kontext des Films zu erklären. Damals hatte ich mich zum Schreiben vollständig isoliert – daher das vernachlässigte Äußere. Um besonders effektiv zu sein, arbeitete ich nach einem versetzten Tagesablauf von zwanzig bis dreizehn Uhr und schlief am Nachmittag – daher das Bier morgens um sieben Uhr, meiner Mittagessenszeit.

Mit dieser Verteidigung hatte ich mir jedoch nur noch weiter geschadet. Zu jener Zeit waren schriftliche Äußerungen schon längst bedeutungslos. Ich kannte mich – im Gegensatz zu meiner Frau – weder mit Ton- noch Bildnachrichten aus und hatte nicht die geringste Ahnung von den sozialen Netzwerken, von *Likes* oder von Selbstinszenierungen.

Letzten April hatte Almine dann offiziell die Scheidung eingereicht und mich diesen Sommer wegen

Androhung von Gewalt und Belästigung verklagt. In einem Interview, das von Lügen und Böswilligkeit nur so strotzte, hatte sie erklärt, sie habe mich wegen meiner »ständigen Abwesenheit« und meiner »Ausraster« verlassen, und behauptet, die Bedrohung, die ich für unseren Sohn darstellte, würde sie »in Angst und Schrecken versetzen«. Zu Beginn des Herbstes hatte ich achtundvierzig Stunden in Polizeigewahrsam auf dem Kommissariat des 6. Arrondissements und eine Gegenüberstellung mit Almine hinter mich gebracht, die zu nichts geführt hatten. Ich war unter Polizeiaufsicht gestellt worden und wartete auf meinen Prozess, der für Ende des Winters angesetzt war.

Um die Verpflichtung, eine Therapie zu machen, war ich zwar knapp herumgekommen, es war mir aber verboten worden, mit Almine Kontakt aufzunehmen. Vor allem jedoch hatte das Familiengericht – das auf den Zug aufgesprungen war, ohne die Lügenmärchen meiner Frau auch nur ansatzweise zu überprüfen – mein Besuchsrecht eingeschränkt, »um das Kindeswohl zu schützen«. Das hieß im Klartext, ich konnte meinen Sohn nur ein Mal pro Woche eine Stunde lang in Gegenwart und unter der Aufsicht eines Sozialarbeiters sehen. Diese Entscheidung hatte mich zuerst rasend vor Wut gemacht und anschließend in eine abgrundtiefe Traurigkeit gestürzt.

Sechzehn Uhr vorbei. Ich trank den Kaffee, schlüpfte in meinen Regenmantel, setzte eine Baseballkappe mit breitem Schirm auf und verließ das Haus. Es regnete noch immer in Strömen. In der Rue Notre-Dame-des-Champs herrschte das übliche Chaos bei Schulschluss, heute noch verstärkt durch den sintflutartigen Regen und die andauernden Streiks gegen die Rentenreform.

Bis zur Schule meines Sohnes musste ich knapp einen Kilometer zu Fuß gehen. Das Paracetamol begann zu wirken, und ich hatte wieder etwas mehr Elan. Mir war bewusst, dass ich in der größten Krise meines Lebens steckte. Eine Falle, auf die ich nicht vorbereitet gewesen war. Meine beiden Anwälte, die nicht in der Lage waren, mich zu verteidigen, hatten sich bereits damit abgefunden, dass ich das Sorgerecht für meinen Sohn verlieren würde. »Die aktuelle Lage spielt gegen uns«, erklärten sie mir, was mich maßlos aufregte. Was hatte die aktuelle Lage damit zu schaffen? Diese ganze Geschichte war nichts anderes als eine Inszenierung und eine abscheuliche Lüge. Nur dass dies sehr schwer zu beweisen war. Und ich mich in diesem Kampf ziemlich alleingelassen fühlte.

3.

Ich schlängelte mich auf dem Bürgersteig zwischen den anderen Fußgängern, den Kinderwagen und Tretrollern hindurch, während ich zum zigsten Mal den

Film meines Lebens mit Almine vor meinem inneren Auge ablaufen ließ. Ich hatte sie Ende 2000 kennengelernt, in dem Jahr, in dem ich sechs Monate in London gelebt hatte, um das Drehbuch für eine TV-Serie zu schreiben, die nie produziert worden war. Almine Alexander war eine ehemals vielversprechende Balletttänzerin des Royal Ballet, die mittlerweile als Model arbeitete. Sie hatte stets von sich selbst behauptet, »exzentrisch« zu sein. Zu Beginn unserer Beziehung hatte dieser Charakterzug einen gewissen Zauber auf mich ausgeübt. Er hatte meinem zu genau geregelten Leben Leidenschaft und Aufregung verliehen und für eine Zeit lang die Arbeitsroutine ausgehebelt, die meine Tage bestimmte.

Doch nach einer Weile wurde mir klar, dass auf die Dauer gesehen das Synonym von »exzentrisch« »labil« lautete. Ziemlich schnell hatte ich keine Lust mehr, mein Leben mit einer impulsiven Despotin zu teilen, doch sie war gegen eine Trennung, und unsere Ehe wurde, wie in vielen sich verschlechternden Beziehungen, zur klassischen Achterbahnfahrt. Kurze Zeit später wurde sie schwanger, und nach Théos Geburt schob ich meinen Unmut beiseite, denn ich konnte mir nicht vorstellen, meinen Sohn nicht täglich zu sehen, und wollte, dass er in einer intakten Familie aufwächst.

Wir hatten uns also wieder versöhnt – zumindest war ich so naiv gewesen, das zu glauben –, auch wenn

Almine nie wirklich mit ihrer Litanei an Vorwürfen aufhörte. Anfangs hatte es ihr Vergnügen bereitet, mit einem Schriftsteller zusammenzuleben, meine erste Leserin zu sein, ein wenig teilzuhaben an dem großen Puzzle der Erschaffung eines Romans. Auf die Dauer jedoch gefiel es ihr immer weniger. Ich gebe ja zu, dass ich die meiste Zeit damit verbrachte, in eine Art Paralleluniversum abzutauchen, das bewohnt war von imaginären Personen, deren Probleme mich Tag und Nacht in Beschlag nahmen.

Daran änderte auch die Erfahrung nichts. Ich war zwar der Autor von beinahe zwanzig Romanen, dennoch hatte ich noch immer keine Gebrauchsanweisung für das Schreiben eines Buches gefunden. Schlicht und ergreifend, weil es keine gibt. Man musste jedes Mal wieder alles neu lernen. Und jedes Mal fragte ich mich erneut, wie ich bei den vorherigen Romanen vorgegangen war. Jedes Mal stand ich wieder barfuß vor dem Himalaja. Ja, es wurde sogar jedes Mal schwieriger, etwas Neues zu erschaffen und als Fiktion darzustellen.

Das Fehlen von Regeln und das Unerwartete, das auf einer neuen Seite auftauchen konnte, machten die Würze und den Rausch des Schreibens aus, aber auch den Schrecken. Der Zweifel und die Unsicherheit, die mich ständig beherrschten, konnten viele Dinge erklären, keinesfalls jedoch die boshafte Falle rechtfertigen, die Almine mir gestellt hatte.

In der Avenue de l'Observatoire traf ich vor dem Eingang zur Schule die einzige Verbündete, die ich inzwischen noch hatte: Kadija Jebabli, Théos Tagesmutter seit jeher. Kadija war eine etwa fünfzigjährige Franko-Marokkanerin. Als ich ihr das erste Mal begegnet war, arbeitete sie als Verkäuferin in einem Obst- und Gemüseladen in der Rue de Grenelle. Im Laufe eines Gesprächs erwähnte sie, dass sie als Babysitter zur Verfügung stehen würde. Ich engagierte sie für ein paar Stunden und fasste sofort Vertrauen zu ihr. Eine Woche später stellte ich sie in Vollzeit ein.

Sie allein kannte die Wahrheit. Sie allein hatte mir geglaubt. Kadija wusste, dass ich ein guter Vater war. Da sie mehrmals Zeugin von Almines exzentrischen Verhaltensweisen und ihren gelegentlichen Ausrastern geworden war, nahm sie deren erfundene Anschuldigungen gegen mich nicht ernst. Sie hatte spontan angeboten, zu meinen Gunsten auszusagen, aber ich hatte sie davon abgebracht. Zum einen, weil ich davon überzeugt war, dass ihre Zeugenaussage nicht ausreichend Gewicht gegen die miesen Tricks der Gegenseite haben würde. Vor allem jedoch, weil ich mir wünschte, dass eine Person meines Vertrauens während meiner Abwesenheit bei Théo blieb. Und sollte sie je Partei für mich ergreifen, wäre sie sofort entlassen worden.

»Guten Tag, Kadija.«
»Guten Tag.«

Ich sah sofort, dass irgendetwas nicht stimmte. Jeden Nachmittag gewährte mir Kadija heimlich eine Stunde mit Théo, wenn er aus der Schule kam. Das war die magische Stunde. Die Stunde, die mich stabilisierte und verhinderte, dass ich gänzlich den Boden unter den Füßen verlor. Aber heute weckte ihr verschlossenes Gesicht bei mir schlimmste Befürchtungen.

»Was ist passiert, Kadija?«

»Almine hat die Absicht, in die Vereinigten Staaten zu gehen.«

»Und Théo mitzunehmen?«

Die Tagesmutter nickte. Sie zeigte mir auf ihrem Handy mehrere Fotos, die sie von Almines Computerbildschirm gemacht hatte. Auf dem Air-France-Portal sah ich die Buchung von drei Tickets für einen One-Way-Flug nach New York für den 21. Dezember. Dem ersten Tag der Schulferien. Ein Ticket für sie, eines für Théo und das dritte für eine gewisse Zoé Domont.

Ich wusste, worum es da ging. Seit einigen Monaten hatte eine neue fixe Idee von Almine Besitz ergriffen: die Zelte abzubrechen und künftig in einem Öko-Dorf in Pennsylvania zu leben. Zoé Domont – eine Lehrerin aus Lausanne, die sie zwei Jahre zuvor in Genf bei einer Demonstration gegen das Weltwirtschaftsforum in Davos kennengelernt hatte – hatte ihr diesen Floh ins Ohr gesetzt. An sich war ich nicht dagegen, aber es bedeutete, dass mich sechstausend Kilometer und ein Ozean von meinem Sohn trennen würden.

Die Nachricht machte mir zu schaffen, aber da Théo gerade das Schulhaus verließ und auf uns zukam, setzte ich eine fröhliche Miene auf, um ihn nicht zu beunruhigen.

»Hallo, Théo!«

»Hallo, Papa!«, rief er und fiel mir um den Hals.

Ich hielt ihn lange an mich gedrückt und nahm den Geruch seiner Haare und seiner Haut in mich auf. Im eintönigen Grau des zu Ende gehenden Tages klammerte ich mich an diese milden und beruhigenden Düfte. Théo war ein stets gut gelaunter kleiner Blondschopf, dessen helle Augen hinter seiner Brille mit der marineblauen Fassung funkelten. Für mich war er der »unbesiegbare Sommer« mitten im Winter, von dem Camus sprach. Eine Motivation, die mich daran erinnerte, dass ein einziges Lächeln von ihm die stets vorhandenen Mauern meiner Traurigkeit einreißen konnte.

»Ich habe Hunger!«

»Ich auch!«

Um diese Tageszeit wählten wir als Hauptquartier den Coffeeshop *Les Trois Sorcières* an der Kreuzung der Avenue de l'Observatoire und der Rue Michelet, der von einem jungen Italiener, von allen nur Marcello genannt, geführt wurde. Dort ließ ich Théo seine Hausaufgaben machen, nachdem ich ihm dabei zugesehen hatte, wie er einen Obstkompott und ein Cannolo mit Zitronenfüllung verspeiste. Es war die wunderbare Zeit, in der die ersten Seiten gelesen, die ersten Diktate geschrieben, die ersten Gedichte gelernt wurden, beispielsweise von Paul Fort, Claude Roy oder Jacques Prévert, die von einem kleinen Pferd, das in ein Unwetter geriet, oder von der Beerdigung eines toten Blattes, zu der zwei Schnecken unterwegs waren, erzählten.

Nach den Hausaufgaben führte Théo mir seine Zaubertricks vor. In den letzten Monaten war das Zaubern zu seiner großen Leidenschaft geworden. Seit Kadija sich – um ihn zu beschäftigen – angewöhnt hatte, ihm auf ihrem Handy Videos eines entsprechenden YouTube-Kanals zu zeigen, die ein gewisser Gabriel Keyne gepostet hatte. Heute vervollkommnete Théo seine Nummer mit einem Geldstück, das den Boden eines Glases durchdringt, sowie einem ziemlich verblüffenden Kartentrick. Von seinem Erfolg ermutigt, versuchte er eine dritte Nummer, für die ich ihm einen 20-Euro-Schein leihen musste. Selbstsicher riss er den Geldschein in der Mitte durch, legte die beiden Hälften übereinander und faltete sie zweimal jeweils in der Mitte.

»Bitte sehr«, sagte er stolz und reichte mir das quadratische Papier. »Falte ihn auf, und du wirst überrascht sein.«

Neugierig folgte ich seiner Aufforderung, aber mein Geldschein war natürlich noch immer zerrissen.

Mein Sohn brach in Tränen aus. Es wurde ein regelrechter Weinkrampf, ebenso unvermittelt wie heftig. Während ich versuchte, ihn zu beruhigen, gestand er mir zwischen zwei Schluchzern, wobei er mit seinen kleinen Händen meine Arme packte: »Ich will nicht weggehen, Papa, ich will nicht weggehen!«

Also wusste er über die USA-Pläne Bescheid. Almine hatte nicht bedacht, dass es unseren Sohn aus der Bahn werfen würde, wenn sie ihm zwei Monate im Voraus eine solche Neuigkeit verkündete. Und bei ihrer systematischen Feindseligkeit mir gegenüber hatte sie wahrscheinlich nicht einmal in Betracht gezogen, dass er mir davon erzählen könnte.

»Mach dir keine Sorgen, Théo, wir werden eine Lösung finden. Ich kümmere mich darum.«

Ich brauchte gut fünf Minuten, um ihn wieder zu beruhigen.

Es war beinahe dunkel, als wir das Café verließen. Der Jardin des Grands Explorateurs lag verlassen und grau da.

»Ich wäre gern ein echter Zauberer«, sagte Théo zu mir. »Dann könnte ich zaubern, dass wir uns nicht trennen müssen.«

»Wir werden uns nicht trennen«, behauptete ich.

Da sprach der Romanschriftsteller aus mir. Der sich immer vorstellte, dass ein unvorhergesehenes Ereignis die schwierigen Situationen des echten Lebens durchkreuzt. Dank eines Deus ex Machina oder einer hochwillkommenen Wendung würde die Realität im letzten Kapitel doch noch korrigiert und so gestaltet werden, »wie sie eigentlich sein sollte«. Und so würden – wenigstens ein Mal – die Guten triumphieren und die Zyniker, die Mittelmäßigen und die Blödmänner das Nachsehen haben.

»Wir werden eine Lösung finden«, sagte ich erneut zu Théo und sah zu, wie er davonging.

Mein Sohn hatte Kadijas Hand genommen und winkte mir mit der anderen zum Abschied. Ich hasste dieses Bild.

Niedergeschlagen schleppte ich mich nach Hause. Ich betätigte den Lichtschalter, aber die Sicherungen waren wohl wieder herausgesprungen, und das Zimmer wurde nur durch das bläuliche Licht des Computerbildschirms erhellt. Ich hatte erneut Fieber. Ich war durchgefroren und zitterte am ganzen Leib. Eine schreckliche Migräne erfasste mich, die mir jegliche Lust nahm, irgendetwas zu tun. Ich hatte nicht einmal mehr die Kraft, in mein Schlafzimmer hinaufzugehen. Schlotternd hüllte ich mich in mein Plaid und glitt in die eisige Strömung der Nacht.

6 Eine Falle für den Helden

*Was anderes ist ein Roman als
eine Falle für den Helden?*

Milan Kundera, *Das Leben ist anderswo*

1.
Paris, Dienstag 12. Oktober 2010

Hinter meinen geschlossenen Augenlidern wehte ein Lichtervorhang.

In mein Plaid gekuschelt, vermied ich die geringste Bewegung, um nichts von der Wärme zu verlieren. Wenn es nach mir gegangen wäre, hätte diese Nacht ewig dauern können, damit das Leben keine Handhabe gegen mich hätte. Damit ich für immer von den Widrigkeiten der Welt verschont bliebe.

Daran hinderte mich jedoch ein anhaltendes Geräusch. Ein gleichmäßiges und nervtötendes Trommeln. Ich rollte mich zusammen, versuchte mich erneut in den Schlaf zu flüchten, aber das Geräusch wurde intensiver und zwang mich, ein Auge zu öffnen. Zumindest regnete es nicht mehr. Durch die Fenster sah ich, wie das Herbstlaub von Ahorn und Birke mit der Sonne spielte. Diamantsplitter in einem offenen Himmel.

Geblendet legte ich meine Hand schützend über die Augen. Vor der Glaswand zeichnete sich die Silhouette einer großen Eule ab. Jasper Van Wyck saß zwei Meter von meinem Sofa entfernt in einem Sessel, zog an seiner Pfeife und klopfte mit seinem Fuß auf den Boden.

»Verdammt, Jasper! Was machen Sie hier?«, fragte ich ihn, während ich mich mühsam aufrappelte.

Er hielt meinen Laptop auf dem Schoß. Hinter dem Bildschirm funkelten seine kleinen runden Augen. Er schien entzückt zu sein von dem Streich, den er mir gespielt hatte.

»Die Tür war nicht abgesperrt«, erklärte er, als sei das eine Entschuldigung.

Jasper Van Wyck war in Verlagskreisen eine Legende. Ein frankophiler Amerikaner, der mit Salinger, Norman Mailer und Pat Conroy verkehrt hatte. Er war bekannt als der Agent von Nathan Fawles, dem er die Veröffentlichung seines ersten Romans, *Loreleï Strange*, ermöglicht hatte, der zuvor von den meisten amerikanischen Verlagshäusern abgelehnt worden war. Nachdem er nun zwischen Paris und New York pendelte, hatte er zugestimmt, meine Interessen zu vertreten, seit ich vor drei Jahren den Verlag gewechselt hatte.

»Es ist Mitte Oktober«, sagte er. »Ihr Verleger erwartet Ihr Manuskript.«

»Ich habe kein Manuskript, Jasper. Tut mir leid.«

In mein Plaid gewickelt und noch ganz benommen, mit schwerem Kopf und verstopfter Nase, blieb ich eine Weile aufs Sofa gestützt stehen, um wieder richtig zu mir zu kommen.

»Sie haben den *Anfang* eines Manuskripts«, korrigierte er mich und tippte auf den Bildschirm. »Vier Kapitel, das ist immerhin ein Anfang.«

»Sie haben mein Passwort geknackt?«

Der Agent zuckte mit den Schultern.

»Vorname und Geburtsjahr Ihres Sohnes. Das war nicht schwierig ...«

Jasper erhob sich seinerseits, um in die Küche zu gehen, weil er sich in den Kopf gesetzt hatte, mir einen Grog zuzubereiten. Als ich ihm folgte, fiel mein Blick auf die Wanduhr. Es war beinahe Mittag. Ich hatte achtzehn Stunden am Stück geschlafen!

»Ich habe Ihre Post eingesammelt«, sagte Jasper und deutete auf einen Stapel von Umschlägen auf dem Tisch.

Jasper mochte mich. Über unsere berufliche Beziehung hinaus war er mir gegenüber immer sehr wohlwollend gewesen. Zweifellos interessierte ich ihn. Er selbst war ein gutmütiges Original, *Old School*, und führte sein Übergewicht in Dandy-Anzügen spazieren. Gewöhnlich diskutierte ich liebend gern mit ihm. Er war ein wandelndes Lexikon des Verlagswesens und hatte stets reichlich Anekdoten über die Autoren parat, denen er begegnet war. Aber an diesem Vormittag war ich zu niedergeschlagen für eine Unterhaltung.

»Da sind eine Menge Rechnungen dabei«, stellte er fest, während er den Saft einer Zitrone auspresste und in das Wasser goss, das zu kochen begann.

Ich hatte den Umschlag mit meinem letzten Kontoauszug geöffnet. Meine finanzielle Situation war dramatisch. In den Kauf dieses Hauses hatte ich nicht nur meine gesamten Ersparnisse gesteckt, sondern auch einen guten Teil meiner zu erwartenden Tantiemen.

»Ich habe schon bessere Zeiten erlebt«, räumte ich ein, während ich den Kontoauszug aus meinem Blickfeld schob.

Jasper gab ein randvolles Glas Rum und einen Löffel Honig in den Topf.

»Wann gedenken Sie, Ihren Roman fertigzustellen?«, fragte er.

Ich ließ mich auf einen Stuhl fallen, stützte die Ellenbogen auf den Tisch und meinen armen Kopf auf die Hände.

»Ich werde diese Geschichte nicht fortsetzen, Jasper. Sie fühlt sich nicht gut an.«

»Ach ja? Ich habe die ersten fünfzig Seiten gelesen und finde, da steckt durchaus Potenzial drin.«

Er stellte die heiße Tasse vor mich hin, aus der der Duft von Zimt und Rum aufstiegen.

»Nein, das führt zu nichts«, versicherte ich. »Es ist deprimierend und unheimlich.«

»Versuchen Sie noch zwei oder drei Kapitel.«

»Man merkt, dass Sie nicht selbst schreiben!«

Jasper zuckte mit den Schultern – *Jeder hat seine Rolle*.

»Trinken Sie in der Zwischenzeit den Grog«, befahl er mir.

»Der ist heiß!«

»Jetzt zieren Sie sich nicht so. Ach, ich habe ganz vergessen, Ihnen zu sagen, dass ich für vierzehn Uhr einen Termin bei meinem Arzt für Sie ausgemacht habe.«

»Darum habe ich Sie nicht gebeten. Ich brauche kein Kindermädchen.«

»Ganz richtig, ich bringe Sie auch nicht zu einem Kindermädchen, sondern zu einem Arzt. Wissen Sie, dass Henry de Montherlant Gaston Gallimard angerufen hat, damit dieser ihm einen Klempner schickt, als sein Abfluss einmal verstopft war?«

»Ich brauche auch keinen Arzt, Jasper.«

»Seien Sie doch vernünftig, Sie husten, als hätten Sie Tuberkulose. Das hat sich nach Ihrem Anruf letzte Woche noch verschlimmert.«

Er hatte schon recht. Seit zwei Wochen quälte ich mich mit diesem Husten herum, und momentan schienen Sinusitis und Fieber die Nachfolge angetreten zu haben und machten mich benommen.

»Aber jetzt gehen wir erst mal ins Restaurant«, äußerte er gut gelaunt. »Ich lade Sie ins Grand Café ein.«

Er schien ebenso fröhlich zu sein, wie ich deprimiert war. Ich stellte nicht das erste Mal fest, welche Freude Essen ihm bereitete.

»Ich habe keinen großen Hunger, Jasper«, gestand ich und trank einige Schlucke vom Grog, der reichlich Alkohol enthielt.

»Keine Sorge, dann esse eben nur ich! Außerdem kommen Sie auf diese Weise an die frische Luft.«

2.

Als wir auf der Straße waren, fluchte er über eine Politesse, die ihm soeben ein Knöllchen wegen Falschparkens an die Windschutzscheibe steckte. Er fuhr – schlecht – einen Jaguar E-Type Serie III aus den 1970er-Jahren. Einen Oldtimer, der in seinen Händen zu einer gefährlichen Waffe wurde und zudem eine umweltfeindliche Dreckschleuder war.

Er kutschierte mich zum Boulevard du Montparnasse, wo er seinen Wagen an der Kreuzung Rue Delambre – schlecht – parkte. Das *Grand Café* war eine Brasserie, gegenüber einem Verkaufsstand für Meeresfrüchte und eine Pariser Institution mit traditioneller Ausstattung: Baumann-Stühle, kleine Bistrotische mit karierten Decken. Das Speisenangebot wurde auf Schiefertafeln geschrieben.

Es herrschte gerade Hochbetrieb, aber zu Jaspers großer Erleichterung fand der Oberkellner im hinteren Teil des Restaurants noch einen Platz für uns. Jasper bestellte sofort eine Flasche Chardonnay vom Weingut Matt Delucca im Napa Valley, während ich mich mit einem Châteldon-Wasser begnügte.

»Also, was stimmt nicht, Ozorski?«, fragte er mich, kaum dass wir uns gesetzt hatten.

»Gar nichts stimmt, das wissen Sie nur zu gut. Alle halten mich für einen Dreckskerl, ich kann meinen Sohn nicht mehr unter normalen Bedingungen sehen und habe gerade erfahren, dass meine Frau mit ihm in die USA übersiedeln will.«

»Dann sieht er was von der Welt.«

»Das ist nicht lustig.«

»Ach, Sie machen zu viel Getue um das Kind, das ist lächerlich! Lassen Sie ihn bei seiner Mutter aufwachsen, und kümmern Sie sich um Ihre Arbeit! Dafür wird er Ihnen dankbarer sein, wenn er erwachsen ist.«

Und er erging sich in einer philosophischen Tirade, in der er die Verrücktheit unserer Epoche bedauerte, die in ihr Verderben schlitterte, indem sie den Menschen vergöttlichte und das Kind heiligte.

»Sie haben gut reden, Sie sind kein Vater!«

»Nein, Gott sei Dank«, schnaubte er.

Nachdem er eine Kalbsbries-Pastete und ein Dutzend Austern bestellt hatte, kam er auf mein Buch zurück.

»Trotz allem, Ozorski, Sie können nicht einfach eine Ihrer Figuren mit einer Waffe an der Schläfe im Stich lassen.«

»Ich bin derjenige, der schreibt, Jasper, ich mache es so, wie ich will.«

»Sagen Sie mir wenigstens, wie es weitergeht. Was ist mit der kleinen Carrie passiert?«

»Keine Ahnung.«

»Das glaube ich Ihnen nicht.«

»Das ist Ihr Problem. Und außerdem ist es die Wahrheit.«

Nachdenklich strich er sich über den Schnurrbart.

»Sie schreiben schon lange, Ozorski …«

»Ja, und …?«

»Ihnen muss doch klar sein, dass diese Flora Conway, die in Ihrem Buch auftaucht, für einen Romanautor ein Geschenk des Himmels ist!«

»Ein Geschenk?«

»Eine Figur, die verlangt, ihrem Schöpfer zu begegnen. Das ist genial. Sie könnten eine Art modernen *Frankenstein* schreiben.«

»Das ist nicht mein Ding. Nach meiner Erinnerung versetzt das Geschöpf überall, wo es auftaucht, alle in Angst und Schrecken, und Victor Frankenstein stirbt am Ende.«

»Das ist nebensächlich. Ozorski, hören Sie auf,

immer alles so schwarz zu sehen. Am Ende sterben wir doch ohnehin alle!«

Er legte eine lange Pause ein, während der er sich seine Pastete schmecken ließ.

»Wissen Sie, was Sie tun sollten?«, fragte er plötzlich und deutete mit der Gabel auf mich.

»Was denn?«

»Sie sollten selbst in Ihrem Buch auftauchen und einem Treffen mit Flora zustimmen.«

»*Never.*«

»Aber ja doch! Genau das liebe ich an Ihren Romanen: Man spürt, dass Sie enge Beziehungen zu Ihren Figuren geknüpft haben! Und ich bin sicher, dass ich nicht der Einzige bin, der das so sieht.«

»Ja, doch dieses Mal geht es zu weit.«

Er betrachtete mich mit argwöhnischer Miene, dann sagte er: »Aber Sie haben ja Angst, stimmt's? Ozorski, Sie haben tatsächlich Angst vor einer Ihrer Figuren?«

»Ich habe meine Gründe.«

»So? Die würde ich aber gern erfahren!«

»Es ist weniger eine Frage von Angst als eine Frage von Lust und ...«

»Wollen Sie sich nicht vielleicht ein Millefeuille mit Grand Marnier mit mir teilen? Es soll göttlich schmecken.«

Ich fuhr fort, ohne auf diese letzte Frage einzugehen: »... und da Sie sich in dem Metier auskennen, wissen Sie, dass kein wirklich gelungener Roman entsteht, wenn man keine Lust zum Schreiben hat.«

»Vorsicht mit Ihrer feuchten Aussprache! Behalten Sie Ihre Bazillen bei sich. Mich würde interessieren, wie Sie einen wirklich gelungenen Roman definieren.«

»Ein wirklich gelungener Roman ist in erster Linie einmal ein Roman, der den Leser glücklich macht.«

»Absolut nicht.«

»Und ein wirklich gelungener Roman ist so etwas wie eine erfolgreiche Liebesgeschichte.«

»Und was ist nun wieder eine erfolgreiche Liebesgeschichte?«

»Wenn Sie dem richtigen Menschen zum richtigen Zeitpunkt begegnen.«

»Was hat das mit dem Buch zu tun?«

»Damit ein Roman wirklich gelingt, reicht es nicht aus, eine gute Geschichte mit guten Romanfiguren zu haben. Sie müssen auch in einer Lebensphase sein, in der Sie daraus etwas machen können.«

»Heben Sie sich Ihr leeres Geschwätz für die Journalisten auf, Ozorski. Sie suchen nach allen möglichen Ausreden, um sich nicht an die Arbeit machen zu müssen.«

3.

Der alte englische Sportwagen wechselte auf dem Boulevard Raspail auf die linke Spur. Mit mehreren Gläsern Weißwein intus war Jasper eine echte Gefahr für die Öffentlichkeit. Zum lauten Klang der Cellosuiten von Bach fuhr Jasper im Zickzack, den Fuß stets auf dem Gaspedal, um trotz des Verkehrs immer wieder zu beschleunigen.

»Wie heißt Ihr Arzt?«, fragte ich, als er links in die Rue de Grenelle abbog.

»Raphaël.«

»Wie alt ist er?«

»Diane Raphaël, es ist eine Frau.«

Als wir in der Rue de Bellechasse angekommen waren, schien ihm etwas einzufallen, er deutete auf eine Schachtel auf der Rückbank.

»Ich habe Ihnen ein Geschenk mitgebracht.«

Ich drehte mich um und warf einen Blick auf den Inhalt der Schachtel: Es handelte sich um Briefe und ausgedruckte Mails, die meine Leser an die Adresse meines Verlegers geschrieben hatten. Ich überflog einige davon. Zumeist waren es freundliche Nachrichten, aber wenn man eine Schreibblockade hat und die Erwartungen enttäuscht, ist das Geschenk vergiftet.

Der Jaguar bog in die Rue Las-Cases ab und hielt vor

der Hausnummer 12 der Rue Casimir-Périer an, unweit der beiden Kirchtürme der Basilika Sainte-Clotilde.

»Hier ist es«, sagte Jasper. »Soll ich Sie begleiten?«

»Danke, es geht schon. Fahren Sie lieber nach Hause, und legen Sie eine Siesta ein«, riet ich ihm beim Aussteigen.

»Halten Sie mich auf dem Laufenden.«

Als ich auf dem Bürgersteig stand, bemerkte ich das Schild der Ärztin.

»Aber Ihre Diane Raphaël ist ja eine Psychiaterin!«

Jasper hatte die Seitenscheibe heruntergekurbelt. Innerhalb von Sekunden war seine Miene ernst geworden. Bevor er davonbrauste, sagte er, und es klang wie eine Drohung: »Dieses Mal werden Sie es nicht allein schaffen, Ozorski.«

4.

Bis zu diesem Tag hatte ich noch nie einen Fuß in die Praxis eines Psychiaters gesetzt, was mich dummerweise mit einem gewissen Stolz erfüllte. Ich hatte immer geglaubt, durch das Schreiben könnte ich meine Neurosen und Obsessionen erkennen, heraufbeschwören und abbauen.

»Herzlich willkommen, Monsieur Ozorski.«

Ich hatte mir die Psychiaterin wie eine Reinkarnation Freuds vorgestellt, aber weit gefehlt. Diane Raphaël war eine Frau meines Alters mit ansprechendem Gesicht. Helle Augen und ein lavendelblauer Mohairpullover, der direkt aus einer alten Werbung für Woolite oder aus der Sammlung von Anne Sinclair im Institut National des Archives zu stammen schien.

»Bitte nehmen Sie doch Platz.«

Die Praxis befand sich in der obersten Etage und war ein lang gestreckter Raum mit freien Durchblicken, sodass man die Kirche Saint-Sulpice und das Panthéon bewundern und bis Montmartre sehen konnte.

»Hier habe ich den Eindruck, mich auf einem Piratenschiff im Ausguck zu befinden, von dem aus ich sehen kann, wann Gewitter, Stürme und Tiefs im Anzug sind. Für eine Psychiaterin ist das sehr praktisch.«

Die Metapher war gut gewählt. Wahrscheinlich tischte sie diese allen ihren Patienten auf.

Ich nahm ihr gegenüber auf einem weißen Lederstuhl Platz.

Nach zwanzig Minuten eines gar nicht unangenehmen Gesprächs hatte sie mein Problem eingegrenzt: der wiederholte Ansturm der Fiktion, der mein Liebes- und Familienleben vergiftete. Wenn man den Großteil des Tages damit zubringt, sich in einer imaginären Welt herumzutreiben, versteht es sich nicht immer von selbst, den Weg auch wieder zurückzugehen. Und wenn die Grenzen verschwinden, wird man von einem Gefühl der Unwirklichkeit ergriffen.

»Nichts zwingt Sie, das hinzunehmen«, versicherte mir die Psychiaterin. »Sie müssen jedoch entschlossen sein, wieder die Kontrolle zu übernehmen.«

Ich stimmte zu, sah allerdings nicht so recht, wie ich das bewerkstelligen sollte. Ich erzählte ihr von der Geschichte, die ich zu schreiben begonnen hatte, und von Jasper, der mich drängte, Flora Conways Herausforderung anzunehmen und einzuwilligen ...

»Aber das ist doch eine großartige Idee! Fassen Sie das als eine Art Übung auf. Als einen starken symbolischen Akt, um die Vorherrschaft des echten Lebens gegenüber der imaginären Welt zu bekräftigen und Ihr Revier als Schriftsteller zu verteidigen.«

Der Vorschlag klang verlockend, aber ich war bezüglich der Wirksamkeit der Übung skeptisch.

»Haben Sie Angst vor dieser Frau?«

»Nein«, versicherte ich.

»Dann sagen Sie ihr das ins Gesicht!«

Da sie sich auf die Sitzung gut vorbereitet hatte, machte sie das Rennen, indem sie ein Interview von Stephen King zitierte, bei dem er sinngemäß erklärte, die eigenen Dämonen mittels Fiktion zu inszenieren, das sei eine alte Therapiemethode, ein Exorzismus, der es ihm erlaube, seine Wut, seinen Hass und seine Frustration auf Papier auszukotzen. »Zudem werde ich noch dafür bezahlt«, merkte Stephen King an. »Überall auf der Welt gibt es Verrückte in Gummizellen, die dieses Glück nicht haben.«

5.

Auf dem Weg zur Schule meines Sohnes erhielt ich eine SMS: »Achtung, Almine hat beschlossen, Théo selbst abzuholen!«

Es überkam sie gelegentlich, ein- oder zweimal im Monat, wie eine Laune: Almine erklärte plötzlich, sie brauche keine Tagesmutter mehr. Bisweilen erklärte sie Kadija sogar, es sei nicht mehr nötig, dass sie komme, denn sie würde sich von nun an selbst voll und ganz um Théo kümmern. In der Regel hatte dieser Entschluss lediglich eine Lebensdauer von vierundzwanzig bis achtundvierzig Stunden. In dieser Zeit würde ich jedoch auf mein Treffen mit Théo verzichten müssen.

Bitter enttäuscht machte ich einen Umweg über die Apotheke, um meine Vorräte an Paracetamol, Hustensaft und ätherischen Ölen wieder aufzufüllen. Ich begab mich nach Hause, bastelte am Stromkasten herum – die Sicherungen waren wieder mal herausgesprungen – und kochte Wasser zum Inhalieren auf. Dann ließ ich mich aufs Sofa fallen und schloss für einige Momente die Augen, um darüber nachzudenken, was Jasper und die Psychiaterin gesagt hatten. Als ich sie wieder öffnete, war es beinahe Mitternacht. Die schneidende Kälte hatte mich geweckt. *Verdammter Heizkessel ...*

Ich zündete ein Feuer im Kamin an und trödelte eine Weile vor dem Bücherregal herum, wo ich ein altes Exemplar von *Frankenstein* in die Finger bekam, das ich im Gymnasium gelesen hatte.

Es war eine trostlose Novembernacht, als ich mein Werk fertig vor mir liegen sah. [...] Es war schon ein Uhr morgens. Der Regen klatschte heftig an die Fensterscheiben, als ich beim Scheine meiner fast ganz herabgebrannten Kerze das trübe Auge der Kreatur sich öffnen sah. Ein tiefer Atemzug dehnte die Brust, und die Glieder zuckten krampfhaft.

Entzückend.
Ich bereitete mir eine ganze Kanne Arabica zu, versammelte die einzigen Freunde um mich, die mir auf Erden geblieben waren – Paracetamol, Nasenspray, Halstabletten –, und legte mir das Plaid um die Schultern, bevor ich mich an meinen Arbeitstisch setzte.

Ich schaltete den Laptop ein, öffnete eine neue Seite im Textverarbeitungsprogramm, betrachtete den Cursor, der mich verhöhnte. Ich sollte wohl besser zugeben, dass ich innerhalb weniger Monate jede Kontrolle über mein Leben verloren hatte. Es war an mir, zu versuchen, das Kommando wieder zu übernehmen. Aber war das möglich, wenn ich vor einem Bildschirm sitzen blieb? Ich klimperte auf der Tastatur herum. Ich liebte dieses sanfte und gedämpfte Geräusch. Das

Geräusch eines Wasserlaufs, von dem man nie wusste, wohin er einen brachte. Das Übel und das Heilmittel. Das Heilmittel und das Übel.

```
1.
South Williamsburg
Marcy Avenue Station
Das Gefühl, zu ersticken. Mitten in der
dichten Menge bewege ich mich mit zit-
ternden Knien zum Ausgang der Subway Sta-
tion. Die Menschenmassen ergießen sich
auf den Bürgersteig. Endlich Luft. Aber
auch Hupen, Verkehr – der Lärm der Stadt,
der mich benommen macht …
```

7 Eine Person sucht einen Autor

*Das Schreiben besteht in verschiedener
Hinsicht darin, Ich zu sagen, den anderen
zu dominieren, ihm zuzurufen: Hör zu,
sieh die Dinge auf meine Art, ändere Deine
Meinung. Das ist ein aggressives,
ja feindseliges Vorgehen.*

Joan Didion, Why I Write

1.
South Williamsburg, Marcy Avenue Station

Das Gefühl, zu ersticken. Mitten in der dichten Menge bewege ich mich mit zitternden Knien zum Ausgang der Subway Station. Die Menschenmassen ergießen sich auf den Bürgersteig. Endlich Luft. Aber auch Hupen, Verkehr – der Lärm der Stadt, der mich benommen macht ...

Ich laufe ein paar Schritte. Zum ersten Mal befinde ich mich in einem meiner Romane. Die Situation grenzt an Schizophrenie: Ein Teil von mir sitzt in Paris am Bildschirm, der andere befindet sich hier in New York, in diesem Viertel, das ich nicht kenne und das immer belebter wird, während mein zweites Ich weiterschreibt.

Ich sehe mir die Umgebung an, atme tief die Luft ein. Auf den ersten Blick kommt mir nichts bekannt vor. Ich habe Bauchschmerzen und spüre stechendes Brennen in den Muskeln. Mein Ausstieg aus der Realität hat Spuren hinterlassen. Mein ganzer Leib vermittelt mir den Eindruck, als würde er jeden Moment zerreißen, als wäre ich ein Fremdkörper, der von dieser imaginären Welt abgelehnt wird. Das wundert mich nicht – ich weiß schon lange, dass die Welt der Fiktion ihre eigenen Gesetze hat, aber offensichtlich habe ich ihre Macht unterschätzt.

Ich hebe den Blick. Vor dem metallischen Himmel wiegen sich die Äste der Kastanienbäume im Wind. Um mich herum spielt sich auf beiden Seiten der Straße ein eigenartiges Treiben ab. Bärtige Männer in dunklen Gehröcken und mit Schläfenlocken werfen mir seltsame Blicke zu. Ihre Frauen tragen lange Kleider, mehrere Kleidungsschichten übereinander und verbergen ihr Haar unter Hauben oder Hüten. Durch die hebräischen Inschriften und die Gespräche auf Jiddisch begreife ich schließlich, wo ich mich befinde: im chassidisch-jüdischen Viertel von Williamsburg. In diesem Teil Brooklyns treffen zwei diametral entgegengesetzte Welten aufeinander: im Norden die der Wohlstands-Hipster, im Süden die der Satmar-Gemeinschaft. Auf der einen Seite tätowierte »Künstler«, Anhänger von Quinoa und *Craft Beer*, auf der anderen Ultra-Orthodoxe, die, einen Steinwurf vom modernen Manhattan und seinen gesellschaftlichen Entwicklungen entfernt, ein sehr traditionelles Leben führen. Ich habe noch immer starke Magenschmerzen, aber allmählich wird es besser, und ich begreife, warum ich hier bin. Als ich *La troisième face du miroir* zu schreiben begann, habe ich viel gelesen, um das Viertel auswählen zu können, in dem Flora wohnen sollte, und mich dann wegen der Nähe zur jüdisch-orthodoxen Gemeinschaft für Williamsburg entschieden. Denn seinen Bewohnern, die geradewegs einem Schtetl entsprungen zu sein scheinen, ist es offenbar gelungen, eine Bresche in die Zeit zu schlagen. Anscheinend bin ich nicht der Einzige, der unserer Realität und unserer Epoche zu entkommen sucht. Ich tue es mittels meiner Fantasie, den orthodoxen Juden gelingt es mit anderen Mitteln – indem sie den Einfluss der modernen Welt ablehnen. Hier werden Schulsystem, Gesundheitswesen, juristische Fragen und das Essen von der Gemeinschaft überwacht. Und in diesem anachronistischen Raum existieren weder Medien noch soziale Netzwerke oder der Stress des modernen Lebens.

Mein Magen krampft sich erneut zusammen, und

Übelkeit überkommt mich, ganz so, als hätte ich furchtbaren Hunger. Ich betrete das erstbeste koschere Lebensmittelgeschäft, an dem ich vorbeikomme. Es befindet sich in einem Haus aus gelblichen Ziegelsteinen, und ein Bambusgitter trennt die männliche und weibliche Kundschaft voneinander. Ich bestelle die beiden Spezialitäten des Hauses: ein Pitabrot mit Falafel und ein Clubsandwich mit Omelette und Pastrami. Dann verspeise ich beides, zunächst mit gesundem Appetit, dann immer langsamer, je mehr der Hunger nachlässt. Ich spüre, dass ich allmählich heimisch werde in dieser fiktiven Welt und mich so langsam an die neue Umgebung gewöhne.

Nachdem ich wieder bei Kräften bin, setze ich meinen Weg Richtung North Williamsburg fort. Eineinhalb Kilometer entlang der Bedford-Avenue im spätsommerlichen Gewand, vorbei an Brownstone-Houses und golden schimmernden Platanen.

An der Kreuzung Berry-Street und Broadway angekommen, erscheint mir die Silhouette des Lancaster Buildings noch imposanter als in meinem Roman beschrieben. Ein gutes Dutzend Fotografen und Journalisten laufen vor dem Schaufenster eines Waschsalons auf und ab – ein trauriges, müdes Fußvolk, das auf ein Foto im Dienst der Schamlosigkeit lauert und kurz aus seiner Lethargie erwacht, als sie sehen, dass ich das Gebäude betrete.

Nun stehe ich also in der nagelneuen Eingangshalle,

die viel luxuriöser ist als in meiner Vorstellung. Bodenfliesen aus Carrara-Marmor, gedämpftes Licht, mit unbehandeltem Holz verkleidete Wände und eine imposante Deckenhöhe.

»Was kann ich für Sie tun, Sir?«

Trevor Fuller Jones, der verantwortliche Portier in der Lobby, hebt den Blick von seinem Bildschirm. In seiner braunen Jacke mit den goldenen Tressen ist er so, wie ich ihn mir vorgestellt habe. Er scheint mich für einen Vertreter der Lügenpresse zu halten, mit denen er seit Beginn des »Falls Conway« zu tun hat. Eine kleine Weile stehe ich mit geöffnetem Mund vor ihm und frage mich, wie ich mich verhalten soll. Dann entscheide ich mich.

»Guten Tag, ich möchte gern auf das Dach des Gebäudes gehen.«

Trevor hebt eine Augenbraue.

»Und aus welchem Grund, bitte?«

Wie so oft bin ich versucht, den Ehrlichen zu mimen.

»Ich denke, dass Mrs Conway in Gefahr ist.«

Der Portier schüttelt den Kopf.

»Und ich denke, dass Sie von hier verschwinden sollten.«

»Ich bestehe darauf. Wenn Sie nicht ihren Selbstmord auf dem Gewissen haben wollen, sollten Sie mich hinauflassen.«

Diesmal stößt Trevor Fuller Jones genervt einen Seufzer aus und kommt trotz seiner massigen Gestalt geschmeidig hinter dem Tresen hervor. Blitzschnell packt er mich beim Arm und zieht mich ohne Umschweife zum Ausgang. Ich versuche zu protestieren, aber er ist über eins neunzig groß und wiegt mindestens hundertzehn Kilo. Als er mich gerade auf den Bürgersteig hinausbefördern will, wird mir klar, dass das Kräfteverhältnis nicht so ist, wie ich dachte, und dass ich über alle Waffen verfüge, um meinen Gegner außer Gefecht zu setzen.

»Zwingen Sie mich nicht, dies hier Bianca zu erzählen.«

Der Mann hält auf der Stelle inne. Er sieht mich mit großen Augen an, so als sei er nicht sicher, mich recht verstanden zu haben. Ich wiederhole: »Wenn Sie mich nicht hereinlassen, bekommen Sie Schwierigkeiten mit Bianca.«

Sein Griff um meinen Arm wird fester.

»Was hat meine Frau mit der ganzen Geschichte zu tun?«, knurrt er.

Ich sehe Fuller Jones unverwandt an, ohne auch nur mit der Wimper zu zucken. Wie soll ich ihm verständlich machen, dass er nichts anderes ist als eine meiner Schöpfungen? Nebenperson eines Romans, den ich gerade schreibe und der nur in meiner Vorstellung existiert?

»Bianca könnte sich für die SMS und die Fotos interessieren, die Sie regelmäßig an Rita Beecher schicken, diese junge Friseurin von gerade mal neunzehn

Jahren, die Sie im Salon Sweet Pixie an der Jackson Street kennengelernt haben.«

Das ist eine meiner Schreibgewohnheiten: Bevor ich anfange, arbeite ich die Charaktere meiner Protagonisten detailliert aus und verfasse für jeden einzelnen eine ausführliche Biografie. Selbst wenn drei Viertel dieser Informationen nicht im Buch vorkommen, ist es doch ein unfehlbares Mittel, um diese Leute besser kennenzulernen.

»Ich weiß nicht, ob es Ihrer Frau wirklich gefallen würde, dass Sie Rita Dinge schreiben wie ›Ich denke den ganzen Tag nur an deinen Hintern‹ oder ›Ich möchte meinen Samen auf deine Brüste spritzen und sehen, wie die Brustwarzen hart werden‹.«

Die Gesichtszüge des Portiers entgleisen. Um mit Malraux zu sprechen: Der Mensch ist oft »was er verbirgt, ein armseliger kleiner Haufen von Geheimnissen«.

»Aber woher wissen Sie das?«, stammelt Fuller Jones.

Ich versetze ihm den Todesstoß.

»Ich mag mir auch nicht vorstellen, wie sie reagieren wird, wenn sie erfährt, dass Sie Rita zum Valentinstag eine emaillierte, silberne Brosche im Wert von achthundertfünfzig Dollar geschenkt haben. Wie teuer war noch mal der Blumenstrauß, den Sie Ihrer Frau mitbrachten? Ich denke, zwanzig Dollar.«

Fuller Jones senkt den Kopf und lässt mich los. Er ist

jetzt eine ungefährliche Stoffpuppe. Es ist schwieriger, die Muskeln spielen zu lassen, wenn man im Unrecht ist.

2.

Ich lasse ihn stehen und mache kehrt. Am Ende der Halle gibt es drei Aufzüge mit Türen aus gehämmerter Bronze. Ich steige in einen davon und drücke den Knopf *Rooftop*. Die Kabine setzt sich mit einem metallischen Quietschen in Bewegung. Als sich die Türen oben öffnen, stelle ich fest, dass ich noch eine Treppe zu Fuß hinaufgehen muss, um die Terrasse zu erreichen.

Auf dem Dach empfängt mich eine heftige Windbö. Um mich zu schützen, schirme ich mein Gesicht mit der Hand ab und laufe dann über das ehemalige Badmintonfeld. Der Ausblick ist atemberaubend, noch viel betörender als in meinem Roman. Doch der Himmel, der noch wenige Minuten zuvor hell und klar gewesen ist, hat sich verdunkelt. Unwillkürlich bleibe ich eine Weile bewegungslos stehen, um das schwindelerregende Panorama zu betrachten. Auf der anderen Seite der Meerenge ragen aus der metallischen Linie der Wolkenkratzer die mythischen New Yorker Symbole hervor: die Pfeiler der Williamsburg Bridge, das Empire State Building, die Spitze des Chrysler Building, die kompakte Silhouette des MetLife.

»DU HAST DREI SEKUNDEN,
UM ZU VERHINDERN, DASS ICH ES TUE:
EINS, ZWEI, DR ...«

Der Schrei reißt mich aus meinen Betrachtungen, ich schrecke zusammen und fahre herum. Am anderen Ende des Badmintonfeldes, direkt neben dem Wassertank, sehe ich Flora Conway. Der Lauf von Rutellis Waffe ist auf ihre Schläfe gerichtet, sie ist bereit abzudrücken.

»Hören Sie auf!«, rufe ich, um auf mich aufmerksam zu machen.

Naiv hatte ich vermutet, Flora würde bei meinem Anblick aufgeben. Doch ebenso panisch, wie ich selbst bin, sind ihre grünen Augen herausfordernd auf mich gerichtet.

»Machen Sie keinen Unsinn. Legen Sie die Waffe weg.«

Langsam senkt sie die Glock, doch statt sie fallen zu lassen, richtet sie sie auf mich.

»Hey, können wir vielleicht reden?«

Aber Flora beruhigt sich nicht, sondern umklammert den Kolben mit beiden Händen, ihr Finger krümmt sich am Abzug. Bereit zu schießen, kommt sie auf mich zu.

Plötzlich wird mir bewusst, dass ich, anders als bei Trevor Fuller Jones, nichts gegen Flora Conway in der Hand habe. Ich glaubte mich hier auf sicherem Boden zu bewegen, doch dem ist nicht so. In diesem Moment bedauerte ich zutiefst, auf Jasper und Diane Raphaël gehört zu haben. Es ist einfach, Ratschläge zu erteilen, deren Konsequenzen man nicht tragen muss. Ich wusste schon immer, dass die Welt der Fiktion gefährlich ist. Ebenso wie ich wusste, dass es riskant war, mich auf dieses Terrain vorzuwagen. So werde ich also erbärmlich mit zwei Kugeln im Bauch enden, die eine von mir erfundene Person abgefeuert hat. Die Geschichte meines Lebens seit meiner Kindheit und stets ein und derselbe Feind: ich selbst.

»Flora, seien Sie vernünftig. Wir beide müssen uns wirklich unterhalten.«

»Wer, zum Teufel, sind Sie?«

»Ich heiße Romain Ozorski.«

»Kenne ich nicht.«

»Doch, Sie wissen schon, ich bin es, der Dreckskerl, der Romanschreiber ...« Ich versuche meine Angst zu verbergen. Flora bleibt in der Defensive. Die Waffe weiterhin auf mich gerichtet, nähert sie sich langsam.

»Und woher kommen Sie?«

»Aus Paris. Ich meine, im wahren Leben komme ich aus Paris.«

Sie runzelt die Stirn. Sie ist nur noch wenige Meter von mir entfernt. Sonnenstrahlen dringen durch den wolkenverhangenen Himmel und spiegeln sich im East River. Flora drückt mir den Lauf der Glock an die

Schläfe. Ich schlucke und versuche ein letztes Mal, sie zur Vernunft zu bringen.

»Warum wollen Sie mich umbringen, Sie selbst haben mich doch hergerufen!«

Ich höre ihren keuchenden Atem. Die Umgebung um uns herum scheint zu beben und von einem Vergrößerungsspiegel zurückgeworfen zu werden. Nach langem Zögern senkt sie, in dem Moment, da ich es am wenigsten erwarte, die Waffe und ruft: »Ich hoffe, Sie können mir eine verdammt gute Erklärung liefern.«

3.

Die Kais von Brooklyn.

Ich war vor einer knappen Stunde in Flora Conways Leben getreten, doch sie war schon viel länger Teil meines Lebens. Nach unserer Auseinandersetzung auf dem Dach des Lancaster hatte ich sie zu einem ruhigen Gespräch überreden können.

Dieser erste Austausch war erstaunlich, weil Flora die Merkwürdigkeit der Situation recht schnell akzeptierte. In ihrem Unterbewusstsein hatte sich eine Bresche geöffnet. Indem sie den Schleier der Unwissenheit zerriss, hatte sie für immer die Höhle verlassen. Deshalb verlor sie auch keine Zeit damit, abzustreiten, dass sie eine Romanfigur war. Hingegen wehrte sie sich dagegen, dass ich aufhören wollte, ihre Geschichte zu schreiben. Wir fingen an, uns zu streiten, und da sie in ihrer Wohnung das Gefühl hatte zu ersticken, führte sie mich in eine brasilianische Bar in Williamsburg.

The Favela befand sich in einer alten Garage an den Kais und verfügte über einen schattigen Innenhof, der zur Mittagszeit überfüllt war und den die Leute »*the beer garden*« nannten.

»Ich werde Ihre Geschichte nicht weiterschreiben, Flora. Ich bin hergekommen, um Ihnen das zu sagen.«

»Ah, aber das können Sie nicht allein bestimmen.«

»Sie wissen ganz genau, dass ich es kann.«

»Und was bedeutet das konkret?«

Ich zuckte mit den Schultern.

»Das bedeutet, dass ich aufhöre, an diesem Text zu arbeiten. Ich will mich nicht mehr damit beschäftigen und fange etwas anderes an.«

»Sie löschen die Dateien von Ihrer Festplatte, ja? Sie befördern mein Leben mit einem einfachen Mausklick in den Papierkorb?«

»Das ist etwas kurz gefasst, aber nicht falsch.«

Sie bedachte mich mit einem wütenden Blick. Ihr Gesicht sah sanfter aus als in meiner Vorstellung. Sie trug ein Strickkleid aus cremefarbener Wolle, eine taillierte Jeansjacke und karamellfarbene Stiefel. Ihre Härte lag nicht in ihrem Äußeren, sondern in dem

Ausdruck ihrer Augen, in ihrer Ungeduld, im Klang ihrer Stimme.

»Das lasse ich nicht zu«, erklärte sie mit Entschlossenheit.

»Seien Sie doch vernünftig. Sie existieren ja gar nicht.«

»Was haben Sie hier zu suchen, wenn ich nicht existiere?«

»Das ist eine Art Übung, zu der mich mein Agent und meine Psychologin angestiftet haben. Kompletter Unsinn, wie ich zugeben muss.«

Ein Barmann, dessen Muskelshirt die vollständig tätowierten Arme betonte, brachte uns die Caipirinhas, die wir bestellt hatten. Flora trank in einem Zug die Hälfte ihres Cocktails und meinte dann: »Ich bitte Sie nur um eines – geben Sie mir meine Tochter zurück.«

»Ich habe sie Ihnen nicht weggenommen.«

»Wenn man schreibt, muss man auch Verantwortung übernehmen.«

»Ich habe Ihnen gegenüber nicht die geringste Verantwortung. Vielleicht meinen Lesern gegenüber, aber ...«

»Dieses Gerede von den Lesern, das ist doch reine Demagogie«, unterbrach sie mich.

Ich setzte meine Ausführungen fort: »Ich habe eine Verantwortung gegenüber meinen Lesern, aber erst dann, wenn ich beschlossen habe, einen Text zu *veröffentlichen*. Das trifft auf Ihre Geschichte nicht zu.«

»Warum haben Sie sie dann geschrieben?«, fragte sie.

»Veröffentlichen Sie alles, was Sie schreiben? Ich nicht.«

Ich trank einen Schluck Caipirinha und sah mich um. Es war wieder sehr warm geworden. Ein origineller Ort mit dem verbeulten Zinkdach, das von wildem Wein überwuchert wurde, und dem alten Food Truck, an dem Tacos verkauft wurden. Die Salsa-Version einer Kneipe.

»Das Wesen des Schaffensprozesses besteht darin, immer wieder Dinge auszuprobieren, ohne sie zwingend zu Ende zu führen oder Spuren zu hinterlassen. Das trifft auf die Kunst im Allgemeinen zu. Soulages hat Hunderte von Bildern verbrannt, mit denen er nicht zufrieden war, Bonnard hat seine eigenen Gemälde in den Museen nachgebessert. Der Autor ist Herr über sein Werk, nicht umgekehrt.«

»Hören Sie auf, mir Ihre Weisheiten zuzumuten.«

»Was ich sagen will, ist, dass ich üben muss, ebenso wie ein Pianist die Tonleiter. Ich schreibe jeden Tag, auch an Sonntagen und Weihnachten und auch, wenn ich im Urlaub bin. Ich schalte meinen Computer ein und verfasse Bruchstücke von Geschichten, Szenen, Gedankengängen. Wenn das, was ich schreibe, mich inspiriert, mache ich weiter, andernfalls fange ich mit etwas Neuem an. So einfach ist das.«

»Und was ›inspiriert‹ Sie an meiner Geschichte nicht?«

»Ihre Geschichte deprimiert mich. Ja. Bitte sehr! Es bereitet mir kein Vergnügen, sie zu schreiben, sie macht mir keinen Spaß mehr.«

Flora verdrehte die Augen und hob die Hand, um dem Kellner zu bedeuten, dass sie einen zweiten Drink wollte.

»Wenn Schreiben dazu da wäre, Spaß zu machen, hätte man das schon mal gehört.«

Ich seufzte und dachte an Nabokov, der erklärte, seine Protagonisten seien »Galeerensklaven«. Sklaven einer Welt, deren »perfekter Diktator« er sei und »allein für ihre Stabilität und Wahrheit verantwortlich«. Das russische Genie hatte recht, sich nicht ärgern zu lassen. Während ich mich hier mit einem utopischen Wesen herumschlug, das meiner eigenen Fantasie entsprungen war.

»Hören Sie, Flora, ich bin nicht hergekommen, um mit Ihnen darüber zu diskutieren, was Literatur ist.«

»Gefallen Ihnen meine Romane nicht?«

»Nicht wirklich.«

»Und warum?«

»Die Personen sind überheblich, angeberisch und elitär.«

»Sonst noch was?«

»Nein. Das Schlimmste von allem ist ...«

»Sagen Sie es.«

»… dass sie nicht großherzig sind.«

Trotz des Rauchverbotes zündete sie sich eine Zigarette an und stieß den Rauch aus.

»Ihr Großherzigkeits-Patent können Sie sich hinstecken …«

»Sie sind nicht großherzig, weil Sie nicht an die Leser denken. An das Vergnügen des Lesens. An das einzigartige Gefühl, wenn man es eilig hat, abends nach Hause zu kommen, weil einen ein guter Roman erwartet. All das ist für Sie abstrakt. Und genau darum mag ich Ihre Romane nicht, sie sind einfach kalt.«

»Sind Sie fertig mit Ihrem Vortrag?«

»Ja, ich glaube, wir können das Gespräch beenden.«

»Weil *Sie* Ihre Entscheidung getroffen haben?«

»Weil wir uns in meinem Roman befinden. Ob es Ihnen passt oder nicht, ich allein habe hier das Sagen. Ich entscheide über alles, verstehen Sie? Und aus ebendiesem Grund wollte ich überhaupt Schriftsteller werden.«

Sie zuckte mit den Schultern.

»Sie wollten Schriftsteller werden, weil es Sie erregt, ein Tyrann zu sein, der seine Protagonisten terrorisiert?«

Ich seufzte. Wenn sie mich umstimmen wollte, hatte sie den falschen Weg gewählt. Andererseits machten ihre Worte mir die Sache leichter.

»Hören Sie, Flora, ich will ehrlich sein. Tag und Nacht, sieben Tage die Woche, geht mir unablässig die ganze Welt auf die Nerven. Meine Frau, mein Verleger, mein Agent, die Staatskasse, die Justiz, die Journalisten. Ein verdammter Klempner, den ich schon dreimal angerufen habe, damit er endlich das lecke Wasserrohr repariert. Jene, die wollen, dass ich kein Fleisch mehr esse, nicht mehr fliege, meine Zigarette ausmache, kein zweites Glas Wein trinke und fünf Gemüse oder Früchte pro Tag esse. Jene, die mir allen Ernstes erzählen, als Schriftsteller könne ich mich nicht in eine Frau, einen Jugendlichen oder einen chinesischen Greis hineinversetzen, und wenn ich es doch tue, müsse ich meine Texte von den entsprechenden Personen überprüfen lassen. Ich habe die Nase voll von all diesen Plagegeistern und ...«

»Ich glaube, ich habe Ihre Ausführungen verstanden«, unterbrach Flora mich.

»Ich will damit sagen, dass es mir reicht. Ich will nicht, dass mir noch jemand anders auf die Nerven geht. Und erst recht nicht eine Romanfigur, die nur in meinem Kopf existiert.«

»Wissen Sie, was? Sie haben gut daran getan, eine Psychologin aufzusuchen.«

»Sie könnten auch eine gebrauchen! Ich glaube, damit ist alles gesagt.«

»Sie wollen mir also Carrie nicht zurückgeben.«

»Nein, weil ich sie Ihnen nicht weggenommen habe.«

»Das zeigt, dass Sie keine Kinder haben.«

»Glauben Sie ernsthaft, ich hätte angefangen, diese Geschichte zu schreiben, wenn ich kein Kind hätte?«

»Hören Sie zu, Ozorski. Sie können vielleicht die Datei auf Ihrem Computer löschen, nicht aber die in Ihrem Kopf.«

»Sie können nichts gegen mich ausrichten.«

»Das glauben Sie!«

»Also einstweilen *tschüs*.«

»Wie kommen Sie denn wieder von hier weg?«

»Einfach so, eins, zwei, drei!«, erwiderte ich und zählte an den Fingern ab.

»Aber Sie sind immer noch da.«

Ich senkte Daumen und Zeigefinger, sodass nur noch mein Mittelfinger zu sehen war.

Sie schüttelte den Kopf, während ich vor ihren Augen verschwand.

8 Almine

*Jedenfalls bleibt die Tatsache, dass es im
Leben nicht darum geht, Menschen richtig
zu verstehen. Leben heißt, die anderen
mißzuverstehen, sie immer wieder mißzuverstehen
und sie dann nach reiflicher Erwägung
noch einmal mißzuverstehen.*

                              Philip Roth, *Amerikanisches Idyll*

»Aber Sie sind immer noch da.«
Ich senkte Daumen und Zeigefinger, sodass nur noch mein Mittelfinger zu sehen war. Sie schüttelte den Kopf, während ich vor ihren Augen verschwand.

Die Lichter von Brooklyn erloschen abrupt, als ich den Laptop zuklappte. Ich war nicht unzufrieden mit meinem kleinen Ausflug. In Paris war es drei Uhr morgens. Das Wohnzimmer lag im Dämmerlicht und wurde nur noch von der letzten Glut im Kamin erhellt. Diese Reise nach New York hatte mich erschöpft, aber ich war erleichtert, dass ich so gut davongekommen war. Ich nahm noch ein Paracetamol für die Nacht, erhob mich und machte ein paar Schritte, bevor ich auf mein Sofa sank.

1.
Mittwoch 13. Oktober 2010

Am nächsten Morgen wachte ich spät auf, aber ich war ausgeruht und gut gelaunt. Seit langer Zeit hatte ich mal wieder ruhig durchgeschlafen. Sogar meine Grippe schien auf dem Weg der Besserung, ich konnte wieder atmen und hatte endlich nicht mehr das Gefühl, mein Kopf würde in einem Schraubstock stecken.

Los, aufstehen! Ich wollte das als Zeichen werten und mir unbedingt einreden, es hätte sich etwas verändert. Ich machte mir einen doppelten Espresso und ein paar Brote, die ich draußen verzehren wollte. Der kleine Garten mit seinen Herbstfarben war vor Einbruch des Winters unwiderstehlich. Der Prunus glühte rötlich. Farne und Alpenveilchen waren von sattem Grün. Neben dem alten Berg-Ahorn wartete der Ilex-Strauch darauf, zurückgeschnitten zu werden.

Mein Ausflug in die Welt der Fiktion hatte mich neu belebt. Ich hatte Klartext gesprochen, mich von Flora Conways Einfluss befreit und meine Autonomie und Freiheit als Schriftsteller bekräftigt. Doch ich wollte mich nicht mit diesem symbolischen Sieg zufriedengeben. Um das Experiment zu erweitern, musste ich eine Offensive im realen Leben starten. Vielleicht konnte ich noch einen Trumpf gegen Almine ausspielen? Ein letzter Versuch, sie zur Vernunft zu bringen.

Ich ging in den ersten Stock. Im Badezimmer schaltete ich das Radio ein und stellte mich unter die Dusche. Wegen des Wasserrauschens und des Shampoos in den Ohren verstand ich nur Bruchstücke der Nachrichtensendung auf France Inter:

Für diesen Mittwoch sind erneut massive Demonstrationen gegen die Regierungspläne zur Rentenreform angekündigt. Die Gewerkschaften hoffen landesweit auf eine Teilnahme von über drei Millionen Menschen.

Ich bemühte mich, mir Almines Bild in Erinnerung zu rufen, ohne dass es von den negativen Gedanken – und das ist weit untertrieben – begleitet wurde, die ich gegen sie hegte. *Der Anführer der Gewerkschaft Force Ouvrière, Jean-Claude Mailly, beklagt eine Reform, die nur den Finanzmärkten zugutekommt. Die CGT prangert nach Einführung der Steuerobergrenze die ultraliberale und ungerechte Politik des »Präsidenten der Reichen« an, der das Rentenalter auf zweiundsechzig Jahre anheben will.*

Natürlich bedauerte ich zutiefst, dass ich nicht misstrauischer gewesen war und mein Handy ungesichert hatte herumliegen lassen. Warum war ich nur so vertrauensselig gewesen, nicht zu glauben, dass sie so weit gehen würde? Schließlich kannte ich die impulsive und überempfindliche Art meiner Frau. *Die Wirtschaftsministerin Christine Lagarde schätzt, dass jeder Streiktag die französische Wirtschaft rund 400 Millionen Euro kosten wird und den ökonomischen Aufschwung bremst.*

Um mit La Fontaine zu sprechen: Ob es dem Frosch gefällt oder nicht – ein Skorpion bleibt ein Skorpion, so ist nun mal seine Natur. Durch meine Naivität hatte ich meinen Sohn in eine sehr schlimme Situation gebracht.

… besteht die Gefahr eines Treibstoffmangels, trotz der beruhigenden Behauptungen des Energieministers Jean-Louis Borloo.

Ich hatte stets geglaubt, die Institutionen meines Landes würden mich gegen ungerechte Angriffe schützen. Doch weder die Justiz noch die Polizei hatten mich verteidigt. Niemand hatte nach der Wahrheit gesucht.

So etwas hat es seit den großen Streiks gegen den Plan Juppé im Jahr 1995 nicht mehr gegeben.

War ich trotz all dieser Schikanen noch in der Lage, mein Leben in die Hand zu nehmen? Ich wollte daran glauben. Schließlich waren Almine und ich in der ersten Zeit wirklich glücklich miteinander gewesen. Und wir waren die Eltern dieses wunderbaren kleinen Jungen.

Seriösen Umfragen zufolge steht eine breite Öffentlich-

keit hinter dem Streik, und 65 Prozent der Befragten verurteilt die harten Maßnahmen Sarkozys gegen die Aufständischen. Sogar in Krisenzeiten hatte irgendwann der gesunde Menschenverstand wieder die Oberhand gewonnen. Bei Almine war die Wahrheit von heute nicht die von morgen.

... der unerwartete Anschluss der Gymnasiasten an die Bewegung und die mögliche Verlängerung der Blockade der Raffinerien ...

Nachdem ich geduscht hatte, rasierte und parfümierte ich mich, zog saubere Jeans, ein weißes Hemd und ein tailliertes Jackett an. Dann schenkte ich mir selbst im Spiegel mein schönstes Lächeln. Autosuggestion nach Émile Coué, um mich selbst davon zu überzeugen, dass ich wieder am großen Spiel des Lebens teilnahm.

Premierminister François Fillon lehnt jede Art von Konzessionen ab und verurteilt den Versuch der extremen Linken und der Sozialisten ...

Ich verließ das Haus bei strahlendem Sonnenschein. Langsam nahm in meinem Kopf ein Plan Gestalt an. Auf der Rue du Cherche-Midi herrschte eine gewisse Unruhe. Wegen des Streiks war die Metrostation Saint-Placide geschlossen. Da es unmöglich war, ein Taxi zu bekommen, lief ich zur nächsten öffentlichen Fahrradverleihstation. Von Weitem schien es, als gäbe es dort noch Räder, aber als ich näher kam, stellte ich fest, dass sie alle beschädigt waren: aufgestochene Reifen, verbogene Felgen, kaputte Bremsen. Doch ich wollte mich nicht entmutigen lassen und ging weiter zur nächsten Station, wo die Lage allerdings auch nicht besser war. Ein Mann aus dem Viertel hatte sogar seinen eigenen Werkzeugkasten mitgebracht, um sein Rad zu reparieren. *Welcome to Paris!*

Widerwillig beschloss ich, die Seine auf der nächstbesten Brücke zu Fuß zu überqueren. In der Rue de Vaugirard traf ich eine kleine Gruppe von Demonstranten, die sich mit ihren Fahnen und ihren Westen in den Farben der Gewerkschaft CGT Richtung Boulevard Raspail bewegte. Die Menschen auf dem Boulevard waren ungeduldig. Der Abmarsch des Demonstrationszugs war erst für vierzehn Uhr geplant, doch es wurde schon fleißig geübt. Nebelhörner und Mikrofone wurden getestet, die Lautsprecheranlage eingestellt, Lieder einstudiert: »Fillon, wenn du wüsstest, deine Reform, deine Reform, Fillon, wenn du wüsstest, wo du dir deine Reform hinstecken kannst«; Slogans skandiert: »Sarkozy, Despot, besteure endlich deine Kumpel«; »Absätze machen keine großen Männer«; »Sieh auf deine Rolex, die Stunde der Revolte hat geschlagen!« Am Stand der Eisenbahnergewerkschaft SUD Rail wurde ein Picknick abgehalten. Freiwillige Helfer grillten unter einem Sonnenschirm in den Farben der Organisation die verschiedensten Würstchen. Diese wurden anschließend in ein Stück Baguette geschoben, mit Zwiebeln garniert und zum militanten

Preis von zwei Euro verkauft. Für einen Euro mehr bekam man ein Bier oder einen Glühwein dazu. Eine Demonstrantin, peruanische Mütze auf dem Kopf, Schal und einen Aufkleber der »SUD Éducation« auf der Jacke, fragte ernsthaft, so als wäre sie im Restaurant, ob sie ein Veggie-Sandwich bekommen könnte.

Inmitten der Menge konnte ich nicht umhin, diese Bilder in Gedanken zu fotografieren und mir jedes Detail einzuprägen: die Gesprächsfetzen, die Hintergrundgeräusche, die Gerüche, die Songs, die aus den Lautsprechern schallten. Dann legte ich all diese Elemente in einer Akte ab, die in einem Winkel meines Gehirns verstaut war. Meine mentale Dokumentation. Eine Bibliothek, die ich stets mit mir herumtrug. In einem Jahr, in zehn Jahren, würde ich, wenn es beim Verfassen eines Romans nötig wäre, die Akte wieder hervorholen, um eine Demonstration zu beschreiben. Das war zwar eine große Anstrengung, inzwischen aber ein Automatismus, gegen den ich nicht mehr ankämpfen konnte. Ein erschöpfender Mechanismus, für den ich keinen Ausschaltknopf fand.

2.

Es gelang mir, dem Demonstrationszug zu entkommen, und ich ging um den Jardin du Luxembourg herum weiter bis zum Théâtre de l'Odéon. Während

ich über den Bürgersteig lief, ließ ich vor meinem inneren Auge den Film meiner gemeinsamen Jahre mit Almine abspulen und versuchte mühsam, einen gewissen Zusammenhang darin zu finden. Sie war in England, in der Nähe von Manchester geboren, ihr Vater war Engländer, die Mutter Irin. Sie begeisterte sich für klassischen Tanz und wurde im Royal Ballet of London aufgenommen, doch im Alter von neunzehn Jahren hatte sie mit ihrem damaligen Freund, einem Pseudo-Gitarristen, der mehr dem Guinness zusprach als den Akkorden seiner Gibson, einen schlimmen Motorradunfall. Almine lag sechs Monate im Krankenhaus und fand nie mehr zu ihrem früheren, hohen Niveau des Tanzens zurück. Der Unfall hatte bleibende Schäden verursacht, vor allem chronische Rückenschmerzen, durch die sie abhängig von Schmerzmitteln wurde. Das war das schlimmste Drama ihres Lebens, und sie konnte nicht darüber sprechen, ohne in Tränen auszubrechen. Darum entschuldigte ich auch lange einige ihrer Verhaltensweisen. Mitte der 1970er machte sie im Alter von zweiundzwanzig Jahren Karriere als Mannequin und wurde schnell ein gefragtes Catwalk-Model.
Rue Racine, Boulevard Saint-Germain
1,74 Meter, 85-60-88. Neben ihren perfekten Modelmaßen erkannte man Almine zu jener Zeit auch an ihrem kurz geschnittenen, platinblonden zerzausten Haarschopf und an den zarten irischen Sommerspros-

sen, die sie von den mitleidlosen Konkurrentinnen des Milieus unterschieden. Diese Einzigartigkeit fand Anklang und verschaffte ihr bei den wichtigen Events einen dauerhaften Platz auf dem Laufsteg. So wurde sie eine kleine Berühmtheit in ihrer Branche und den Magazinen. Sie legte sich einen sexy Rockstar-Stil zu: umwerfendes kleines Lächeln, Matrosenbluse, löchrige Jeans, Doc-Martens-Schuhe. Sie erfand auch eine Leidenschaft für Metal und Hard-Rock und behauptete, sie sei schon auf dem Motorrad quer durch die Staaten gereist. Das funktionierte recht gut: Auf dem Höhepunkt ihrer Bekanntheit – in den Jahren 1998 und 1999 – war sie dreimal auf dem Cover der *Vogue* zu sehen, wurde zum Werbegesicht eines Lancôme-Parfums und der Burberry-Herbst-Winter-Kampagne 1999.

Als ich Almine im Jahr 2000 kennenlernte, hatte sie den Laufsteg bereits verlassen. Sie übernahm kleine Rollen in Werbeclips und beim Film. Und sie war noch immer schön. Und wegen dieser Schönheit akzeptierte ich alles. Ich befand mich in einer Phase, in der ich nach allzu langer Zurückgezogenheit mein Defizit an Leben auffüllen musste. Ich hatte jahrelang versucht, meinen Fiktionen Leben einzuhauchen, nun musste ich ein wenig Fiktion in mein Dasein bringen. Die Zeit der Versprechen auf gelebtes Leben durch Stellvertreter war vorbei. Jetzt wollte ich selbst die Gefühle spüren, die ich in meinen Romanen beschrieb.

Ich wollte selbst eine Person in einem Roman von Romain Ozorski sein. Ich wollte Leidenschaft, Romantik, Reisen, das Unvorhersehbare. Und da war ich mit Almine gut bedient. Wenn in meinem Kopf manchmal Verwirrung herrschte, so war es bei ihr das totale Chaos. Der Moment stand über allem. Das Morgen schien in weiter Ferne, und ein Übermorgen gab es gar nicht. Am Anfang betörte mich dieses Verhalten. Unsere Geschichte war ein Einschub in meinem geregelten Leben. Ein Einschub, der sich wegen meiner Eitelkeit verlängerte, denn von außen betrachtet, waren wir ein »schönes Paar«. Dann trat Théo in unser Leben und beschäftigte uns sehr.

Institut de monde arabe, pont de Sully, Bibliothèque nationale de France. Doch plötzlich entgleiste der Zug. Während der Finanzkrise des Jahres 2008 hatte Almine eine Eingebung: Wir lebten in Frankreich in einem autoritären Regime, und Nicolas Sarkozy war ein Diktator. Ich teilte mein Leben seit mittlerweile acht Jahren mit ihr und hatte noch nie ein politisches Bewusstsein bei ihr festgestellt. Unter dem Einfluss eines Fotografen hatte sie Kontakte zur anarchistisch-autonomen Szene geknüpft. Sie, die zuvor viel Zeit und Geld für den Einkauf von Kleidung aufgewendet hatte, leerte von heute auf morgen ihren Kleiderschrank und vermachte ihre Sachen einer wohltätigen Organisation.

Sie schor sich die Haare kurz und ließ sich hässliche

Tattoos auf Arme und Hals stechen. Das eingekreiste A der Anarchisten, eine schreiende, unterernährte schwarze Katze und das berühmte Akronym ACAB: *All Cops Are Bastards.*

Ihre neuen Freunde – die bisweilen ihre revolutionären Treffen in unserer Wohnung abhielten – hatten ihr noch dazu Schuldgefühle eingeimpft, die sie schamlos ausnutzten. Almine geißelte sich von früh bis spät und verteilte ihr Geld – das im Übrigen auch das meine war –, um auf diese Weise zu versuchen sich freizukaufen.

Während dieser ganzen Zeit existierte Théo nicht wirklich für sie. Um ihn kümmerten sich vorwiegend Kadija und ich. Natürlich machte ich mir Sorgen um Almine und versuchte ihr zu helfen. Doch jedes Mal verwies sie mich in meine Schranken: Es war *ihr* Leben, und nie würde sie sich von ihrem Mann sagen lassen, wie sie sich zu verhalten hätte. Die patriarchalische Gesellschaft war Vergangenheit.

Nach einigen Monaten glaubte ich, die Bedrohung würde sich entfernen. Sie hatte sich in Zoé Domont vernarrt, eine Schweizer Lehrerin, die Almine in die Ökologie eingeführt hatte. Doch dann begann wieder derselbe Zirkus. Eine neue fixe Idee war an die Stelle der alten getreten. Auf den Wunsch, die Globalisierung zu bekämpfen, folgte die permanente Angst vor den Folgen des Klimawandels. Anfangs war es eine gesunde Bewusstwerdung, die ich teilte. Doch schnell schlug es in eine gereizte Depression, eine unreflektierte Obsession um – die Welt würde ausgelöscht werden, und es gab keine Zukunft. Es machte keinen Sinn mehr, Pläne zu schmieden, denn wir würden ohnehin alle morgen oder übermorgen sterben. Ihr Abscheu für das Bürgertum schlug in Abscheu für die gesamte westliche Zivilisation um. Und ich habe nie recht verstanden, warum Almines Meinung nach China, Indien und Russland weiterhin das Recht hatten, die Umwelt zu verschmutzen.

Infolge dieser fixen Idee wurde unser Alltag zur Hölle. Jeder unbedeutende Vorgang – mit dem Taxi fahren, duschen, das Licht anschalten, ein T-Bone-Steak essen, Kleidung kaufen – wurde an seinem »ökologischen Fußabdruck« gemessen und führte zu Spannungen und endlosen Diskussionen. Sie fing an, mich zu hassen, und warf mir vor, die Probleme der Welt nicht zu verstehen, sondern nur in meinen Romanen zu leben, ganz so, als hätte ich allein die Umwelt zerstört.

Dann quälte ein weiteres Schuldgefühl meine Frau: »Ein Kind in die Welt gesetzt zu haben, das Krieg und Massaker erleben würde.« Das waren die Worte, die sie vor Théo gebrauchte, ohne dass ihr bewusst geworden wäre, wie sehr sie ihre Ängste auf ihn übertrug. Und die abendliche Gutenachtgeschichte wurde durch diffuse und unangebrachte Erklärungen über die Eisschmelze, die Meeresverschmutzung und das Verschwinden der Biodiversität ersetzt. Unser fünfjähriger Sohn bekam Albträume, in denen es vor toten Tieren und Menschen wimmelte, die sich wegen eines Glases Trinkwasser umbrachten. Wenn man mir eine Schuld zusprechen kann, dann die, zu spät reagiert zu haben. *Ich* hätte die Initiative ergreifen und die Scheidung einreichen müssen.

3.

Vor dem wolkenlosen Himmel zeichnete sich in der Ferne die Julisäule auf der Place de la Bastille ab. Ich folgte dem Boulevard Morland und lief an der Bibliothèque nationale de France vorbei in die Rue Mornay, um an einen der außergewöhnlichsten Orte von ganz Paris zu gelangen: dem Port de l'Arsenal, einem kleinen Bootshafen, der die Seine mit dem Canal Saint-Martin verbindet. Und genau hier hatte sich Almine eingerichtet, nachdem sie unser gemeinsames Zuhause verlassen hatte.

Am Ufer lagen Dutzende Schiffe verschiedenster Größe – von Lastkähnen über Kanalschiffe, den Berrichons, und holländischen Tjalks bis hin zu Freizeitbooten.

Als ich über die Metallbrücke lief, die den Kanal überspannt, entdeckte ich am anderen Ufer Almine, ganz in der Nähe der Steintreppe, die zum Boulevard de la Bastille führt.

Um auf mich aufmerksam zu machen, rief ich ihren Namen und lief in ihre Richtung.

»Hallo, Almine.«

Sie empfing mich voller Zorn.

»Was hast du hier zu suchen, Romain? Du weißt doch, dass es dir verboten ist, dich mir zu nähern.«

Sie zog ihr Smartphone heraus und filmte mich. Ein weiterer Beweis gegen mich im bevorstehenden Prozess. Ich musterte sie stoisch. Ihre äußere Veränderung hatte sich weiterentwickelt – sie trug eine Tarnjacke und einen Seesack über der Schulter, ihr Kopf war kahl geschoren, sie hatte noch mehr abgenommen, überall Piercings und ein neues Tattoo am Hals.

»Das wird dich teuer zu stehen kommen«, warnte sie mich, nachdem sie ihr Video beendet hatte.

Ich war sicher, dass sie es auf der Stelle an die frankoamerikanische Anwaltskanzlei Wexler und Delamico geschickt hatte, die ihre Interessen vertrat.

Gefürchtete Anwälte, die sie ... durch mich kennengelernt hatte.

»Gehst du zur Gare de Lyon?«, fragte ich.

»Ich treffe mich in Lausanne mit Zoé, aber das geht dich nichts an.«

Jetzt, da ich näher gekommen war, konnte ich den Satz entziffern, den sie sich hatte tätowieren lassen – ein Ausspruch von Victor Hugo, den sich die Anarchisten zu eigen gemacht hatten: *Überall Polizei, nirgendwo Gerechtigkeit.*

Ich versuchte es im Guten.

»Ich würde mich gern einfach mit dir unterhalten, Almine.«

»Ich habe dir nichts zu sagen.«

»Ich bin nicht dein Feind.«

»Dann verschwinde.«

Am Ende der Treppe angelangt, überquerte sie den Boulevard und bog in die Rue de Bercy.

»Lass uns eine gütliche Lösung finden. Du kannst mir doch meinen Sohn nicht wegnehmen.«

»Wie es aussieht, schon. Nur zu deiner Information: Ich werde mit ihm in die USA übersiedeln.«

»Du weißt doch, dass das für niemanden wünschenswert ist. Weder für ihn noch für dich, noch für mich.«

Sie beschleunigte ihre Schritte, ohne mich zu beachten. Doch ich gab nicht auf.

»Willst du dich in diesem Kaff Ithaca niederlassen?«

Sie versuchte nicht, es abzustreiten.

»Zoé und ich werden Théo gemeinsam erziehen. Es wird ihm gut bei uns gehen.«

»Was willst du von mir, Almine? Noch mehr Geld?«

Sie lachte höhnisch.

»Du hast doch keinen Cent mehr, Romain. Ich bin reicher als du.«

Leider hatte sie damit recht. Sie lief weiter, militärischer Stechschritt.

»Aber Théo ist auch *mein* Sohn.«

»Nur weil du deinen Schwanz hergegeben hast?«

»Nein, weil ich ihn großgezogen habe und weil ich ihn liebe.«

»Théo ist nicht dein Kind. Kinder gehören den Frauen. Sie haben sie ausgetragen, ihnen das Leben geschenkt und sie genährt.«

»Ich habe mich viel mehr um Théo gekümmert als du. Und ich mache mir Sorgen um ihn. Du beschwörst vor ihm apokalyptische Szenarien herauf, und du hast mehr als ein Mal in seiner Gegenwart gesagt, dass du es bedauerst, einen Sohn zu haben.«

»Das denke ich auch immer noch. Es ist unverantwortlich, heutzutage Kinder in die Welt zu setzen.«

»Na eben, dann lass ihn doch bei mir leben. Für mich ist Théo das Wunderbarste, was mir je widerfahren ist.«

»Du denkst nur an deine kleine Person. Deine kleinen Kümmernisse, deinen kleinen Seelenkomfort. Du denkst nie an andere und auch nicht an ihn.«

»Hör zu, ich bezweifle nicht, dass du Théo liebst.«

»Ich liebe ihn auf meine Art.«

»Dann musst du zugeben, dass es für ihn das Beste wäre, in Paris zu bleiben. Dort, wo er seine Schule, seine Freunde, seinen Vater und seine Gewohnheiten hat.«

»Aber all das wird vergehen, mein Ärmster. Die Veränderungen, die uns bevorstehen, hat es noch nie gegeben. Die Erde wird zu einem Schlachtfeld werden.«

Ich mobilisierte meine gesamte Willenskraft, um ruhig zu bleiben.

»Ich weiß, dass dir all das große Sorgen bereitet, und du hast recht. Aber ich sehe keinen unmittelbaren Zusammenhang zu unserem Sohn.«

»Der Zusammenhang ist, dass Théo sich abhärten muss. Man muss ihn auf das Schlimmste vorbereiten, verstehst du? Man muss ihn auf Revolutionen, Epidemien und den Krieg vorbereiten.«

Alles aus und vorbei. Ich hatte verloren. Wir hatten fast ihr Ziel erreicht. Der hohe Uhrturm der Gare de Lyon beherrschte die Place Louis-Armand. Ohne wirklich an den Erfolg zu glauben, versuchte ich, in der Hoffnung, sie zu rühren, es mit einem letzten Geständnis.

»Du weißt genau, dass Théo mein Leben ist. Wenn du ihn mir wegnimmst, werde ich sterben.«

Almine rückte ihren Seesack auf dem Rücken zurecht und antwortete, ehe sie den Bahnhof betrat: »Aber genau das will ich ja, Romain – ich will, dass du krepierst.«

4.

In den folgenden Stunden kehrte ich zu Fuß nach Montparnasse zurück, hielt allerdings unterwegs mehrmals an, um zu Mittag zu essen oder ein Bier zu trinken. Ich war am Boden zerstört angesichts dieser Situation, die schlimmer war als all meine Albträume. Almines Stimmung hatte auch früher schon stark zwischen Euphorie und Depression geschwankt, doch jetzt schien mir ihr Geisteszustand ernsthaft beunruhigend. Aber ich war der Einzige, dem das auffiel, und der Letzte, der darauf aufmerksam machen konnte, denn ich war derjenige, dem man bald den Prozess machen würde.

Trotz all ihrer Hinterhältigkeit konnte ich sie nicht hassen, weil ich meinen Sohn liebte und es ohne unsere Beziehung Théo nicht geben würde. Doch an diesem Nachmittag ertappte ich mich zum ersten Mal bei dem Wunsch, sie möge aus unserem Leben verschwinden.

In der Nähe des Boulevard Raspail traf ich wieder auf die kleine Gruppe von Demonstranten, der ich schon am Morgen begegnet war und die sich ganz offensichtlich nicht dem großen Zug angeschlossen hatte. Sie tranken Glühwein und erfanden die Welt neu. Auf einem bunten Transparent zu ihren Füßen stand geschrieben: *Für die Reichen von Frankreich goldene Nüsse! Für die Armen nur Blutergüsse!* Ich dachte an den Mangel an Realitätssinn, den Almine mir vorgeworfen hatte. In dieser Hinsicht hatte sie nicht ganz unrecht. Der kollektive Kampf erschien mir sinnlos, ich hatte Mühe, meinen Platz dort zu finden, und vor allem fürchtete ich Gruppen. Ich gehörte der Brassens-Schule an: Wo mehr als vier zusammenhocken, wird's ein Deppenhaufen. Der Herdentrieb lähmte mich, die Meute machte mir Angst.

Um 16:20 Uhr war ich in der Rue de l'Observatoire. Kadija erwartete mich vor der Schule. Ich gab ihr eine nur wenig abgeschwächte Zusammenfassung meines Gesprächs mit Almine und schlug ihr vor, den Abend zusammen mit Théo bei mir zu verbringen.

»Théo kann auch bei Ihnen übernachten«, bot sie mir an. »Almine kommt erst morgen Abend zurück.«

Ich sah meinen Sohn die Schule verlassen und auf uns zulaufen. Sofort durchflutete Dopamin wie Balsam mein verwundetes Herz.

Auf dem Rückweg hielten wir in zwei, drei Geschäften an, um für das Abendessen einzukaufen. Und dort, zwischen Porree und den letzten Zucchini, brach Kadija in Tränen aus. Sie gestand mir, dass sie jede Nacht weinte, weil sie sich solche Sorgen um Théo machte.

»Ich habe über einen Weg nachgedacht, um Almines Abreise zu verhindern. Darüber muss ich mit Ihnen reden.«

Zu Hause angekommen, machte ich Feuer im Kamin, überwachte Théos Hausaufgaben und baute eine Murmelbahn mit ihm. Während Kadija ihn duschte, bereitete ich ein Omelett mit Kartoffeln und Zwiebeln zu und schnitt die Orangen für einen marokkanischen Salat.

Nach dem Essen führte uns Théo seine Zaubertricks vor, über die wir viel lachten, und der Abend ging mit der hundertsten Lektüre des Kinderbuches *Wo die wilden Kerle wohnen* zu Ende – die Seiten waren schon derart abgenutzt, dass ich jedes Mal den Eindruck hatte, sie würden beim Umblättern zerfallen.

Als ich ins Wohnzimmer zurückkam, half ich Kadija dabei, den Tisch abzuräumen, und bei der Zubereitung eines Minztees, den wir wortlos vor dem Kamin tranken.

Schließlich brach sie das Schweigen.

»Sie müssen HANDELN, Romain. Jetzt können Sie sich nicht mehr damit begnügen, Ihr eigenes Schicksal zu beweinen.«

»Was soll ich denn tun?«

Langsam nahm die Tagesmutter – eigentlich passte dieser Ausdruck nicht zu ihr – einen Schluck Tee und fragte mich dann: »Was hätte Ihr Vater an Ihrer Stelle getan?«

Die Frage überraschte mich. Ich hätte nie gedacht, dass Krzysztof Ozorski Thema dieses Gesprächs werden würde, aber wenn wir schon mal dabei waren …

»Ich hatte keine Gelegenheit, ihn kennenzulernen. Er hat sich aus dem Staub gemacht und meine Mutter und mich sitzen lassen, als wir noch in Birmingham lebten. Aber man sagt, er sei gewalttätig und unbeherrscht gewesen.«

Sie griff den Faden auf.

»Eben ...«

»Eben was?«

»Ich kenne Leute in Aulnay-sous-Bois. Leute, die Angst machen können.«

»Wem?«

»Ihrer Frau.«

»Ich bitte Sie, Kadija. So kann die Gesellschaft nicht funktionieren.«

Zum ersten Mal regte sie sich auf.

»Sie sind schließlich ein Mann, verdammt noch mal! Geben Sie doch nicht klein bei! Nehmen Sie die Dinge selbst in die Hand!«, rief sie und sprang auf.

Ich versuchte sie zu beruhigen, doch sie beendete unser Gespräch.

»Ich gehe in mein Zimmer.«

In ihren Augen las ich unglaubliche Enttäuschung.

»Warten Sie, ich schalte den elektrischen Heizofen ein.«

»Nein, ich brauche Ihre Hilfe nicht.«

Auf den ersten Stufen wandte sie sich um und sagte: »Eigentlich verdienen Sie, was Ihnen geschieht.«

Und ich begriff, dass ich meine letzte Unterstützung verloren hatte.

5.

Ich schaltete das Licht aus. Jetzt hatte ich niemanden mehr, der mir beistand. Verleger, Freunde, Familie – sie alle waren in den Zeiten des Erfolges, als alles einfach war, an meiner Seite gewesen. Doch jetzt hatten mich sogar die Leser fallen gelassen. Sie hatten meinen Namen in die Bestsellerlisten gebracht, und nun machten sie sich einer nach dem anderen aus dem Staub. Aus Konformismus. Weil ein idiotisches Video im Internet kursiert hatte, auf dem man sah, wie ich dem Kühlschrank einen Fußtritt versetzte, und weil eine psychisch labile Frau, die in ihrem Leben drei Bücher gelesen hatte, sich selbst idiotische und beleidigende SMS geschickt hatte.

Es gab keinen gesunden Menschenverstand und kein klares Denken mehr in der Welt und auch keinen Mut.

Ich hatte stets geglaubt, man könne die Lösungen für seine Probleme in sich selbst finden. Doch an diesem Abend fand ich gar nichts mehr in mir. Zumindest nichts Bemerkenswertes. Ich war leer. Oder vielmehr erfüllt von Mist, Zorn, Hass und Ohnmacht.

Automatisch setzte ich mich an meinen Laptop, den ich gleichermaßen liebte und verabscheute. Ich klappte ihn auf. Wie immer blendete mich das bläuliche Licht, doch ich reduzierte die Helligkeit nicht. Ich ließ mich gern blenden und war völlig vom Bildschirm hypnotisiert. Ich liebte dieses Gefühl der paradoxen Selbstbeobachtung, des progressiven Bewusstseinsverlusts. Jenen Augenblick des Loslassens, wenn die Orientierungspunkte verschwimmen, das Vorspiel zur Hinwendung zu einer anderen Welt, einem anderen Leben, zehn anderen Leben.

Wenn ich unglücklich war und niemanden mehr hatte, mit dem ich sprechen konnte, blieben mir nur meine Romanfiguren.

Und einige von ihnen waren, wie ich wusste, unglücklicher als ich. Das war zwar bei Weitem kein Trost, aber doch eine Art der Verbundenheit.

Ich dachte an Flora. Wie spät war es jetzt in New York? Ich zählte die Zeitverschiebung an den Fingern ab. Fünf Uhr nachmittags. Das schrieb ich auf meinen Bildschirm.

```
New York - 5PM
```

In der Stille der Nacht tippte ich auf der beleuchteten Tastatur. Wie am Anfang eines Klavierstücks. Noch bevor ich die Buchstaben sah – »die Farbe der Vokale«, den Schatten der Konsonanten –, hörte ich den Ton der Tastatur, ein sanftes, fast melodisches Schnurren. Das Geräusch der Freiheit.

New York — 5PM

Hinter meinen geschlossenen Lidern wogte ein Lichtervorhang. Um mich herum ein leichtes Brummen. Ich öffnete die Augen. Alles war von einem orangefarbenen Schein umgeben. Ich schwebte an einem safrangelben Himmel. In Sonnenlicht gebadet …

9 Der Lauf der Geschichte

Er lebte bereits in einer Welt
seiner eigenen Vorstellung.

John Irving, *Garp und wie er die Welt sah*

1.
New York – 17 Uhr

Hinter meinen geschlossenen Lidern wogte ein Lichtervorhang. Um mich herum ein leichtes Brummen. Ich öffnete die Augen. Alles war von einem orangefarbenen Schein umgeben. Ich schwebte an einem safrangelben Himmel. In Sonnenlicht gebadet, schwebte die Seilbahnkabine über die Häuser von Midtown und die Wasser des East River. Die Gondel – sie beförderte einige Touristen und New Yorker nach ihrem Arbeitstag – senkte sich langsam nach Roosevelt Island hinab.

Mein Kopf war wie benebelt, meine Beine drohten zu versagen, und ich hatte nicht die geringste Ahnung, was ich hier wollte. Erneut stellte sich ein Gefühl des Erstickens ein, das ich auch schon bei meinem ersten »Ausflug« gespürt hatte. Möglicherweise herrschte in der Welt der Fiktion ein anderer Luftdruck. Unmittelbar darauf folgte das schmerzhafte Hungergefühl, so als hätte ich sehr lange nichts gegessen.

Die Kabine erreichte die Endstation. Ich kannte Roosevelt Island. Eine winzige Insel, ein schmaler Landstreifen ohne besonderen Reiz zwischen Manhattan und Queens. Ich wollte mit Flora Conway sprechen, aber ich wusste nichts über den Ort, an dem sie sich befand.

Dabei bist du doch der Boss, murmelte eine Stimme in meinem Kopf. Ja, zweifellos. Ich weiß, dass der Text gerade geschrieben wird, im Rhythmus der Ideen, die im Gehirn meines Alter Ego entstehen, das mich, mit einer Tasse Tee und in ein Plaid gewickelt, von seinem Bildschirm aus steuert.

Auf der Suche nach einem Hinweis – oder einer Inspiration – blickte ich mich um. Unter den Leuten, die die Seilbahn verließen, fiel mir ein junger Typ auf – roter Bart, Holzfällerhemd, Trilby-Hut –, der eine Profikamera in der Hand und eine große Tasche mit der dazugehörenden Ausrüstung über der Schulter trug. Wahrscheinlich ein Journalist. Ich beschloss, ihm zu folgen.

Die Insel war kaum größer als ein Handtuch. In weniger als zehn Minuten hatten wir die Südspitze erreicht. Dort befand sich das Blackwell Hospital, eine medizinische Einrichtung, die wegen ihrer Gebäudeform von allen nur »das Pentagon« genannt wurde. Ich hatte das Gelände kaum betreten, als mein Heißhunger zunahm. Ein Schwindelgefühl zwang mich, stehen zu bleiben, und ich verlor den Journalisten aus den Augen.

Dieses Mal ging es mir richtig schlecht, und ich war nahe daran, aufzugeben. Ein heftiger schneidender Schmerz fuhr mir durch den Bauch, meine Adern schienen in Flammen zu stehen, die Gliedmaßen waren wie aus Beton gegossen. Ich musste etwas essen, um mich in der Welt der Fiktion zu verankern. Ich ging ein Stück zurück, um den Lageplan des Klinikzentrums zu studieren, den ich am Eingang gesehen hatte. Die Karte verzeichnete ein *Diner* der Kette Alberto's, was ziemlich unpassend war, nachdem diese Restaurants eher auf Speisen spezialisiert waren, die den Cholesterinspiegel in die Höhe trieben.

Das Fast-Food-Restaurant befand sich in einem großen verchromten Wagen. Ich kletterte auf einen der roten Kunstlederhocker, die vor der Theke aufgereiht standen, und bestellte das Gericht, »das am schnellsten fertig ist«. Im Handumdrehen standen zwei Spiegeleier auf Toast vor mir, die ich verschlang, als sei ich zehn Tage im Hungerstreik gewesen.

Eine Cola und ein Kaffee brachten mich endgültig auf die Beine. Nachdem ich wieder zu mir gekommen war, ließ ich meinen Blick durch den Speisesaal des *Coffeeshops* wandern. Neben mir auf der Theke lag ein Exemplar der *New York Post*. Eine Überschrift auf der Titelseite erregte meine Aufmerksamkeit. Ich griff nach der Zeitung und schlug sie auf, um den Artikel zu lesen.

Die Romanschriftstellerin Flora Conway befindet sich nach einem Suizidversuch im Krankenhaus
Brooklyn – Polizei und Rettungskräfte waren am Dienstag, 12. Oktober, gegen 22 Uhr in der Wohnung von Flora Conway im Einsatz. Sie wurde leblos, mit aufgeschnittenen Pulsadern und in sehr kritischem Zustand aufgefunden und ins Blackwell Hospital auf Roosevelt Island gebracht.
Ihre Verlegerin und Freundin Fantine de Vilatte hatte, weil sie länger nichts mehr von Mrs Conway gehört hatte, besorgt den Portier des Lancaster Buildings benachrichtigt.
Wie am Abend von den betreuenden Ärzten verlautete, ist die Romanautorin wieder bei Bewusstsein und außer Lebensgefahr. Diese Information hat auch Mrs de Vilatte bestätigt: »Nach diesem unglücklichen Vorfall kommt Flora allmählich wieder zu Kräften. Wie wir wissen, durchlebt sie seit einigen Monaten eine äußerst schwierige Zeit. Ich werde alles tun, damit meine Freundin diese harte Prüfung durchsteht.« Dazu ist zu sagen, dass dieser Suizidversuch sechs Monate nach dem Ver-

schwinden von Flora Conways Tochter, der kleinen Carrie, geschah, die ...

2.

Ich sah von der Boulevardzeitung auf. Endlich wusste ich, wo Flora sich befand und warum sie hier war. Während ich mich anschickte, das *Diner* zu verlassen, glaubte ich, hinten im Restaurant eine bekannte Gestalt zu erkennen. Grau melierter Schnurrbart, Glatze, Schmerbauch: der ehemalige Detective Mark Rutelli saß, ein wenig vornübergebeugt, auf einer Kunstlederbank in einer Nische. Ich verließ die Theke, um zu ihm zu gehen. In Gedanken versunken, hatte er seinen Hamburger und seine Pommes kalt werden lassen, jedoch bereits mehrere Biergläser geleert.

»Kennen wir uns?«, fragte Rutelli mich argwöhnisch, als ich ihm gegenüber Platz nahm.

»In gewisser Weise.«

Ich habe Sie zwar erschaffen, aber Sie müssen nicht Papa zu mir sagen.

Dank seines Polizisteninstinkts durchschaute er mich sofort.

»Sie sind nicht von hier, oder?«

»Stimmt, aber wir stehen beide auf derselben Seite.«

»Auf welcher Seite?«

»Ich bin ein Freund von Flora Conway«, erklärte ich.

Misstrauisch fixierte er mich und versuchte herauszufinden, was ich im Schilde führte. Ich dachte an meine Notizen und die biografischen Daten, die ich bei den Vorbereitungen zum Roman ausgebrütet hatte. Rutelli war mir wohlbekannt: ein guter Typ, ein gewissenhafter Polizist. Sein Leben lang hatte er gekämpft, um sich aus den Klauen seiner Depression und des Alkoholismus zu befreien, die seine Karriere, seine Familie und seine Liebesbeziehungen zerstört hatten. Seine extreme Sensibilität ließ ihn langsam zugrunde gehen. Ein weiterer Name auf der langen Opferliste des ewigen Fluchs der Netten, dem unbarmherzigen Gesetz, das jene scheitern ließ, die nicht gegen Brutalität und Zynismus gewappnet waren.

»Darf ich Ihnen noch ein Bier ausgeben?«, fragte ich, während ich die Hand hob, um den Kellner heranzuwinken.

»Warum nicht? Sie sehen zumindest nicht wie einer von den Aasgeiern aus. Oder Sie können es gut verbergen.«

»Aasgeier?«

Mit einer Kopfbewegung deutete er zum Fenster. Ich folgte seinem Blick. Ein Dutzend Männer und Frauen saßen auf den Treppenstufen. Es war dieselbe Gruppe von Medienvertretern, der ich in Williamsburg vor der Wohnung von Flora begegnet war. Sie waren einfach nach Roosevelt Island umgezogen.

Das Bier wurde gebracht, und Rutelli trank ein gutes Drittel in einem Zug, bevor er mir eine heikle Frage stellte: »Wissen Sie, worauf die warten?«

»Ich denke mal, darauf, dass Flora herauskommt.«

»Auf Floras *Tod*«, korrigierte er mich. »Sie warten darauf, dass sie springt.«

»Nun übertreiben Sie mal nicht.«

Er wischte sich den Schaum aus seinem Schnurrbart.

»Schauen Sie auf die Kameras! Sie sind alle auf ihr Zimmer im siebten Stock gerichtet.«

Um seine Behauptung zu belegen, erhob er sich und machte sich an dem Fenster zu schaffen, das jedoch zu klemmen schien. Nach kurzem Kampf gelang es ihm, es zu kippen. Durch die Öffnung konnten wir einige Gesprächsfetzen der Gruppe aufschnappen, und was wir hörten, war tatsächlich nicht schön. »Wenn sie schon Schluss machen will, dann soll sie es jetzt endlich mal tun! Ich habe die ewige Warterei satt«, äußerte ein Idiot mit vorspringendem Kinn und Segelohren. In einen schwarzen Mantel gehüllt, den er wie einen Umhang trug, mimte er den Geheimnisvollen. »Das Licht ist gerade perfekt, verdammt noch mal! Mit der tief stehenden Sonne im Hintergrund kann ich eine Aufnahme machen, die Scorsese würdig wäre!«, schwadronierte der Kameramann, dem ich vom Bahnhof aus gefolgt war. Die einzige Frau in der Gruppe stand ihnen in nichts nach. »Außerdem frieren wir uns die Eier ab«, rief sie und brach über ihren eigenen Witz in schallendes Gelächter aus. Dann stimmte sie ein Liedchen an: »Sie wird springen! Sie wird springen!«, das schon bald vom Chor ihrer Kollegen aufgegriffen wurde: »Sie wird springen! Sie wird springen!«

Der Gipfel der Schamlosigkeit war erreicht, aber sie machten munter weiter. Die Perversität des *Infotainments*. Bis zur Übelkeit. Bis zum Erbrechen.

»Genau darauf hofften sie von Anfang an«, beklagte sich Rutelli: auf Floras Suizid. Ihren Tod, um die Sache abzuschließen. Möglichst mit Live-Bildern. Ein kleiner Dreißigsekundenclip, eine Nahaufnahme ihres Sprungs. Perfekt für viele Likes und Retweets.«

»Wissen Sie Floras Zimmernummer?«

»712, aber das Personal hat mich nicht zu ihr vorgelassen.«

Er trank sein Bier aus und rieb sich die Augen. Ich mochte seinen Blick, in dem eine enorme Müdigkeit, jedoch auch Reste einer Glut zu sehen waren, die jederzeit wieder aufflackern konnte.

»Kommen Sie«, sagte ich, »mich werden sie durchlassen.«

3.

Der Aufzug brachte uns in die siebte Etage. Wir konnten den Eingangsbereich ungehindert durchqueren. Niemand hatte uns irgendetwas gefragt, so als gehörten wir zum Personal. Rutelli schwankte zwischen Verblüffung und Bewunderung.
»Wie machen Sie das? Sind Sie ein Zauberer, oder was?«
»Nein, mein Sohn ist Zauberer. Bei mir ist es etwas anderes.«
»Das verstehe ich nicht.«
»Ich glaube, man kann sagen, dass ich der *Chef* bin.«
»Der Chef von was?«
»Von allem. Also zumindest in dieser Welt hier.«
Die Augenbrauen hochgezogen, musterte er mich misstrauisch.
»Halten Sie sich für Gott?«
»Tatsache ist, dass ich *eine Art* Gott bin.«
»Ach ja ...«
»Glauben Sie aber bloß nicht, dass es jeden Tag so einfach wäre.«
Er schüttelte den Kopf und hielt mich offensichtlich für verrückt. Ich hätte ihm gern mehr erzählt, aber in diesem Moment öffneten sich die Türen auf einen langen, schmalen Flur, der von einem merkwürdigen

Krankenpfleger bewacht wurde: einem riesigen Muskelprotz, dessen eine Gesichtshälfte völlig verbrannt war.

»Wir wollen Mrs Conway besuchen, Zimmer 712. Wie geht es ihr?«

»Die Prinzessin wollte nichts essen.« Double-Face begnügte sich mit dieser Antwort und deutete auf ein Metalltablett.

Dabei sah die Mahlzeit ausgesprochen »appetitlich« aus: Gurken, die in einer zweifelhaften Flüssigkeit schwammen, Fisch von gräulicher Farbe, dessen Geruch sich durch den gesamten Flur zog, gummiartige Pilze, ein kümmerlicher Apfel.

Trotz der Größe des Pflegers schob Rutelli ihn einfach zur Seite, und ich folgte ihm zum Zimmer 712.

Die Möblierung war spartanisch: ein schmales Bett, ein Metallstuhl ohne Kissen und ein kleiner Sperrholzschreibtisch, über dem an der Wand ein Notruftelefon aus rotem Bakelit hing.

Flora Conway lag mit leerem Blick auf dem Bett, den Oberkörper, von zwei Kissen gestützt, leicht aufgerichtet.

»Guten Abend, Flora.«

Sie sah uns an und schien nicht besonders überrascht. Einen Augenblick lang hatte ich sogar den verrückten Eindruck, sie hätte uns erwartet.

Rutelli schien sich, schüchtern, wie er war, in diesem winzigen Zimmer beengt zu fühlen, als wisse er nicht so genau, wo er seine Körpermasse unterbringen sollte.

»Sie müssen ganz schön Kohldampf haben«, sagte er schließlich. »Das Essen hier ist ja wohl nicht berauschend.«

»Richtig, ich habe darauf gehofft, dass Sie mir etwas zu essen mitbringen, Mark! Wo sind Ihre berühmten Blintze mit Käse von Hatzlacha?«

Wie bei einem Fehler ertappt, bot der Polizist eilig an, nach unten zu gehen und von Alberto's etwas Essbares zu holen.

»Sie haben eine große Auswahl an Salaten«, begann er.

»Ich denke da eher an einen kurz gebratenen Cheeseburger in einem schönen, knusprigen Brötchen«, erwiderte Flora.

»In Ordnung.«

»Mit Zwiebeln ...«

»Okay.«

»... Gürkchen ...«

»Jawohl.«

»... und Bratkartoffeln.«

»Ich habe die Bestellung notiert«, versicherte er, bevor er verschwand.

Als wir allein waren, schwieg ich eine Weile. Dann ergriff ich das Wort und sagte mit einem Blick auf ihre verbundenen Handgelenke: »So weit hätten Sie ja wohl nicht gehen müssen.«

»Das ist das Einzige, was mir einfiel, um Sie zur Rückkehr zu bewegen.«

Ich setzte mich auf den Stuhl neben sie. Sie musterte mich.

»Sie sehen aber auch nicht gerade sehr frisch aus.«

»Ich habe schon bessere Tage erlebt.«

»Als Sie begonnen haben, meine Geschichte zu schreiben, haben Sie dabei eine Episode aus Ihrem Leben verarbeitet, stimmt's?«

»Eine Episode, die weniger tragisch ist als Ihre: Ich werde jeden Kontakt zu meinem Sohn verlieren. Meine Frau hat es so hingedreht, dass mir das Sorgerecht entzogen wurde, und jetzt will sie mit ihm in einer Öko-Sekte im Staat New York leben.«

»Wie alt ist er?«

»Sechs Jahre.«

Ich durchforstete mein Handy, um ihr ein Foto von Théo mit Houdini-Cape, Zylinder, aufgemaltem Schnurrbart und Zauberstab zu zeigen.

Sie tat es mir gleich und zeigte mir Fotos aus glücklichen Zeiten: Carrie beim Himmel-und-Hölle-Spiel, Carrie auf einem Karussell auf Coney Island, Carrie mit neckischem Lächeln, den Mund und das halbe Gesicht mit Schokopudding verschmiert. Eine Mischung aus Nostalgie und unendlicher Traurigkeit, begleitet von Gelächter und Tränen.

»Ich habe über das nachgedacht, was Sie mir letztes Mal gesagt haben«, fuhr Flora fort. »Wenn ich schreibe, bringe ich meine Figuren auch gern an den Rand des Abgrunds und schaue mir an, wie sie damit umgehen.«

»Ja, so ist das Spiel«, sagte ich. »Man zittert mit ihnen und hofft, dass sie einen Ausweg finden, sogar dann, wenn es keinen gibt. Auch in einer verzweifelten Situation wünscht man sich immer, dass sie ein Hintertürchen finden werden. Aber man bleibt Herr der Lage. Ein Schriftsteller kann es sich nicht erlauben, vor seinen Figuren zu kapitulieren.«

In dem Zimmer war es viel zu warm. Das Wasser, das im gusseisernen Heizkörper zirkulierte, machte einen Höllenlärm. Als verdaue die Heizanlage gerade ein zu üppiges Festmahl.

»Aber selbst in einem Roman, und das wissen Sie genauso gut wie ich, hat die Freiheit des Schöpfers ihre Grenzen«, warf Flora ein.

»Wie meinen Sie das?«

»Die Figuren haben ihre eigene *Wahrheit*. Sind sie erst einmal auf die Bühne getreten, können Sie ihre Identität, ihre wahre Natur, ihr geheimes Leben nicht einfach übergehen.«

Ich fragte mich, worauf sie hinauswollte.

»Es gibt einen Moment«, fuhr sie fort, »wo die Illusionen verfliegen und die Masken fallen müssen.«

Ich verstand ihre Äußerungen nun besser, war jedoch nicht sicher, ob ich ihr auf dieses Terrain folgen wollte.

»Es gibt etwas, das ein Romanschriftsteller seinen Figuren schuldig ist, Romain. Und das ist ihr Anteil an der Wahrheit. Versprechen Sie mir meinen Anteil an der Wahrheit!«

Ich erhob mich, um durch das Fenster die Sonnenstrahlen zu betrachten, die ihr letztes Feuerwerk hinter den farbigen Häusern des New Yorker Stadtteils Astoria zündeten. Es war so heiß, dass ich mir erlaubte, das Fenster zu öffnen. Daraufhin hörte ich Geschrei, das vom Eingang heraufschallte. Als ich mich hinunterbeugte, sah ich Mark Rutelli, wie er sich mit der Journalistenmeute prügelte. Er hatte soeben dem Möchtegern-Scorsese einen Faustschlag versetzt. Einen Moment lang versuchten erst sechs, dann sieben Kollegen, ihn zu verteidigen, indem sie sich auf den Polizisten warfen. Rutelli jedoch verscheuchte – trotz seiner überflüssigen Kilos – die Angreifer wie Fliegen. In dem Moment, als einige Krankenpfleger herauskamen, um der Schlägerei ein Ende zu machen, begann das Notruftelefon im Zimmer zu läuten. Ein schriller Klingelton, der in den Ohren schmerzte. Flora hob ab, hörte dem Gesprächspartner am anderen Ende der Leitung zu und reichte mir das Telefon.

»Es ist für Sie.«

»Wirklich?«

»Ja, es ist Ihre Frau.«

4.

»Es ist für Sie.«
»Wirklich?«
»Ja, es ist Ihre Frau.«

Paris, drei Uhr nachts

Im Halbdunkel meines Wohnzimmers vibrierte mein Handy auf der Nussbaumplatte meines Schreibtisches. Auf dem Display leuchtete der Vorname ALMINE in einem grellen Licht. Eine harte Rückkehr in die Wirklichkeit. Ich stützte meinen Kopf auf beide Hände. Aussicht auf weiteren großen Ärger. Aus einem mir unbekannten Grund war Almine offenbar mitten in der Nacht aus Lausanne zurückgekommen und hatte bemerkt, dass Théo nicht da war. Dann fiel es mir plötzlich wie Schuppen von den Augen: der Streik der öffentlichen Verkehrsbetriebe. Ich beschloss, den Anruf nicht anzunehmen, und rief stattdessen die Internetseite der französischen Eisenbahn SNCF auf. Die Seite baute sich langsam auf mit der lakonischen Mitteilung, ich sei nur Nutzer und kein Kunde. Unter Gare de Lyon-Part-Dieu fand ich schließlich die Info, die ich suchte. Der TGV nach Lausanne war nur bis Lyon gefahren. Almine hatte wohl keine Lust gehabt, auf einen anderen Zug zu warten, und beschlossen, nach Paris zurückzufahren. Dann sah ich, dass sie mir eine lange Nachricht hinterlassen hatte.

Ich hörte die Aufzeichnung ab, sie enthielt jedoch nur ein undeutliches Atemgeräusch und einen wirren Satz, von dem ich kein Wort verstand. Vielleicht machte ich mir umsonst Sorgen. Vielleicht hatte Almine eine andere Möglichkeit gefunden, in die Schweiz zu kommen, und dieser Anruf war ein Versehen. Es gelang mir jedoch nicht, mich wirklich zu beruhigen. Von einem unguten Gefühl getrieben, beschloss ich, Almine zurückzurufen, geriet aber nur an die Mailbox.

Was tun?

Ich zog meinen Blouson an und verließ das Haus durch den Hintereingang. Es hatte wieder zu regnen begonnen. Stark und heftig. Mein kleines Auto stand in einer Nebenstraße in einer Einzelgarage. Ein Mini-Cooper, den ich fast nie benutzte, der jedoch sofort ansprang. Ich nahm dieselbe Strecke wie am Vormittag. Um drei Uhr nachts war es leer in Paris, und ich überquerte die Seine bereits nach weniger als zehn Minuten. Am Port de l'Arsenal angekommen, fand ich problemlos einen Parkplatz auf dem Boulevard Bourdon, direkt am Eingang zum Hafenbecken.

Meinen Blouson über den Kopf gezogen, lief ich die Treppe hinunter, die zum Quai führte. Im Regen glänzte der weiße Stein wie ein mit Lack überzogener

Stoff. Bald versperrte mir ein Metallgitter den Durchgang. Auf einem am Tor angebrachten, großen Holzschild war zu lesen, dass der Zutritt zum Hafen für die Öffentlichkeit nachts verboten war und ein Wächter mit Hund seine Runden drehte.

Weit und breit war keine Menschenseele zu sehen. Niemand war so blöd, bei einem solchen Wetter vor die Tür zu gehen. Ich kletterte über das Gitter und sprang auf der anderen Seite hinunter. Ich erinnerte mich nicht mehr genau, an welcher Stelle des Quais das Boot lag. Ohnehin hatte es vermutlich seit dem letzten Mal, als ich hier gewesen war, den Liegeplatz gewechselt. Ich brauchte gut fünf Minuten, bis ich das Hausboot gefunden hatte. Als Almine mich verlassen hatte, war sie in ein Tjalk gezogen, ein niederländisches Segelboot ohne Mast, das sie sich zu unserem fünften Hochzeitstag von mir hatte schenken lassen. Ich hatte mich auf dem Boot nie wirklich wohlgefühlt und selten einen Fuß darauf gesetzt.

Ich sprang auf die Brücke. Das Boot war nicht beleuchtet, ein schwacher Lichtschein im Innern zeigte mir jedoch an, dass jemand da sein musste.

»Almine?«

Ich klopfte an die Tür des Ruderhauses, ohne eine Antwort zu erhalten.

Vom Deck aus betrat ich den Hauptraum mit Couchtisch, Sofa, Fernseher und einer kleinen Treppe, die zum Dach führte, das als Terrasse diente. Das Boot schaukelte sachte hin und her. Durch die Fenster sah ich das schmutzige Wasser der Seine. Ich wurde schnell seekrank, sogar auf einem Hausboot.

»Almine, bist du da?«

Ich schaltete die Taschenlampe meines Handys ein und machte mich auf den Weg zu den beiden Schlafzimmern.

Noch bevor ich sie erreichte, sah ich meine Frau in dem kleinen Flur liegen.

Ich hockte mich neben sie. Sie war bewusstlos. Ihre Lippen waren blau, ihre Fingernägel violett. Ihre Haut war feucht und kalt.

»Almine, Almine!«

Neben ihr lagen ihr Handy, eine Flasche Grey Goose und ein Röhrchen Oxycodon. Nun konnte ich mir das Szenario des Abends ohne Mühe vorstellen. Almine war verärgert zurückgekommen, sie hatte Schmerzen und war wohl bereits leicht angetrunken. Vielleicht hatte sie das Fehlen ihres Sohnes nicht einmal bemerkt. Sie hatte den Wodka mit dem Oxycodon und vielleicht noch einem Schlafmittel gemischt. Der Königsweg zu einer Ateminsuffizienz.

Ich schüttelte sie, zog ihre Augenlider hoch. Ihre Pupillen hatten sich verengt und waren nur noch so groß wie Stecknadelköpfe. Es war unmöglich, sie aus ihrem Tiefschlaf zu wecken. Ich prüfte ihren Puls. Er schlug langsam. Die Atmung war schwach, rasselnd.

Schon mehrfach hatte ich sie gewarnt: Ihr Opioid-Gebrauch überschritt viel zu oft die vorgeschriebenen Dosen. Und sie trank zudem Alkohol und nahm noch Schlafmittel und Angstlöser. Ich hatte auch schon gesehen, wie sie Tabletten zu Pulver zerstieß, um die Wirkung zu steigern.

Es war nicht ihre erste Überdosis. Vor zwei Jahren hatte sie bereits einmal das Bewusstsein verloren, und ich hatte sie dank eines Naloxon-Sprays retten können. Seither bewahrte ich dieses Spray immer in unserer Hausapotheke auf. Blieb zu hoffen, dass Almine dies beibehalten hatte. Ich ging ins Bad und suchte überall. Schließlich fand ich das Spray.

Ich riss die Schutzhülle des Sets auf. Naloxon war kein Wundermittel, konnte aber die Wirkung des Morphins kurzfristig bis zum Eintreffen der Rettungskräfte mildern.

Plötzlich hielt ich inne, und es geschah etwas Seltsames. Ich löste mich von der aktuellen Situation und wurde ein Zuschauer aus der Ferne.

Die Zeit dehnte sich, und mir wurde blitzartig etwas klar. Ich konnte Almine retten, aber ich konnte ebenso gut nichts unternehmen und mich damit begnügen, sie sterben zu lassen. Und mit ihr würden sich alle meine Probleme in Luft auflösen. Théo würde weiterhin in Paris zur Schule gehen, und ich würde schließlich wieder das Sorgerecht für ihn bekommen. Almines Tod aufgrund einer Überdosis würde die Anschuldigungen, die sie gegen mich vorgebracht hatte, entkräften und mir aus dem juristischen und finanziellen Dilemma heraushelfen. Das Leben bescherte mir gerade auf dem Silbertablett eine unerwartete Lösung der Misere, in der ich steckte.

Mein Herz begann zu rasen. Endlich war ich am Ruder, so wie in meinen Romanen. »*Letztlich verdienen Sie, was Ihnen geschieht.*« Ich sah wieder Kadijas ernstes Gesicht vor mir, als sie mich einen Feigling genannt hatte. Dieses Mal durfte ich nicht schwach werden. Almine hatte sich ganz allein in diese Situation gebracht. Und ich war Herr über mein Schicksal, der Einzige, der entschied, welche Wendung mein Leben nahm. Ich würde meinen Sohn großziehen, ihm jeden Morgen seine Trinkschokolade zubereiten, ihm jeden Abend eine Geschichte vorlesen, mit ihm in die Ferien fahren. Ich würde keine Angst mehr haben, ihn zu verlieren. Endlich.

5.

Ich trat hinaus auf die Brücke. Der Regen hatte weiter an Intensität zugenommen. Noch immer keine Menschenseele weit und breit. Die Sicht reichte keine zehn Meter weit. Niemand hatte mich hierherkommen sehen. Vielleicht gab es an dieser Stelle im Hafen Überwachungskameras, aber das war alles andere als sicher. Und wer würde es überprüfen? Die Überdosis war sonnenklar. Ich hatte Almine nicht umgebracht. Das hatte sie selbst getan. Durch ihr Verhalten, ihren Wahnsinn, ihren Wunsch, Schaden anzurichten.

Ich rannte durch den Regen. Ich würde es wirklich tun. Ich wusste, dass ich nicht zurückgehen würde. Aus der Ferne betätigte ich den Türöffner meines Autos, ließ mich auf den Sitz fallen und startete sofort den Motor, um möglichst schnell Abstand zwischen mich und dieses Hausboot zu bringen. Ich legte den Rückwärtsgang ein und stieß einen Schrei aus.

»Verdammt, haben Sie mir einen Schrecken eingejagt!«

Flora Conway saß auf dem Beifahrersitz. Mit ihren spröden, zum Bubikopf geschnittenen Haaren, ihren grünen Augen, deren Blick einen durchbohrte, in einem bestickten Strickkleid und Jeansjacke.

»Wie sind Sie ins Auto gekommen?«

»Außer Ihnen ist niemand in diesem Auto, Romain. Das alles spielt sich nur in Ihrem Kopf ab, das wissen Sie genau. Die Figuren, die den Schriftsteller heimsuchen, der sie erschaffen hat: Davon sprechen Sie doch ausführlich in Ihren Interviews.«

Ich schloss einige Sekunden lang die Augen und atmete tief durch, in der Hoffnung, Flora Conway wäre nicht mehr da, wenn ich sie wieder öffnen würde. Das war jedoch nicht der Fall.

»Verschwinden Sie, Flora.«

»Ich bin gekommen, um Sie daran zu hindern, einen Mord zu begehen.«

»Ich habe niemanden umgebracht.«

»Sie sind aber dabei, es zu tun. Sie sind dabei, Ihre Frau umzubringen.«

»Nein, so kann man die Dinge nicht sehen. Sie ist es, die meinen Tod will.«

»Aber genau in diesem Augenblick ist sie dabei, an Erbrochenem zu ersticken.«

Ein Regenvorhang bedeckte die Windschutzscheibe. In rascher Folge zuckten Blitze über den Himmel, gefolgt von einem schweren Donnergrollen.

»Machen Sie mir die Aufgabe bitte nicht noch schwerer. Kehren Sie dorthin zurück, von wo Sie hergekommen sind. Jedem seine Probleme.«

»Ihre Probleme sind auch meine und umgekehrt, das wissen Sie so gut wie ich.«

»Richtig, und Almines Tod würde alle meine Probleme lösen.«

»So ein Mensch sind Sie nicht, Romain.«

»Alle Menschen sind potenzielle Mörder. Sie haben darüber doch sogar selbst geschrieben: Ein Kind kann töten, eine Urgroßmutter kann töten.«

»Wenn Sie Almine sterben lassen, gerät Ihr Leben in eine Abwärtsspirale, aus der es kein Zurück mehr gibt.«

»Das sind vorgefertigte Floskeln.«

»Nein! Sie werden nie mehr der Romain Ozorski

von vorher sein. Ihr Leben wird nicht mehr so ruhig wie bisher verlaufen.«

»Ich habe keine andere Wahl, wenn ich meinen Sohn behalten will. Selbst wenn ich Almine rette, wird mir diese Furie das nicht danken. Im Gegenteil. Sie wird noch schneller in die USA verschwinden.«

»Im anderen Fall werden Sie ein Mörder sein, und das wird Sie Tag und Nacht verfolgen.«

Das Gewitter war heftiger geworden. Ich hatte den Eindruck, der Regen, der auf das Schiebedach prasselte, würde die Glasfläche durchschlagen. Die Luft im Auto war unerträglich stickig geworden, sodass ich beschloss, den Spieß umzudrehen.

»Ich lege mein Schicksal in Ihre Hände, Flora. Wenn ich Almine im Stich lasse, bekommen Sie Carrie zurück. Wenn ich meine Frau rette, werden Sie Ihre Tochter nie wiedersehen. Sie entscheiden.«

Das hatte sie nicht erwartet. Ihr Gesichtsausdruck veränderte sich und wurde Sekunden später wieder so hart, wie ich ihn bei ihr kannte.

»Sie sind wirklich ein Dreckskerl.«

»Es ist an Ihnen, Verantwortung zu übernehmen.«

Wütend schlug sie mit der Faust gegen die Scheibe. Ich versuchte, den Druck auf sie aufrechtzuhalten.

»Also, entscheiden Sie sich! Gehen Sie *auf die andere Seite*?«

Sie senkte den Blick, ausgebrannt, erschöpft.

»Ich will einfach nur die Wahrheit wissen.«

Sie sah mich ein letztes Mal an, bevor sie die Tür öffnete und aus dem Auto stieg. Wir befanden uns beide in derselben Sackgasse. In ihren Augen konnte ich meinen Schmerz lesen. In ihrer Erschöpfung meine eigene Verzweiflung spüren. Ich lief in den Regen hinaus, um sie zurückzuhalten, aber sie war schon verschwunden. Und mir war klar, dass ich Flora Conway soeben vermutlich zum letzten Mal gesehen hatte.

Besiegt ging ich zu der Treppe aus weißem Stein zurück, die zu den Hausbooten hinunterführte. Am Quai angekommen, nahm ich mein Handy und rief einen Krankenwagen.

10 Das Reich des Schmerzes

*Das Leben, wie es uns auferlegt ist,
ist zu schwer für uns, es bringt uns zu viel
Schmerzen, Enttäuschungen, unlösbare
Aufgaben. Um es zu ertragen, können wir
Linderungsmittel nicht entbehren.*

Sigmund Freud, *Das Unbehagen in der Kultur*

1.

Cape Cod, Massachusetts
Der Krankenwagen raste über die unbefestigte Straße, die sich zwischen den Dünen hindurchschlängelte, und wirbelte hinter sich Staubwolken auf. Die Sonne, die am Horizont unterging, verlängerte die Schatten der Kiefern und Sträucher und tauchte die Vegetation in ein orangefarbenes Licht.

Mit entschlossenem Blick, beide Hände ums Lenkrad geklammert, ignorierte Flora das Holpern, ohne die Geschwindigkeit zu reduzieren. Die Nordspitze der Winchester Bay zog sich bis zu einem ehemaligen achteckigen, etwa zwölf Meter hohen Leuchtturm, der auf einem kleinen Hügel erbaut worden war. 24 Winds Lighthouse: der Leuchtturm der 24 Winde. Direkt an den Turm schmiegte sich, mit Blick aufs Meer, ein hübsches weißes Haus mit spitzem Schieferdach. Fantines Wochenendhaus.

Flora fuhr die Schotterstraße zu dem Gebäude hinauf und parkte den Wagen, den sie wenige Stunden zuvor gestohlen hatte, neben dem Roadster ihrer Verlegerin. Der von Wellen und Felsen umschlossene Ort weckte gegensätzliche Gefühle. Schien die Sonne, befand man sich in einer idyllischen Postkartenlandschaft oder in einem jener Meeresgemälde mit ländlicher Anmutung, wie sie die Hausbesitzer auf Martha's Vineyard oder Cape Cod an den Wänden hängen hatten. Sobald jedoch Wolken und Wind die Oberhand gewannen, nahm die Kulisse sehr viel wildere und dramatischere Züge an wie zu dieser Zeit, als die Sonne soeben untergegangen war. Die in Dunkelheit getauchten, steilen Granitwände ließen das Panorama erstarren und verzerrten die Perspektiven wie in einigen beunruhigenden Bildern von Edward Hopper.

Flora war bereits zweimal hier gewesen, bevor Fantine mit den Renovierungsarbeiten an dem Gebäude begonnen hatte. Entschlossen stieg sie die Stufen zum Eingang des Cottages hinauf, das durch ein kleines Vordach geschützt war. Sie klopfte an die Tür und musste nur wenige Sekunden warten, bis Fantine ihr die Tür öffnete.

»Flora? Ich wusste ... du hast mir gar nicht Bescheid gesagt.«

»Störe ich dich?«

»Im Gegenteil. Ich freue mich, dich zu sehen.«

Enge Jeans, blaue Bluse mit Perlmuttknöpfen, Ballerinas aus Lackleder: Fantine war in jeder Lebenslage elegant. Sogar am Wochenende, allein in diesem von der Welt abgeschnittenen Haus.

»Wo kommst du her?«, fragte Fantine und warf einen misstrauischen Blick auf den Krankenwagen.

»Von zu Hause. Kann ich was zu trinken haben?«

Die Verlegerin zögerte eine Sekunde, was Flora nicht entging, dann fasste sie sich wieder.

»Natürlich, komm herein!«

Das Haus war hübsch hergerichtet worden: Mit Sichtbalken und einem großen Panorama-Glasfenster versehen, bot der Wohnraum einen schier endlosen Blick aufs Meer. Alles war – genau wie die Eigentümerin – sehr geschmackvoll: der Parkettboden aus geölter Eiche, die Möbel in zarten Farben aus gekalktem Holz, dazu eine Florence-Knoll-Sitzbank in Puderrosa. Flora konnte sich Fantine sehr gut auf dieser Couch vorstellen, wie sie, in ein Kaschmirplaid gehüllt, anspruchsvolle Manuskripte las und dabei in kleinen Schlucken Bio-Früchtetee von einem neuen Produzenten aus Hyannis Port trank.

»Was hättest du denn gern? Ich habe gerade Eistee gemacht.«

»Das ist prima.«

Nachdem Fantine in der Küche verschwunden war, trat Flora ans Fenster. In weiter Ferne schien ein einsames, von der Dünung getriebenes Segelboot hinter dem Horizont zu verschwinden. Wolken jagten über den Himmel. Erneut hatte Flora den Eindruck, dass die Realität ins Wanken geriet, und sie fühlte sich trotz der Weite des Meeres eingeschlossen. Die steil abfallenden Felsen, das Rauschen der Brandung, der Schrei der Möwen machten sie benommen.

Sie wich zurück und fand neben dem Kamin Zuflucht. Genau wie auch der Rest des Wohnraums war der Platz am Feuer behaglich und wohlgeordnet: Es gab einen Korb für Brennholz, einen neuen Blasebalg, Kaminbesteck aus poliertem Metall mit Schüreisen und Zange. Auf der Kamineinfassung lag ein Bronzeapfel mit Mund von Claude Lalanne und eine Kupferplatte, die Flora beim letzten Mal an dem Mäuerchen gesehen hatte, von dem das Haus umgeben war. In das Metall eingraviert war eine Windrose, auf der die verschiedenen, in der Antike bekannten Winde dargestellt waren. Darunter warnte ein Satz auf Lateinisch: *Nach dem Durchzug der vierundzwanzig Winde wird nichts mehr übrig bleiben.* Die Inschrift war Programm ...

»Hier, dein Tee.«

Flora fuhr herum. Fantine, die in ihrer Nähe stand, reichte ihr ein großes Glas mit Eiswürfeln. Sie schien besorgt.

»Ist wirklich alles in Ordnung, Flora?«

»Absolut. Du hingegen siehst beunruhigt aus.«

»Was machst du mit dem Schüreisen in der Hand?«

»Hast du Angst vor mir, Fantine?«

»Nein, aber ...«

»Das ist ein großer Irrtum.«

Die Verlegerin wich einen Schritt zurück und wollte ihr Gesicht mit den Händen vor dem drohenden Schlag schützen, aber sie war nicht schnell genug. Der Teufel zog einen schwarzen Vorhang vor ihre Augen. Sie hatte das merkwürdige Gefühl, das Geräusch ihres fallenden Körpers zu hören und wie er auf dem Parkett aufschlug. Dann verlor sie das Bewusstsein.

2.

Als Fantine die Augen wieder öffnete, war es Nacht geworden. Sie verspürte einen brennenden Schmerz am Hals, der vom Schlüsselbein ausging und bis in den Nacken reichte. Sie konnte es nicht sehen, aber sie stellte sich eine riesengroße Schwellung vor. Ihre Lider waren so schwer, als erwache sie aus einer Narkose, und es dauerte einen Moment, bis sie erkannte, wo sie war: oben auf dem Leuchtturm. In dem schmalen Raum, wo sich früher das Leuchtfeuer befunden hatte. Ihre Handgelenke und Unterarme waren fest an den Adirondack-Stuhl gebunden, der gewöhnlich auf der Veranda stand. Durch ein Fischernetz behindert, konnte sie die Füße nicht mal einen Millimeter bewegen.

In ihrem eiskalten Schweiß erstarrt, versuchte Fantine, den Kopf zu drehen, aber der Schmerz war zu groß, um die Bewegung zu vollenden. Der Wind ließ die Fensterscheiben der Kuppel beben. Plötzlich tauchte hoch oben am Himmel der Halbmond hinter den Wolken auf und spiegelte sich im Meer.

»Flora!«, rief Fantine.

Aber sie erhielt keine Antwort.

Fantine hatte schreckliche Angst. Der winzige Raum hier oben war erfüllt von unangenehmen Gerüchen nach Salz, Schweiß und Fisch, auch wenn wohl nie ein Fisch bis hier heraufgekommen war. Es war ein Gebäudeteil, den sie nicht renoviert hatte, wo sie sich nicht wohlfühlte und in den sie trotz der atemberaubenden Aussicht nie einen Fuß setzte.

Plötzlich knarrte der Holzboden, und Flora tauchte vor ihr auf mit einem Gesicht wie aus Marmor und Augen, die von einer wahnsinnigen Glut beseelt waren.

»Was soll das, Flora? Binde mich los!«

»Halt den Mund. Ich will dich nicht hören.«

»Aber was tust du da? Ich bin deine Freundin, Flora, das war ich immer.«

»Nein, du bist nur eine Frau, die kein Kind hat und mich nicht verstehen kann.«

»Das ist doch Unsinn.«

»Halt den Mund, habe ich gesagt!«, schrie Flora und verpasste ihrer Verlegerin eine Ohrfeige.

Dieses Mal schwieg Fantine, Tränen liefen ihr über die Wangen. Flora lehnte sich an die Holzbrüstung und wühlte in einem Notfallset, das sie aus dem Krankenwagen geholt hatte. Nachdem sie gefunden hatte, was sie suchte, näherte sie sich der Verlegerin.

»Weißt du, ich habe in den letzten sechs Monaten viel nachgedacht ...«

Ein Mondstrahl ließ erkennen, was Flora in der Hand hielt: ein Skalpell mit flachem Griff von etwa zwanzig Zentimeter Länge.

»Ich habe viel nachgedacht und bin zu folgendem Schluss gekommen: Ich glaube, dass du hinter deinem adretten Aussehen eine Verrückte bist. Eine teuflische Verrückte.«

Fantine spürte, wie ihr Puls zu rasen begann und Panik in ihr aufstieg. Sie konnte schreien, aber niemand würde sie hören. Man befand sich hier praktisch in einem Raum außerhalb jeder Zeit, als gäbe es keine Grenze mehr zwischen Vergangenheit, Gegenwart und Zukunft. Der Wind machte einen Höllenlärm, der nächste Nachbar wohnte gut einen Kilometer entfernt und war fünfundachtzig Jahre alt.

Angespannt und wie besessen erläuterte Flora ihre Überlegungen: »Seit Carries Geburt nervst du mich damit, dass ich nachgelassen, meinen Biss verloren habe, meine Schlagkraft, meine Kreativität. Aus genau diesem Grund glaube ich, dass du meine Tochter entführt hast, um mir unendlichen Schmerz zuzufügen.«

»Aber nein!«

»Doch, diese Lobo-Antunes-Methode war schon immer dein Credo: ›Der Mann leidet, und der Schriftsteller denkt darüber nach, wie er dieses Leiden für seine Arbeit nutzen kann.‹ Du magst am liebsten die Bücher, die mit Blut und Tränen geschrieben sind. Du wolltest, dass ich in meinem Kummer bade, um einen Roman über den reinen Schmerz zu schreiben. Ein Buch, wie es noch nie geschrieben wurde. Denn im Grunde versuchst du schon von Anfang an, Emotionen aus mir herauszuholen, damit ich sie zu Büchern verarbeite.«

»Du kannst doch nicht wirklich glauben, was du da sagst, das ist ja verrückt, Flora. Diese Geschichte hat dich verrückt gemacht.«

»Natürlich, alle wirklich Kreativen sind verrückt. Ihr Gehirn befindet sich in ständiger Überaktivität, immer kurz davor, zu implodieren. Also, hör mir gut zu, ich werde dir *eine einzige* Frage stellen, und auf diese Frage will ich nur *eine einzige* Antwort.«

Sie hielt das Skalpell bis auf wenige Zentimeter vor Fantines Augen.

»Sollte mir deine Antwort nicht gefallen, Pech für dich.«

»Nein, leg das weg. Ich flehe dich an.«

»Sei still. Hier kommt meine Frage: Wo hältst du meine Tochter gefangen?«

»Ich habe Carrie nichts getan, Flora, das schwöre ich dir.«

Mit erstaunlicher Kraft packte Flora sie am Hals und begann sie mit einer Hand zu würgen, während sie voller Wut knurrte: »Wo hältst du meine Tochter gefangen?«

Flora lockerte ihren Griff nach wenigen Sekunden, als Fantine jedoch keuchend Luft holte, stach die Romanautorin vor Wut schreiend mit dem Skalpell zu. Die Waffe durchbohrte die Hand der Verlegerin und blieb in der Seitenlehne aus Holz stecken.

Stille. Dann folgte ein entsetzliches Aufheulen. Fantine starrte entsetzt auf ihre an den Stuhl genagelte Hand, das Gesicht von Schmerz verzerrt.

»Warum *zwingst du mich*, das zu tun?«, fragte Flora.

Sie wischte sich den Schweiß von der Stirn und durchwühlte erneut das medizinische Notfallset, um ein weiteres Skalpell herauszuholen – kürzer und spitzer.

»Das nächste wird dir zuerst das Trommelfell zerreißen, bevor es dein Gehirn übel zurichtet«, warnte sie und fuchtelte mit dem Skalpell vor den entsetzten Augen der Verlegerin herum.

»Beruhige ... beruhige dich«, keuchte Fantine, die kurz davor war, ohnmächtig zu werden.

»Wo hältst du meine Tochter gefangen?«, wiederholte Flora.

»Okay, ich werde ... ich werde dir die Wahrheit sagen.«

»Sag nicht, dass du sie mir sagen *wirst*. Sag sie mir endlich! Wo ist Carrie?«

»In einem Sa... in einem Sarg.«

»Was sagst du da?«

»In einem Sarg«, wimmerte Fantine. »Auf dem Friedhof von Green-Wood in Brooklyn.«

»Nein, du lügst.«

»Carrie ist tot, Flora.«

»Nein!«

»Sie ist seit sechs Monaten tot. Seit sechs Monaten bist du stationär in Blackwell, weil du dich weigerst, dir das einzugestehen!«

3.

Beim letzten Satz wich Flora zurück, kam ins Taumeln, als habe man ihr eine Kugel in den Bauch geschossen. Sie bedeckte ihre Ohren mit den Händen, unfähig, die Fortsetzung dieser Wahrheit zu hören, die sie sich doch so sehnlich gewünscht hatte.

Sie überließ Fantine ihrem Schicksal, lief die Treppe hinunter ins Erdgeschoss und trat hinaus in die Dunkelheit. Nachdem sie im Freien war, ging sie einige Schritte in Richtung Steilküste. Die Nacht war inzwischen von großer und faszinierender Helligkeit. Der Wind tobte, die Wellen brachen sich an den Felsen. Unerträgliche, viel zu lange verdrängte Bilder tauchten vor ihr auf.

Alle Dämme in ihrem Kopf drohten zu brechen, ihre Zuflucht zu verschlingen und auch das letzte Stück Land zu überspülen, auf das sie sich gerettet hatte. Die Flutwelle riss alles mit, ließ die mentalen Verteidigungsanlagen, die sie seit sechs Monaten errichtet hatte, zerbersten und die Sicherung herausspringen, die ihr Gehirn vor der schlimmsten Realität geschützt hatte: ihrer eigenen Verantwortung für den Tod ihres Kindes.

Als sie am Rand der felsigen und zerklüfteten Küste stand, wurde Flora klar, dass sie sich in die Tiefe stürzen würde, um den entsetzlichen Bildern, die sie heimsuchten, zu entkommen. Wie war es möglich, weiterzuleben, wenn man den Tod seiner dreijährigen Tochter zu verantworten hatte?

Wenige Sekunden vor der Erlösung tauchte hinter ihr ein heller Schein auf. Der Hasen-Mann in der Uniform eines Liftboys erschien in dem Lichtkegel. Die Tressen und Goldknöpfe seiner zinnoberroten Jacke glänzten im Mondlicht. Sein Kopf war unförmig, noch schauriger als beim letzten Mal. Flora dachte, dass er ihrer kleinen Carrie Angst gemacht haben musste mit seinen riesigen Zähnen und seinen behaarten Hängeohren. Aber noch mehr Angst musste Carrie gehabt haben, als sie begriff, dass sie sechs Stockwerke in die Tiefe stürzte.

Der Hasen-Mann bemühte sich nicht einmal, sein triumphierendes Lächeln zu verbergen.

»Ich habe es Ihnen ja gesagt: Was auch immer Sie tun, Sie werden das Ende der Geschichte nicht ändern können.«

Dieses Mal versuchte Flora gar nicht erst, ihm zu antworten. Sie senkte den Kopf. Sie wollte, dass dies alles ein Ende nahm. Sehr schnell.

Zufrieden mit seinem Sieg, ließ der Hase nicht locker: »Die Realität wird nie aufhören, Sie heimzusuchen.«

Dann reichte er Flora seine dicke, pelzige Pfote und deutete mit dem Kopf in den Abgrund, der sich vor ihren Füßen auftat.

»Wollen wir gemeinsam springen?«

Beinahe erleichtert nickte Flora und ergriff die Pfote.

Bei Tageslicht

Meine liebe Carrie,

am 12. April 2010 hatten wir einen schönen Nachmittag, hell und sonnig, wie New York im Frühling viele zu bieten hat. Unseren Gewohnheiten getreu, holte ich dich zu Fuß vom Kindergarten ab.

Als wir zu Hause, im Lancaster Building, Berry Street Nummer 396, ankamen, tauschtest du deine Turnschuhe gegen deine Lieblingshausschuhe, rosa mit Bommeln, die deine Patentante Fantine dir geschenkt hatte. Du folgtest mir zur Stereoanlage, batest mich, Musik aufzulegen, und klatschtest vor Freude in die Hände. Dann halfst du mir kurz, die Waschmaschine auszuräumen und die Wäsche aufzuhängen, ehe du dein Versteckspiel einfordertest.

»Nicht schummeln, Mum!«, riefst du, nachdem du mich in mein Zimmer begleitet hattest.

Ich gab dir einen Kuss auf dein Näschen. Dann, die Augen mit den Händen abgedeckt, begann ich laut zu zählen, nicht zu langsam, nicht zu schnell.

»Eins, zwei, drei, vier, fünf ...«

Ich erinnere mich an das fast unwirkliche Licht an

jenem Nachmittag. An den orangefarbenen Schein, der die Wohnung erhellte, die ich so liebte und in der wir so glücklich waren.

»... sechs, sieben, acht, neun, zehn ...«

Ich erinnere mich sehr gut an das gedämpfte Geräusch deiner kleinen Schritte auf dem Parkett. Ich hörte, wie du das Wohnzimmer durchquertest, den Eames-Sessel zur Seite schobst, der vor der riesigen Glaswand thronte. Es war alles gut. Mein Geist, der von der Wärme in der Wohnung und der Melodie leicht benommen war, spazierte hierhin und dorthin.

»... elf, zwölf, dreizehn, vierzehn, fünfzehn ...«

Ich war noch nie so glücklich gewesen wie in diesem letzten Jahr. Ich liebte das Zusammenleben mit dir, das Spielen mit dir, ich liebte unsere Vertrautheit. In dieser apokalyptischen Zeit brachten die Medien verstärkt Reportagen über Paare, die erklärten, im Namen der ökologischen Dringlichkeit und der Überbevölkerung hätten sie sich »vernünftigerweise« dazu entschieden, keine Kinder zu bekommen. Ich respektierte diese Wahl, aber es war nicht meine.

»... sechzehn, siebzehn, achtzehn, neunzehn und zwanzig.«

Ich öffnete die Augen und trat aus dem Zimmer.

»Achtung, Achtung! Mum kommt!«

Nichts auf der Welt habe ich so sehr geliebt wie die gemeinsamen Augenblicke mit dir, und allein schon die Tatsache, sie erlebt zu haben, entschuldigt und rechtfertigt alles andere.

Gibt allem anderen einen Sinn.

»Unter den Kissen, keine Carrie … hinter dem Sofa, keine Carrie …«

Plötzlich fuhr ein eisiger Lufthauch durch den Raum. Mein Blick folgte einem Sonnenstrahl, der vom hellen Parkett reflektiert wurde. Der untere Teil eines der großen, bis zum Boden reichenden Fenster war gekippt.

Ein stechender Schmerz durchfuhr mich, das Entsetzen schnürte mir die Kehle zu, und ich verlor das Bewusstsein.

Die Tochter der Romanautorin Flora Conway stirbt nach einem Sturz aus dem sechsten Stock
AP, 13. April 2010

Carrie Conway, die dreijährige Tochter der walisischen Schriftstellerin Flora Conway, ist gestern Nachmittag durch einen Sturz aus dem sechsten Stock des Lancaster Buildings ums Leben gekommen. Kurz nach ihrer Rückkehr aus dem Kindergarten schlug das Mädchen auf dem Bürgersteig der Berry Street, vor dem Eingang zu dem Wohnhaus in Brooklyn, auf, wo sie seit letztem Januar mit ihrer Mutter lebte. Sie zog sich dabei so schwere Verletzungen zu, dass sie noch im Krankenwagen auf der Fahrt in die Klinik verstarb.
Den ersten Ermittlungen zufolge erfolgte der Sturz aus einem Fenster der Wohnung, das versehentlich offen geblieben war, nachdem eine Reinigungsfirma dort geputzt hatte.
»Nach dem gegenwärtigen Stand der Ermittlungen scheint dieser Tod ein tragischer Unfall zu sein«,

erklärte Detective Mark Rutelli, der als erster Polizist am Ort des Geschehens eintraf.
Flora Conway wurde mit einem schweren Schock ins Blackwell Hospital auf Roosevelt Island eingeliefert. Der Vater des kleinen Mädchens, der Tänzer Romeo Filippo Bergomi, hielt sich zum Zeitpunkt des Unfalls nicht in den Vereinigten Staaten auf.

*

Die schuldhafte Fahrlässigkeit von Flora Conway
New York Post, 15. April 2010

Die Umstände, die zum Tod der kleinen Carrie Conway geführt haben, sind inzwischen klarer. [...]
Bereits am Unglücksabend hatte Lieutenant Frances Richard, Leiterin der polizeilichen Ermittlungen, angegeben, ihre Kollegen vom Health Department hätten den rechtlichen Teil der Untersuchungen übernommen. Es wurde ein Verfahren eingeleitet, um zu überprüfen, ob das Haus den städtebaulichen Vorschriften der Stadt entspricht. Das Lancaster Building, ein attraktives Gebäude in Gusseisen-Architektur an der Berry Street, diente früher als Lager einer Spielzeugfabrik. Vor seiner Luxussanierung stand es beinahe dreißig Jahre lang leer.
Die Büros des Bauträgers, der die Wohnungen verkauft hatte, wurden am Dienstag durchsucht. Die dabei

sichergestellten Dokumente belegen, dass der Verkauf an Mrs Conway und die Schlüsselübergabe vor der Fertigstellung der Sanierungsarbeiten stattfanden, insbesondere vor der Sicherung der Fensterfronten. Dennoch erfolgte die Transaktion regelkonform, da Mrs Conway eine Entlastungserklärung unterschrieb, in der sie sich verpflichtete, selbst und auf eigene Kosten alle Fenster vorschriftsmäßig sichern zu lassen, insbesondere durch Schutzgeländer auf der Innenseite. »Eine Untersuchung unserer Abteilungen hat ergeben, dass Mrs Conway die normgerechten Sicherungsarbeiten nicht hat durchführen lassen«, erklärte heute Renatta Clay, die Leiterin der Rechtsabteilung von New York City, bei einer kurzen Presseerklärung. »Folglich ist Mrs Conways Fahrlässigkeit und keinesfalls die Reinigungsfirma für den tragischen Tod des kleinen Mädchens verantwortlich.« Laut Mrs Clay »stellt diese Erkenntnis den Unfallcharakter des Todes von Carrie Conway nicht infrage«, und wie sie hinzufügte, wird in dieser Angelegenheit niemand strafrechtlich verfolgt. Die Beisetzung des Mädchens soll am Freitag, dem 16. April, auf dem Friedhof von Green-Wood in Brooklyn im engsten Kreis stattfinden.

11 Das Stundengebet

*Hier gilt es [...],
daß nur wer in die Unterwelt niedersteigt,
die Geliebte befreit.*

Sören Kierkegaard, *Furcht und Zittern*

Drei Monate später
14. Januar 2011

Es geschah kein Wunder, ganz im Gegenteil. Kaum war Almine wieder genesen, beeilte sie sich, ihre Übersiedelung nach New York voranzutreiben. Die ursprünglich für Weihnachten geplante Abreise fand bereits zu Beginn der Herbstferien statt. Und seither hörte ich nur sehr sporadisch von meinem Sohn. Das Öko-Dorf in Pennsylvania, wohin Almine ihrer neuen Freundin Zoé Domont gefolgt war, rühmte sich, eine WLAN-freie Zone zu sein, in der das Telefonnetz nach dem Zufallsprinzip funktionierte, was sehr praktisch war, um auf meine Anrufe nicht reagieren zu müssen.

Heute – an seinem Geburtstag – war Théo für einen harmlosen Eingriff kurz im Krankenhaus gewesen, man hatte ihm ein Paukenröhrchen eingesetzt, und zwar ins rechte Ohr, das sich immer wieder entzündete. Ich konnte ein paar Minuten mit ihm per Video-Chat sprechen, um ihn zu beruhigen, bevor er in den Operationssaal gebracht wurde.

Nachdem er aufgelegt hatte, saß ich mehrere Minuten, den Blick in die Ferne gerichtet, reglos da. Niedergeschlagen dachte ich an die feinen Gesichtszüge meines Sohnes, an seinen strahlenden Blick, der sein Interesse am Leben und seine Entdeckungslust zeigte. Diese zugleich arglose und neugierige Seite an ihm, die Almine noch nicht hatte zerstören können.

Es schneite seit dem Morgen. Von meinem Kummer und einer hartnäckigen Bronchitis wie benebelt, beschloss ich, wieder ins Bett zu gehen. Seit man mir Théo genommen hatte, hatte ich aufgegeben. Mein Immunsystem war löchrig geworden. Grippe, Sinusitis, Kehlkopfentzündung, Magen-Darm-Infektionen – nichts blieb mir erspart. Ich fühlte mich wie erschlagen. Erschöpft zog ich mich über die Durststrecke der Feierlichkeiten zum Jahresausklang zurück. Meine Familie existierte nicht mehr, und echte Freunde hatte ich nie gehabt. Mein Agent hatte ehrlich versucht, freundschaftlichen Kontakt zu mir zu halten, aber am Ende hatte ich ihn beleidigt und zum Teufel geschickt. Ich wollte sein Mitleid nicht. Ansonsten ließ mich die sogenannte große Verlagsfamilie einfach im Stich. Was mich weder überraschte noch betroffen machte. Seit Langem weiß ich aus meiner Lektüre von Albert Cohen: »Jeder Mensch ist allein, und keiner schert sich um den anderen, und unsere Leiden sind eine einsame Insel.« Und diese feige Distanzierung mir gegenüber verstärkte meine ohnehin tief empfundene Verachtung für diesen Sumpf.

Gegen siebzehn Uhr wachte ich vor Fieber glühend auf. Ich bekam kaum noch Luft. Seit dem Vortag hatte ich einen Viertelliter Hustensirup geschluckt und war, trotz Paracetamol und Antibiotika, noch immer in schlechter Verfassung. Mit letzter Kraft setzte ich mich im Bett auf und bestellte mir telefonisch ein Taxi.

Da ich nie einen Hausarzt gehabt hatte, schleppte ich mich zu dem Kinderarzt, der Théo von Geburt an betreut hatte. Es war ein ausgezeichneter Kinderarzt der alten Schule mit einer Praxis im 17. Arrondissement. Der Doktor mochte meine Bücher und hatte, als er meinen miserablen Zustand sah, offensichtlich vor allem Mitleid mit mir. Er nahm sich die Zeit, mich abzuhören, und schickte mich sofort zu einer Röntgenaufnahme der Lunge, nachdem er mir das Versprechen abgenommen hatte, gleich am Montag einen Lungenfacharzt aufzusuchen. Er erklärte mir, er werde dort für mich einen Termin ausmachen.

Gleich im Anschluss begab ich mich also ins Radiologische Institut von Paris, wo ich mich gut zwei Stunden gedulden musste, bevor ich es mit einem alarmierenden Röntgenbild meiner Lunge wieder verließ.

Völlig durcheinander ging ich einige Schritte auf dem eisglatten Bürgersteig Ecke Avenue Hoche und Rue du Faubourg-Saint-Honoré. Die Temperaturen waren den ganzen Tag unter null geblieben. Es war schon längst dunkel geworden, und ich glaube, ich habe in meinem ganzen Leben noch nie so gefroren. Das Fieber war wieder aufgeflammt, es machte meine Schritte unsicher und vermittelte mir den Eindruck, langsam zu erfrieren. Zerstreut wie immer, hatte ich mein Handy zu Hause vergessen, sodass ich mir kein Taxi bestellen konnte. Mit verschwommenem Blick versuchte ich daher, in der Dunkelheit eines auszumachen. Nach zwei Minuten beschloss ich, bis zur Place des Ternes zu gehen, wo ich mir größere Chancen ausrechnete, ein freies zu finden. Auch wenn es nicht wirklich neblig war, behinderte der ständige Schneefall den Verkehr. Dazu ist in Paris nicht viel nötig: Zwei Zentimeter Neuschnee, und die Welt gerät ins Stocken.

Nach hundert Metern bog ich nach rechts ab, um dem gewaltigen Verkehrsstau, der das Viertel lahmlegte, zu entkommen. Die kleine Rue Daru, in der ich mich gerade befand, war mir unbekannt. Statt mich für eine Umkehr zu entscheiden, schienen mich die silberweißen Flocken, die mir entgegenschlugen, regelrecht zu hypnotisieren und auf ein goldenes Licht zuzuleiten, das unter dem dunklen Himmel schwebte. Nach wenigen Schritten entdeckte ich mitten in Paris eine russisch-orthodoxe Kirche.

Ich wusste zwar von der Existenz der Alexander-Newski-Kathedrale, der historischen Kultstätte der russischen Gemeinde der Hauptstadt, hatte jedoch noch nie einen Fuß hineingesetzt. Von außen war das Gebäude ein kleines Schmuckstück im byzantinischen Stil: fünf Türme, jeweils gekrönt von einer kleinen goldenen Zwiebel mit Kreuz, fünf »Raketen« aus weißem Stein, die sich in himmlischer Harmonie vom tiefen Schwarz abhoben.

Die Kirche zog mich an wie ein Magnet. Irgendetwas lockte mich hinein. Neugier, Hoffnung, die Verheißung von Wärme.

Der kräftige Geruch nach geschmolzenem Wachs, Weihrauch und Myrrhe umhüllte mich bereits am Eingang. Der Grundriss des Gebäudes hatte die Form eines griechischen Kreuzes, jedes Ende öffnete sich zu einer kleinen Apsis, über der sich ein Türmchen erhob.

Wie ein Tourist betrachtete ich die typische Ausschmückung orthodoxer Kirchen: die Fülle an Ikonen, die beherrschende zentrale Kuppel, die einen nach oben zu ziehen schien, aber auch diese undefinierbare Mischung aus Strenge und Vergoldungen. Trotz des monumentalen Kronleuchters und der großen Menge an Kerzen mit zitternden Flammen war es eher dämmrig. Durch den menschenleeren Raum wehte ein leichter Luftzug. Ein gnädiges Geisterschiff, erstarrt im durchdringenden Duft von Wachs und Weihrauch.

Ich ging bis zu einem imposanten Kerzenhalter, dessen Licht ein großes akademisches Gemälde beleuchtete: *Jesus betet am See Genezareth*. Das Halbdunkel begünstigte die innere Konzentration. Ich wusste nicht so genau, warum ich hier war, aber ich fühlte mich plötzlich am richtigen Ort. Dabei war ich niemals gläubig gewesen. Lange Zeit war ich der einzige Gott, an den ich geglaubt hatte. Oder sagen wir, dass ich mich an meiner Tastatur jahrelang für Gott gehalten hatte. Um genau zu sein, hatte ich einen Gott herausgefordert, an den ich nicht glaubte, indem ich eine Welt erschuf, nämlich meine Welt – zwar nicht in sechs Tagen, aber in zwanzig Romanen.

Ja, wie oft hatte ich mich für einen Schöpfer gehalten. Aber anderen gegenüber tat ich so, als sei ich – trotz meines Erfolges – nur ein kleiner, bescheidener Romanschriftsteller. Nicht jedoch, wenn ich schrieb. So lange ich zurückdenken kann, hatte ich schon immer dieses Bedürfnis, Personen in Szene zu setzen, die meiner Fantasie entsprangen, mich gegen die Realität aufzulehnen, ihr zu sagen, sie könne mich mal kreuzweise, und sie nach meinem Willen neu zu erschaffen.

Denn im Grunde geht es beim Schreiben genau darum: die Weltordnung herauszufordern und ihre Unvollkommenheiten und Absurdität zu verbannen.

Gott herauszufordern.

An diesem Abend jedoch und in dieser Kirche, zitternd vor Fieber und halb im Wahn, bekam ich es mit der Angst zu tun. Ich fühlte mich von der Höhe des Gewölbes erdrückt. Es hätte nicht viel gefehlt, und ich wäre zu Kreuze gekrochen. Wie der verlorene Sohn bei der Rückkehr nach Hause wäre ich zu allem bereit gewesen, damit man mir verzieh. Um Théo wiederzusehen, war ich bereit, mich von allem loszusagen, auf alles zu verzichten.

Plötzlich wurde ich von einer Art Schwindel erfasst und lehnte mich an eine der schwarzen Marmorsäulen. Das war alles nicht ernst zu nehmen, das waren nur Fieberfantasien. Magensäure stieg mir in die Kehle. Mein ganzes Wesen löste sich förmlich auf. Ich litt unter Sauerstoffmangel. Mein vom Kummer zerfressenes und vergiftetes Herz schlug mal zu schnell, um dann wieder jeden zweiten Schlag auszusetzen. Jegliche Energie hatte mich verlassen. Mein Körper war eine trostlose Steppe, ein verbranntes, von Schnee bedecktes Stück Land.

Ich machte ein paar Schritte Richtung Ausgang. Ich träumte nur noch von einer Matratze, auf die ich mich fallen lassen konnte, um in einem ewigen Schlaf zu versinken. Mein Leben war zum Stillstand gekommen, seit ich Théo verloren hatte. Die Zukunft war nur noch ein langer, eisiger Tunnel, dessen Ende ich nie erreichen würde. Ich brauchte nicht einmal eine Matratze und auch keine Decke. Ich wollte mich nur noch irgendwo auf den Boden legen und schlafen.

Als ich mich bereits dem Ausgang näherte, machte ich kehrt und ging, geleitet von einer unsichtbaren Hand, zur hölzernen Christusstatue mit dem Heiligenschein zurück. Als würde ein anderer aus mir sprechen, stieß ich mit lauter Stimme eine Anrufung zwischen Gelübde und Kampfansage aus.

»Wenn Du mir meinen Sohn zurückgibst, werde ich aufhören, mich für Dich zu halten. Wenn Du mir meinen Sohn zurückgibst, werde ich aufhören zu schreiben!«

Ich war allein in der Stille der Kirche. Neben den Kerzenleuchtern und Öllampen spürte ich, wie wieder Wärme meine Adern durchströmte.

Draußen schneite es.

In New York gelingt es einem siebenjährigen Franzosen, allein und ohne Ticket ein Flugzeug zu besteigen!
Le Monde, 16. Januar 2011

Freitagabend gelang es einem siebenjährigen Jungen, der zu einer Behandlung in einem New Yorker Krankenhaus gewesen war, sich der Aufsicht seiner Mutter und der Kontrolle des Flughafenpersonals am Newark Airport zu entziehen und in einen Flieger nach Paris zu steigen.

Romain Ozorski hätte es niemals gewagt, diese Geschichte in einem seiner Romane zu erzählen. Selbst seine treuesten Leser hätten sie für unglaubwürdig gehalten. Und dennoch ...
Am späten Freitagnachmittag schaffte es Théo (7), Sohn des berühmten Schriftstellers, der derzeit mit seiner Mutter in Pennsylvania lebt, zunächst dem Personal des Lenox Hill Hospital in New York, Upper East Side von Manhattan, zu entwischen, wo er sich

wegen eines harmlosen Eingriffs aufhielt. Vorausschauend bestellte sich der Junge mit einem Handy, das er einer Krankenschwester entwendet hatte, über die Uber-App ein Taxi. Später konnte er den Fahrer davon überzeugen, dass seine Eltern ihn am Newark Airport erwarten.

Am Flughafen angekommen, gelang es dem Jungen, nicht weniger als vier Kontrollpunkte – die Pass- und Gepäckkontrolle, den Metalldetektor und die Kontrolle der Bordkarten – unbemerkt zu passieren, bevor er an Bord einer Maschine der Fluggesellschaft New Sky Airways gelangte.

Große Sicherheitsmängel
Videos der Überwachungskameras zeigen, wie geschickt es das Kind anstellt, sich im Gedränge unter die zahlreichen Passagiere zu mischen, dabei unbemerkt zu bleiben und sich vor allem zeitweise einer vielköpfigen Familie anzuschließen. Im Flugzeug versteckt sich der Junge zweimal auf der Toilette, um das Durchzählen der Passagiere zu umgehen, bevor er wieder herauskommt, sich auf einen freien Platz setzt und die Reisenden mit Zaubertricks unterhält. Erst drei Stunden vor der Landung, als sich das Flugzeug bereits über dem Atlantik befindet und nicht mehr umkehren kann, entdeckt eine Stewardess den blinden Passagier.

In diesem Jahr, in dem die Gedenkfeiern zum zehnten Jahrestag der Terroranschläge vom 11. September 2001 anstehen und die Reisenden theoretisch strengeren Sicherheitskontrollen als üblich unterzogen werden, kommt dieser Vorfall sehr ungelegen. Eine Episode wie aus einem Roman, die Patrick Romer, den Sicherheitsbeauftragten am Newark Airport, ganz und gar nicht amüsiert hat. »Dieser Vorfall resultiert aus einem Zusammentreffen ungünstiger Umstände und zeigt, dass unser Sicherheitssystem noch besser werden muss, wofür wir in naher Zukunft auf jeden Fall sorgen werden.« Ray LaHood, Sekretär im Verkehrsministerium der Obama-Administration, hat dieses Ereignis als »sehr bedauerlich« bezeichnet, wobei er betonte, die Sicherheit der Passagiere sei zu keinem Zeitpunkt gefährdet gewesen. Die Fluggesellschaft New Sky Airways hat bereits die Angestellten suspendiert, die für das Boarding zuständig waren, aber auch darauf hingewiesen, dass die Passagierkontrolle vor dem Boarding nicht in ihre Zuständigkeit fällt, sondern Sache des Flughafens ist.

Das Leben ist stärker als jeder Roman
Bei seiner Ankunft in Roissy wurde Théo Ozorski von der Grenzpolizei in Obhut genommen, bevor er vorübergehend seinem Großvater mütterlicherseits anvertraut wurde.
Théo begründete seine Flucht damit, dass er nicht mehr mit seiner Mutter in den Vereinigten Staaten leben wolle. »Ich will wieder bei meinem Papa wohnen und in

meine Pariser Schule gehen«, erklärte er den Beamten. […]

Auf Nachfrage unserer Zeitung sagte Romain Ozorski, er sei »voller Bewunderung und Stolz« angesichts der Tat seines Sohnes, er lobte »seinen Mut und seine Beherztheit« und sehe darin den größten Liebesbeweis, den er je erhalten habe. »Bei seltenen Gelegenheiten ist das Leben fantasievoller als die Fiktion«, erklärte er, »und wenn dies geschieht, sind es Momente, die uns ewig im Gedächtnis bleiben werden.« […] Auf den Konflikt angesprochen, der seit mehreren Monaten zwischen ihm und seiner Frau besteht, gab Ozorski an, diese neue Episode liefere ihm einen weiteren Grund, seinen guten Ruf wiederherzustellen und bis zum letzten Atemzug dafür zu kämpfen, das alleinige Sorgerecht für seinen Sohn zu bekommen. Almine Ozorski wollte sich zu unserer diesbezüglichen Anfrage nicht äußern.

Die dritte Seite des Spiegels

12 Théo

*Denn der schönste Tag ist der,
an dem man sich auf den nächsten freut.*

Marcel Pagnol, *Der Ruhm meines Vaters*

1.
*Elf Jahre später
18. Juni 2022, Flughafen Bastia, Korsika*

»Du bist der einzige Mensch, der mich nie enttäuscht hat, Théo. Der Einzige, der meine Erwartungen noch übertroffen hat.«

Ich muss zugeben, mein Vater hat mich sehr geliebt und nie mit Anerkennung gegeizt. Diese beiden Sätze hat er mir seit meiner Kindheit immer wieder gesagt. Dazu sollte man wissen, dass – nach seiner eigenen Aussage – die ganze Welt Romain Ozorski böse enttäuscht hat: seine Frau, seine Verleger, seine Freunde. Ich glaube sogar, dass die Person, die meinen Vater am meisten enttäuscht hat, er selbst, Romain Ozorski, war.

»So, beeil dich, mein Junge«, rief er und reichte mir meine Tasche, »sonst verpasst du dein Flugzeug.«

Er hatte immer die gleiche Intonation, wenn er mit mir sprach, und verwendete stets dieselben Ausdrücke, »mein Junge«, »mein Théo«, »Sohnemann«, so als wäre ich noch immer sechs Jahre alt. Und das gefiel mir.

Ich hatte ihn auf Korsika besucht, wo er lebte, seit ich mein Medizinstudium begonnen hatte. Wir hatten einige angenehme Tage in den Wäldern von Castagniccia verbracht, und in dieser Zeit hatte er versucht, eine gute Figur zu machen. Doch ich spürte, dass er in einer schwierigen Phase war – im Mai hatte er seine Labradorhündin Sandy verloren, und er langweilte sich auf seinem Bauernhof inmitten der Kastanien und Ziegen. Eines hatte ich im Laufe der Jahre gelernt: Mein Vater ist ein Einzelgänger, der Einsamkeit nicht mag.

»Ruf mich an, wenn du angekommen bist, ja?«, bat er mich und legte mir die Hand auf die Schulter.

»Aber du hast keinen Handyempfang.«

»Ruf mich trotzdem an, Théo«, beharrte er.

Er nahm die Sonnenbrille ab. Seine Augen hatten einen müden Glanz.

Er zwinkerte mir zu und meinte: »Und mach dir keine Sorgen um mich, Sohnemann.«

Dann fuhr er mir mit der Hand durchs Haar. Ich gab ihm einen Kuss, warf meine Tasche über die

Schulter und reichte der Stewardess die Bordkarte. Ehe ich verschwand, begegneten sich unsere Blicke ein letztes Mal. Wie immer war Verbundenheit darin zu lesen. Aber auch die noch immer spürbare Last der Kämpfe, die wir früher gemeinsam ausgefochten hatten.

2.

In der Abflughalle fühlte ich mich allein. Ganz plötzlich wirklich allein. Wie jedes Mal, wenn ich mich von ihm trennte. Umgeben von einer Armee weißer Schatten, die mich verstörten und manchmal sogar zum Weinen brachten.

Auf der Suche nach Trost begann ich nach jemandem Ausschau zu halten, der ein Buch meines Vaters las. Das kam inzwischen weniger häufig vor als früher. Ich erinnere mich, dass ich als Kind überall seine Bücher sah. In den Bibliotheken, auf den Flughäfen, in der Metro, in den Wartezimmern der Ärzte. In Frankreich, Deutschland, Italien und Südkorea. In den Händen von Jungen, Alten, Frauen, Männern, Piloten, Krankenschwestern und Supermarktkassiererinnen. Alle Welt las Ozorski. Ich war damals naiv. Da ich es nie anders gekannt hatte, fand ich es normal, dass Millionen von Menschen die Geschichten lasen, die sich mein Vater ausgedacht hatte, und es dauerte ein paar

Jahre, bis mir die Außergewöhnlichkeit dieser Situation wirklich bewusst wurde.

Glücklicherweise war an diesem Samstag, dem 18. Juni, auf dem Flughafen Bastia-Poretta eine junge Frau in die Lektüre von *L'homme qui disparaît* vertieft. Sie war eine Art Weltenbummlerin mit großem Rucksack, Dreadlocks, Haremshose und Djembé, die, eine abgegriffene Taschenbuchausgabe in der Hand, neben dem Getränkeautomaten am Boden saß. Dieser Roman meines Vaters war einer meiner liebsten. Er hatte ihn im Jahr meiner Geburt geschrieben, zu jener Zeit, als er angeblich der »Lieblingsschriftsteller der Franzosen« war. Es rührte mich immer, wenn ich einen von seinen Büchern faszinierten Leser sah. Mein Vater behauptete zwar, ihn würde das schon lange nicht mehr bewegen, doch ich wusste, das stimmte nicht.

Mein Vater, Romain Ozorski, hat neunzehn Romane veröffentlicht. Allesamt Bestseller. Den ersten, *Les Messagers*, hat er im Alter von einundzwanzig Jahren während seines Medizinstudiums geschrieben. Der letzte erschien im Frühjahr 2010, als ich sechs Jahre alt war. Wenn man den Namen Ozorski bei Wikipedia eingibt, erfährt man, dass seine Bücher in über vierzig Sprachen übersetzt und insgesamt mehr als fünf Millionen Exemplare verkauft wurden.

Dieser kreative Schwung wurde im Jahr 2010 unterbrochen, nachdem meine Mutter ihn verlassen und mich in die USA mitgenommen hatte. An diesem Tag legte mein Vater seine Stifte zur Seite, klappte seinen Laptop zu und begann seine Bücher zu hassen. Ihm zufolge waren sie zum Teil schuld am Scheitern seiner Ehe und den schmerzlichen Konsequenzen, die daraus folgten. Er sprach darüber, als wäre es etwas, das nichts mit ihm zu tun hatte, ähnlich potenzieller Feinde, die bei uns hätten eindringen können, um uns anzugreifen und unser Heim zu zerstören.

Ich habe nie den wahren Grund erfahren, warum er aufgehört hatte zu schreiben. »Aber man muss wählen: leben oder erzählen«, wiederholte er jedes Mal, wenn ich auf dieses Thema zu sprechen kam. Als Kind vermochte ich nicht wirklich zu ermessen, wie traurig das war. Ich war egoistisch und zudem zufrieden, einen Vater zu Hause zu haben, der mich von der Schule abholte, stets für mich da war, alle vierzehn Tage mit mir ins Stadium Parc des Princes und jeden Mittwoch ins Kino ging, der in allen Schulferien Reisen mit mir unternahm, stundenlang Pingpong mit mir spielte, endlose FIFA-Partien bestritt oder Kommentare zu den Videospielen Guitar Hero und Assassin's Creed abgab.

Eine Stimme verkündete, dass das Boarding begann. Ich ließ die drängelnden Menschen vorgehen, die sich auf die beiden Stewardessen stürzten, als hätten nicht alle Platz im Flugzeug. Mein Weltschmerz hatte sich in Unruhe verwandelt. Es verletzte mich, dabei zuzusehen, wie mein Vater in tiefem Überdruss alterte. Ich hatte stets geglaubt, sein Dasein würde noch einmal eine Wendung nehmen. Dass er seine Lebensfreude wiederfinden oder dass ihn vielleicht sogar eine neue Liebe aufheitern würde. Doch dem war nicht so. Im Gegenteil, seit ich Paris verlassen hatte, um in Bordeaux zu studieren, und er sich hierher zurückgezogen hatte, hatte seine Melancholie sich weiter verstärkt.

Du bist der einzige Mensch, der mich nie enttäuscht hat, Théo.

Seine Worte hallten in meinem Kopf wider, und ich sagte mir, dass ich nicht viel dafür getan hatte, um dieses Lob zu verdienen.

Von einer plötzlichen dunklen Vorahnung erfasst, kehrte ich um und wollte, trotz der Proteste des Bodenpersonals, den Abflugbereich verlassen. Mein Vater war erst siebenundfünfzig Jahre alt. Auch wenn er mir immer wieder sagte, ich solle mir keine Sorgen um ihn machen, war ich doch beunruhigt. Als ich klein war, nannte er mich »den Zauberer« oder »Houdini«, weil ich meinen ersten Schulaufsatz über den ungarischen Illusionisten geschrieben hatte und meine Zeit damit verbrachte, Taschenspielertricks zu üben, deren einziger Zuschauer zumeist er war. Und weil es mir gelungen war, das Überwachungssystem eines der sichersten Flughäfen der USA auszutricksen, um zu ihm nach Paris zu kommen. Aber diese Zeit war vorbei, ich war kein Magier mehr, ich hatte nicht einmal die Macht, zu verhindern, dass er im Treibsand der Depression versank.

Ich lief durch die Halle zum Parkplatz. Die Luft war warm und trocken wie im August. Aus der Ferne erkannte ich seine hochgewachsene Gestalt. Er stand mit hängenden Schultern reglos vor seinem Auto.

»Papa«, rief ich und rannte zu ihm.

Er wandte sich langsam um, hob die Hand, um mir zuzuwinken, und ein Lächeln zeichnete sich auf seinem Gesicht ab.

Und dann brach er zusammen, niedergestreckt wie von einem unsichtbaren Pfeil, der ihn mitten ins Herz getroffen hatte.

Der Schriftsteller Romain Ozorski wurde Opfer eines Herzinfarkts
Corse Matin, 20. Juni 2022

Der Romanschriftsteller Romain Ozorski liegt im Klinikum von Bastia, nachdem er am 18. Juni einen Herzinfarkt erlitten hatte. Nach einem heftigen Unwohlsein brach der Autor auf dem Parkplatz des Flughafens Poretta, wohin er seinen Sohn begleitet hatte, zusammen.
Glücklicherweise befand sich die Feuerwehr wegen eines anderen Einsatzes vor Ort und konnte ihn bis zum Eintreffen des Notarztes mithilfe eines Defibrillators und anschließender Herzmassage stabilisieren.
Im Krankenhaus stellten die Ärzte eine schwere Schädigung der Koronararterie fest, die eine Operation nötig machte. »Der Eingriff begann um sechzehn Uhr und war kurz nach zwanzig Uhr beendet«, erklärt Professorin Claire Giuliani. Während der Operation wurde ein dreifacher Bypass gelegt.

»Als Monsieur Ozorski wieder zu sich kam, war sein Zustand stabil«, fährt Madame Guiliani fort. »Momentan besteht keine Lebensgefahr, aber es ist noch zu früh, um sagen zu können, ob der Schriftsteller neurologische Schäden zurückbehalten wird. Als ich jünger war, habe ich viel Ozorski gelesen«, verriet uns die Chirurgin, die vorhat, ihren Patienten um eine Widmung zu bitten, sobald er definitiv außer Gefahr ist.

Der ehemalige Vielschreiber Romain Ozorski hat seit zwölf Jahren kein Buch mehr veröffentlicht. Er war mit dem britischen Ex-Mannequin Almine Alexander verheiratet, die im Jahr 2014 in einem besetzten Haus in Italien an einer Überdosis starb. Ihr einziger Sohn Théo hält noch immer am Bett seines Vaters Wache.

13 Der Ruhm meines Vaters

*Ich war es leid, nur ich selbst zu sein.
Ich war des Bildes Romain Gary überdrüssig,
das man mir vor dreißig Jahren ein für
alle Mal auf den Rücken geklebt hatte.*

Romain Gary, Vie et mort d'Émile Ajar

1.
*Zwei Tage später
Paris*

Ich drückte die Klinke herunter, und die Tür öffnete sich geräuschlos. Zwölf Jahre hatte ich keinen Fuß mehr in diese Wohnung gesetzt. Eine Ewigkeit.

Mein Vater hatte mich belogen. Die ganze Zeit über hatte er behauptet, die Wohnung, in der er gearbeitet hatte, als ich klein war, verkauft zu haben. Er hatte sie nicht nur behalten, sondern sie war in gutem Zustand – es duftete angenehm nach Orangenblüten und dem Parfum Citron Noir. Eigentlich war dieses Büro eine

Zwei-Zimmer-Wohnung an der Place du Panthéon, in der meine Eltern vor meiner Geburt gewohnt hatten. Drei ehemalige Dachkammern, die zusammengelegt worden waren und meinem Vater später als Büro dienten, in dem er bis Anfang 2010 fast jeden Tag geschrieben hatte.

»Ich möchte dich um einen Gefallen bitten, Théo...« Das war der erste Satz, den er sagte, als er nach der schweren Operation im Krankenhaus wieder zu sich kam. »Ich möchte, dass du in mein Arbeitszimmer am Panthéon gehst und mir etwas von dort bringst.«

Wie mein Vater es mir aufgetragen hatte, holte ich den Schlüssel beim Hausmeister, der mir versicherte, Monsieur Ozorski seit mindestens zehn Jahren nicht mehr gesehen zu haben, obwohl alle drei Wochen jemand zum Putzen kam.

Ich öffnete die elektrische Jalousie vor der Fensterfront. Alles sah aus wie in meiner Erinnerung. Schönes, geöltes Eichenparkett und minimalistische Einrichtung – Barcelona-Sessel, Ledersofa, Couchtisch aus versteinertem Holz, Schreibtisch aus gewachstem Nussbaum – sowie einige Kunstgegenstände, die mein Vater geliebt hatte, bevor er sich für nichts mehr interessierte, außer für mich. Ein kleines Mosaik von Invader, eine Apfel-Skulptur von Claude Lalanne, ein Furcht einflößendes Gemälde von Sean Lorenz, auf dem ein Hasen-Mann zu sehen ist, der mir als Kind Albträume bereitet hatte.

Im Bücherregal Autoren, die er schätzte: Georges Simenon, Jean Giono, Pat Conroy, John Irving, Roberto Bolaño, Flora Conway, Romain Gary, François Merlin. In einem Rahmen ein Foto, das uns drei am Strand der Baie des Singes zeigt. Ich sitze auf den Schultern meines Vaters, und meine Mutter geht neben ihm. Sie ist schön und scheint verliebt. Man riecht förmlich den Sand und das Salz, die Sonne zaubert ein Funkeln auf unser Haar. Wir scheinen glücklich zu sein. Ich bin froh, dass er diese Aufnahme behalten hat. Sie beweist, dass etwas Schönes und Starkes zwischen ihnen existiert hat, unabhängig von dem, was später geschah. Und dessen Frucht ich bin.

Neben einer Zeichnung, die ich ihm mal zum Geburtstag geschenkt hatte, hängt – gerahmt – besagte Seite aus *Le Monde* vom 16. Januar 2011: *In New York gelingt es einem siebenjährigen Franzosen, allein und ohne Ticket ein Flugzeug zu besteigen*

Ich sehe mir das inzwischen leicht vergilbte Foto in der Mitte des Artikels an. Zwischen zwei Polizisten hebe ich die Hand und zeige das Victory-Zeichen. Mein strahlendes Lächeln entblößt die lückenhaften Milchzähne. Ich trage ein farbiges Brillengestell mit runden Gläsern, einen roten Parka, eine Jeans und am Gürtel einen Goldorak-Schlüsselanhänger.

Das war mein Moment der Berühmtheit. Zu jener Zeit wurde das Foto immer wieder auf CNN gezeigt und zierte die Titelseiten der großen Fernsehzeitschriften. Beinahe wäre einer von Barack Obamas Ministern entlassen worden. Nach diesem Zwischenfall machte meine Mutter einen Rückzieher und akzeptierte, dass ich in Paris zur Schule ging und bei meinem Vater aufwuchs. Ich hatte seinen Namen rehabilitiert, seine Ehre wiederhergestellt und sogar diese Zeitung, die nie eine positive Rezension seiner neunzehn Romane veröffentlicht hatte, genötigt, Ozorski auf die Titelseite zu bringen. Das Ende des Artikels kenne ich auswendig, aber ich lese es noch einmal, denn jedes Mal tut es mir weh und auch gut.

Auf Nachfrage unserer Zeitung erklärte Romain Ozorski, er sei voller »Bewunderung und Stolz« angesichts der Tat seines Sohnes, er lobte »seinen Mut und seine Beherztheit« und sehe darin den größten Liebesbeweis, den er je erhalten habe.

So war ich in jungen Jahren der wunderbare Magier gewesen, der es mit seinem Herzen und seiner Intelligenz schaffte, die Wirklichkeit seinen Wünschen anzupassen. Ich hatte die Realität besiegt und das Unmögliche möglich gemacht.

Das Parkett glänzte in der Sonne. Ich war mehrmals samstags oder mittwochnachmittags hier gewesen, wenn Kadija nicht auf mich aufpassen konnte. Um mich zu beschäftigen, hatte mein Vater ein Tischfußballspiel und einen Arcade-Automaten gekauft. Sie stehen noch immer in einer Ecke des Zimmers, neben seiner LP-Sammlung und dem Filmplakat von *Le Magnifique*.

»Ich möchte, dass du zwei Sachen aus der Wohnung mitbringst, Théo. Zum einen den schwarzen Ordner, den du in der obersten Schreibtischschublade findest.«

»Darf ich ihn öffnen?«

»Wenn du willst.«

Ich nahm in dem Drehsessel aus hellem Leder Platz, in dem mein Vater immer gesessen hatte, wenn er schrieb. Auf dem Tisch standen in einem Tontopf teure Stifte, die ihm sein Verleger geschenkt und die er nie benutzt hatte. In der Schreibtischschublade lag der Ordner. Ich öffnete das Gummiband, um den Inhalt zu inspizieren. Er enthielt einen Stapel bedruckter und nummerierter DIN-A4-Seiten. Die Kapitel und das Layout ließen keinen Zweifel zu: Ich hielt einen unveröffentlichten Text von Romain Ozorski in den Händen, der am Rand mit Anmerkungen und Korrekturen in der krakeligen Schrift meines Vaters versehen war.

Das Manuskript bestand aus zwei Teilen. Der erste Teil lautete *Das Mädchen im Labyrinth* und der zweite, längere Teil *Eine Roma(i)nfigur*. Zunächst beschloss ich, die Lektüre auf später zu verschieben, doch als ich die ersten Seiten überflog, entdeckte ich vertraute Namen, allen voran meinen eigenen! Ebenso wie den meines Vaters, den meiner Mutter und den von Jasper Van Wyck. Das war seltsam, denn mein Vater hatte nie

Tagebuch geführt oder autobiografische Texte geschrieben. Seine Bücher waren in Romanform verfasst und ein Ausbruch aus der Wirklichkeit, ganz das Gegenteil von Narzissmus oder Selbstbetrachtung. Eine weitere Eigenart erregte meine Aufmerksamkeit, nämlich die Zeit, zu der die Geschichte spielte. Es war das schwierige Jahr 2010, in dem wir sehr unglücklich gewesen waren. Ich konnte der Versuchung nicht widerstehen, nahm das Manuskript, setzte mich aufs Sofa und begann zu lesen.

2.

Als ich eineinhalb Stunden später die letzte Seite umblätterte, hatte ich Tränen in den Augen, und meine Hände zitterten. Die Lektüre war anrührend, anstrengend und bedrückend zugleich. Meine Erinnerungen an diese Zeit waren immer noch präzise und auch schmerzlich, doch nie hatte ich geahnt, wie sehr mein Vater damals gelitten, und auch nicht, wie skrupellos meine Mutter sich verhalten hatte. In den folgenden Jahren war er klug genug gewesen, sie in meiner Gegenwart nie anzugreifen, im Gegenteil, er hatte stets mildernde Umstände für sie geltend gemacht. Ich entdeckte auch, warum mein Vater aufgehört hatte zu schreiben: wegen besagten Gelübdes, das er damals an einem verschneiten Abend in einer orthodoxen Kirche ablegte. All das verstörte mich, machte mich traurig und schien mir eine unglaubliche Verschwendung.

Eines aber verblüffte mich: die Inszenierung der Schriftstellerin Flora Conway. Ich erinnerte mich, dass mir mein Vater vor einigen Jahren eines ihrer Bücher empfohlen hatte, doch meines Wissens waren sie nicht befreundet gewesen, und ich erfuhr auch nie von der tragischen Geschichte ihrer Tochter, die bei einem Fenstersturz aus dem sechsten Stock des Lancaster Buildings ums Leben gekommen war.

Ich griff nach meinem Handy und überprüfte den Vorfall auf Wikipedia. Wie in dem Manuskript, das ich gelesen hatte, wurde Flora auch in der biografischen Notiz als eine mysteriöse und hochgelobte Kult-Schriftstellerin beschrieben, die mit dem Kafka-Preis ausgezeichnet worden war. Sie hatte stets von der literarischen Szene zurückgezogen gelebt und seit Jahren nichts mehr veröffentlicht. Das einzige Foto von ihr war ein faszinierendes, leicht verschwommenes Porträt, das eine gewisse Ähnlichkeit mit Veronica Lake aufwies. Auch auf der Homepage der Éditions Vilatte fand ich nicht mehr Informationen.

Verblüfft erhob ich mich, um mir ein Glas Wasser zu holen. Ich verstand, dass mein Vater diesen Text nie hatte veröffentlichen wollen. Er betraf einen zu privaten Teil der Probleme, die unsere Familie zerstört hatten, der Qualen der Kreativität und des Schriftstellerlebens. Aber was hatte Flora Conway mit dieser

Geschichte zu tun? Warum hatte mein Vater nicht eine fiktive Romanautorin gewählt?

»Und was soll ich sonst noch mitbringen, Papa?«

»Drei dicke Hefte.«

»Liegen die auch in deinem Schreibtisch?«

»Nein, sie sind im Kamin der Abzugshaube über dem Herd versteckt.«

Vorsichtshalber hatte ich den Hausmeister gebeten, mir Werkzeug zu leihen. Zehn Minuten lang kämpfte ich mit verschiedenen Schraubenziehern, bis es mir schließlich gelang, die Abdeckung der Abzugshaube zu entfernen. Als ich meine Hand in das Inox-Rohr schob, ertastete ich die Hefte, von denen mein Vater gesprochen hatte. Sie waren viel dicker, als ich angenommen hatte: großformatige und in genarbtes Leder gebundene Kladden der deutschen Firma Leuchtturm. Sie waren handgebunden und umfassten jeweils dreihundert durchnummerierte Blätter, die beidseitig und sogar am Rand mit der – für mich unter Tausenden erkennbaren – Handschrift von Romain Ozorski beschrieben waren.

Weitere unveröffentlichte Manuskripte? Sehr unwahrscheinlich, denn sie waren auf Englisch verfasst. Jedes Heft trug einen Titel: *The Girl in the Labyrinth, The Nash Equilibrium, The End of Feelings*. Obwohl es offensichtlich war, verstand ich nicht auf Anhieb den Sinn des Ganzen. Ich überflog die ersten Zeilen jedes Manuskripts und schlug dann beliebig einzelne Seiten auf. Es handelte sich zwar eindeutig um die Handschrift meines Vaters, aber es war nicht sein Stil und auch nicht seine Art von Romanen. Nachdenklich schob ich die drei Kladden und das Manuskript in meinen Rucksack.

Ehe ich ging, schraubte ich die Blende wieder an die Abzugshaube. Als ich die Wohnung verließ, kam ich am Bücherregal vorbei und ließ meinen Blick ein letztes Mal über die Titel schweifen. Und da wurde mir alles klar. Die Titel waren die der Romane von Flora Conway! Überrascht zog ich die Hefte wieder aus meinem Rucksack und verglich die Texte. Sie waren bis auf einige Kleinigkeiten, die der Übersetzung aus dem Englischen ins Französische geschuldet waren, identisch.

Ich rief meinen Vater an, um ihn um eine Erklärung zu bitten, geriet aber an den Anrufbeantworter. Ich versuchte es weitere zwei Male – vergeblich. Ich hatte mich noch nicht von meiner Überraschung erholt. Warum versteckte Romain Ozorski diese Manuskripte, die, von seiner Hand verfasst, mit dem Namen Flora Conway versehen waren? Es gab nicht unendlich viele Lösungen. Ehrlich gesagt, fielen mir nur zwei Erklärungen ein: Entweder war mein Vater Flora Conways *Ghostwriter.* Oder mein Vater *war* Flora Conway.

3.

An der Place Monge stieg ich in die Metro. Unterwegs blätterte ich einen der Romane von Flora Conway durch und stieß dabei auf die Adresse ihres Verlages. An der Place d'Italie nahm ich die Linie 6 und fuhr bis zum Boulevard Raspail. Die Räume der Éditions Fantine de Vilatte waren in einem kleinen zweistöckigen Gebäude untergebracht, das auf den Hof der Hausnummer 13 in der Rue Champagne-Première hinausging – jene große Straße, auf der Belmondo in dem Film *Außer Atem* vor den Augen von Jean Seberg von einem Polizisten erschossen wird.

Von außen lud der Ort zum Träumen ein: ein gepflasterter Patio, ein efeuüberwucherter Brunnen, eine hübsche Steinbank und inmitten der Farne und am Fuß der Hagebuttensträucher verteilt steinerne Tierfiguren.

Ich öffnete die Tür, ohne genau zu wissen, was ich eigentlich erwartete. Der Sitz des Verlagshauses glich einem Künstleratelier, denn die hohe Decke des Büros bestand aus einem Glasdach. An dem Blick, mit dem mich die junge Frau am Eingang – kaum älter als ich selbst – bedachte, erkannte ich, dass sie alle Kriterien des Snobismus erfüllte, vor allem »hochmütig«, »herablassend« und »verächtlich«.

»Guten Tag, ich möchte Fantine de Vilatte sprechen.«

»Das ist ohne Termin nicht möglich.«
»Dann möchte ich einen Termin ausmachen.«
»In welcher Angelegenheit?«
»Ich möchte mit ihr über einen Text sprechen, der ...«
»Manuskripte sind per Mail oder per Post einzusenden.«
»Ich habe es bei mir.«
»Unser Haus veröffentlicht sehr wenige neue Manuskripte ...«
»Ich bin sicher, dass sich Madame de Vilatte für dieses interessieren wird.«

Ich öffnete meine Tasche und zog das dicke Manuskript heraus, das mein Vater verfasst hatte.

»Gut, dann lassen Sie es hier, ich gebe es ihr.«
»Ich will es ihr nur zeigen. Ich möchte es nicht aus der Hand geben, bitte.«
»Dann auf Wiedersehen, und schließen Sie die Tür hinter sich.«

Frustration. Ärger. Ohnmacht. Wut. Meine inneren Feinde. Jene, die ich versuchen musste, im Zaum zu halten, damit sie mich nicht beherrschen, die ich aber auch entfachen musste wie Glut, da sie mir oft halfen, Probleme zu lösen. Als Erfolg oder Niederlage. *Das Leben war ein Risiko ...*

Ich senkte den Blick. Nicht aus Unterwürfigkeit, sondern um den Schreibtisch dieser Dame zu inspizieren. Ein Laptop, ein Stapel ungeordneter Papiere, die neuesten AirPods, ein Metroticket, eine leere Tupperware-Dose, ein Handy, auf dem Instagram geöffnet war, eine Kaffeetasse auf einem Buch von Jean Echenoz, das laut Etikett gebraucht in der Buchhandlung *Gibert Jeune* gekauft worden war. Aber auch ein großer Briefbeschwerer in Form eines Moai, jener Monolithen, die man auf der Osterinsel findet. Ich griff danach und warf ihn mit aller Kraft nach oben gegen das Glasdach.

Das ist eine der Regeln der Zauberkünstler: Den Überraschungseffekt so lange wie möglich ausdehnen. Diesmal hatte meine Zuschauerin den Angriff nicht kommen sehen.

Eine der Glasscheiben zersplitterte mit unglaublichem Getöse und entlockte der eingebildeten Zicke einen Entsetzensschrei. Jetzt hatte sie nichts Arrogantes mehr an sich, sie war einfach nur zu Tode erschrocken. Eine kleine Weile herrschte Stille, ehe mehrere Personen in die Halle stürzten und mich anstarrten.

Eine von ihnen war Fantine de Vilatte. In der Metro hatte ich mir im Internet ihr Foto angesehen, aber auch ohne das hätte ich sie erkannt. Sie war älter als im Roman meines Vaters beschrieben, hatte jedoch die Silhouette und jene diskrete Ausstrahlung, die die Figur der Flora Conway mal faszinierend, mal nervtötend machten.

Sie kam langsam auf mich zu. Vermutlich spürte sie

die Gefahr, trotzdem hatte ich den Eindruck, dass sie den Zwischenfall mit der zersplitterten Scheibe bereits ad acta legte, da ihr instinktiv klar war, dass es einen gefährlicheren Brandherd zu löschen gab.

»Ich glaube, Sie schulden mir eine Erklärung«, sagte ich und reichte ihr das Heft, das ich wieder an mich genommen hatte.

Fantine griff danach. Sie wirkte resigniert, so als wisse sie bereits, was es enthielt. Ohne sich mit einem Wort oder einer Geste an ihr Team zu wenden, trat sie auf den Innenhof und setzte sich auf eine Bank neben dem Brunnen. Vom Murmeln des Wassers begleitet, schien die Verlegerin sowohl fasziniert als auch irgendwie abwesend, während sie langsam das Heft durchblätterte. Sie wartete, bis ich neben ihr Platz genommen hatte, ehe sie den Blick hob und mir anvertraute:

»Ich glaube, ich habe seit zwanzig Jahren jeden Morgen gebetet, dass dieser Moment nie kommen möge.«

Ich nickte und tat so, als würde ich verstehen, und wartete darauf, mehr zu erfahren. Fantine musterte mich durchdringend. Irgendetwas an meinem Aussehen oder in meinem Blick verwirrte sie.

»Sie sind natürlich zu jung, um dieses Manuskript *selbst* geschrieben zu haben«, stellte sie fest.

»In der Tat, mein Vater hat es geschrieben.«

Sie erhob sich und presste das Heft an ihre Brust.

»Sind Sie der Sohn von Frederik Andersen?«

»Nein, ich bin der Sohn von Romain Ozorski.«

Sie schwankte leicht und wich zurück, so als hätte ich ihr ein Messer in den Bauch gestoßen.

»Was? Ro ... Romain?«

Ihre Züge entgleisten. Offensichtlich hatte ich ihr etwas enthüllt, womit sie nicht gerechnet hatte. Und dann brachte sie mich aus der Fassung.

»Du bist also ... Théo?«

Ich nickte und fragte: »Sie kennen mich?«

Mein Vater hatte recht, als er mir sagte, ich solle mich vor Romanschriftstellern in Acht nehmen. Selbst wenn sie nicht mehr schrieben, streuten sie noch Jahre später ihre Kieselsteinchen und säten ihre Körner aus, verdrehten die Situationen in unserem Leben zu einem Zeitpunkt, an dem wir am wenigsten damit rechneten.

Vielleicht sagte Fantine de Vilatte sich dasselbe, ehe sie mir antwortete: »Ja, ich kenne dich, Théo. Deinetwegen hat dein Vater mich verlassen.«

Der Verlag Fantine de Vilatte feiert sein fünfzehnjähriges Bestehen.
Journal du Dimanche, 7. April 2019

Anlässlich dieses Verlagsjubiläums führen wir ein Gespräch mit der öffentlichkeitsscheuen Gründerin Fantine de Vilatte.

Fantine de Vilatte empfängt uns in ihrem Büro am Montparnasse, 13 bis Rue Champagne-Première, das in einem bezaubernden kleinen Innenhof liegt. Bei dieser Gelegenheit blickt die Gründerin und Namensgeberin des Verlages auf die letzten fünfzehn Jahre zurück.

Eine diskrete Verlegerin
Sie gibt sofort den Ton vor: »Ich bin nicht hier, um über mich zu sprechen, sondern über die Bücher, die ich herausbringe«, erklärt Fantine de Vilatte und streicht eine Strähne ihres zum Pagenkopf geschnittenen Haars hinters Ohr. Die elegante Vierzigjährige trägt an diesem

Frühlingstag eine ausgewaschene Jeans, ein gestreiftes T-Shirt mit Bubikragen und einen taillierten Tweed-Blazer.

Wenn auch Fantine de Vilatte nicht über sich selbst sprechen will, loben doch viele ihrer Kollegen ihre Neugier, ihren Instinkt und ihre Intuition. »Sie ist eine begnadete Lektorin«, muss die Leiterin eines Konkurrenz-Verlages einräumen, »aber sie ist auch jemand, der gern Bücher verkauft und sich durchaus auch mit kommerziellen Aspekten beschäftigt.« Innerhalb von fünfzehn Jahren hat Fantine la Vilatte ein Programm geschaffen, das ganz ihrer Persönlichkeit entspricht. Der mit seinen vier Angestellten sehr übersichtliche Verlag veröffentlicht nicht mal zehn Romane im Jahr.

Jeden Tag ist sie bereits vor Sonnenaufgang im Haus. In den ersten zwei Stunden überfliegt sie persönlich die per Post oder Mail neu eingegangenen Manuskripte. Abends verlässt sie als Letzte das Büro. Das Profil ihres Verlages ruht auf zwei Säulen: neue Talente finden und vergessene Texte wiederentdecken, wie etwa *Le Sanctuaire* von der Rumänin Maria Georgescu (Prix Medicis étranger 2007) oder das sehr poetische Werk *Mécanique du hareng saur* des Ungarn Tibor Miklós, 1953 geschrieben und ein halbes Jahrhundert in einer Schublade vergessen.

Diese Leidenschaft für Literatur beseelt Fantine de Vilatte seit ihrer Kindheit. Schon während der Sommerferien, die sie als junges Mädchen bei ihrer Großmutter in Sarlat verbrachte, verliebte sie sich in die Werke von Tschechow, Beckett und Julien Gracq.

Auftakt mit Paukenschlag
Als gute Schülerin besucht sie den literarischen Vorbereitungszweig des Lycée Bertran-de-Born in Périgueux, ehe sie ihr Studium in New York fortsetzt, wo sie auch mehrere Praktika bei so angesehenen Verlagshäusern wie Picador und Little, Brown and Company absolviert. Im Jahr 2001 kehrt sie nach Frankreich zurück, macht ein weiteres Praktikum bei Fayard und wird anschließend Verlagsassistentin bei den Éditions des Licornes. Im Alter von siebenundzwanzig Jahren gründet Fantine de Vilatte ihren eigenen Verlag. Dazu verschuldet sie sich auf zwanzig Jahre und investiert ihre gesamten persönlichen Ersparnisse. Einige Monate zuvor hatte eine Begegnung ihr Leben verändert. Sie lernte eine junge exzentrische Waliserin kennen, die in ihrem Alter war: Flora Conway, eine Hobby-Schriftstellerin, die in einer New Yorker Bar arbeitete. Fantine verliebt sich regelrecht in Flora Conways ersten Roman und verspricht ihr, mit allen Mitteln für das Buch zu kämpfen. Und dieses Versprechen hat sie gehalten. Im Oktober 2004 reißen sich auf der Frankfurter Buchmesse alle namhaften Verlage um die Rechte für *The Girl in the Labyrinth*, die in über zwanzig Länder verkauft werden. Das ist für Flora Conway der Beginn ihres Erfolges und für den Verlag ein Auftakt mit Paukenschlag.

Das Mysterium Fantine de Vilatte
Fantine de Vilatte spricht stets mit ansteckender Begeisterung und Enthusiasmus über die Bücher, die sie verlegt. »Eine etwas überbewertete Leidenschaft«, wie einer ihrer Kollegen erklärt, der feststellt, dass das Programm der Éditions Vilatte, »Flora Conway ausgenommen, die auf Englisch schreibt und seit zehn Jahren nichts mehr veröffentlicht hat, so langweilig ist wie ein Regentag in Toledo«. Die Verlegerin hat sich auch unter ihren ehemaligen Autoren Feinde gemacht. »Das kann sie sehr gut: einen glauben machen, man sei einzigartig und sie würde alles für einen tun, aber wenn das Buch dann nicht die gewünschte Presseresonanz und die entsprechenden Verkaufszahlen bringt, lässt sie einen ohne Skrupel fallen«, erklärt eine Romanschriftstellerin. »Hinter ihrer vermeintlich großen Bescheidenheit, ja, der angeblichen Empfindsamkeit verbirgt sich eine Kriegerin, die einem das Leben nicht gerade leicht macht«, behauptet eine ehemalige Angestellte, für die »Fantine ein Mysterium bleibt. Niemand weiß wirklich über ihr Familienleben Bescheid oder darüber, was sie in ihrer Freizeit tut, und das vermutlich aus dem Grund, weil es für sie außerhalb des Verlages kein Leben gibt. Der Verlag ist alles für sie.«
Und die Betroffene widerspricht dieser Behauptung keinesfalls. »Verlegerin zu sein ist eine anstrengende und faszinierende Arbeit. Es ist sozusagen ein vielseitiges Handwerk, bei dem man sich manchmal auch die

Hände schmutzig machen muss. Bald ist man Mechaniker, bald Orchesterleiter, dann wieder Kopist oder Verkaufsvertreter.«

Auf die Frage, ob Bücher noch immer das Leben verändern können, antwortet Fantine de Vilatte: »Ein Buch kann zumindest *ein* Leben verändern.« Auch deshalb habe sie diesen Beruf gewählt, mit der einzigen Devise, Literatur zu veröffentlichen, die sie auch selbst gern lesen würde. »Ich habe den Eindruck, im Laufe der Jahre sind die Romane, die ich herausgebracht habe, zu kleinen Steinchen geworden, die einen langen Weg begrenzen«, erklärt sie. »Einen Weg wohin?«, fragen wir, ehe wir uns verabschieden. »Einen langen Weg, der zu etwas oder zu jemandem führt«, antwortet sie geheimnisvoll.

Fantine de Vilatte in sechs Daten:
- 12. Juli 1977: geboren in Bergerac (Dordogne)
- 1995–1997: Literarischer Vorbereitungszweig am Lycée Bertran-de-Born
- 2000–2001: Arbeit in den USA für Picador und Little, Brown and Company
- 2004: Gründung der Éditions Fantine de Vilatte; Veröffentlichung des Romans *The Girl in the Labyrinth*
- 2007: Prix Médicis étranger für *Le Sanctuaire* von Maria Georgescu
- 2009: Flora Conway wird für ihr Gesamtwerk mit dem Franz-Kafka-Preis ausgezeichnet.

14 Die Liebe, die uns folgt

*Die Liebe, die uns folgt,
belästigt oft;
doch danken wir ihr,
weil es Liebe ist.*

William Shakespeare, Macbeth

Fantine

Ich heiße Fantine de Vilatte.

Im Alter von fünfundzwanzig Jahren, also 2002, begann ich ein Verhältnis mit dem Schriftsteller Romain Ozorski. Neun chaotische Monate voller Geheimnistuerei. Ozorski war verheiratet, und ich fühlte mich nicht wohl in dieser Konstellation. Aber es waren auch neun Monate des Glücks und der Harmonie. Um Zeit mit mir verbringen zu können, nahm Romain jedes Angebot an, seine Bücher im Ausland zu bewerben. Ich bin noch nie so viel gereist wie in diesen wenigen Monaten: Madrid, London, Krakau, Seoul, Taipeh, Hongkong.

»Durch dich ist mein Leben zum ersten Mal interessanter als meine Romane«, sagte Romain mir immer wieder und behauptete sogar, ich würde seinem Leben etwas »Romanhaftes« verleihen. Ich dachte, solche Schmeicheleien würde er sicher allen Frauen sagen, aber eines muss man Romain Ozorski lassen: Er besaß die Gabe, bei den Menschen Qualitäten ans Licht zu bringen, von denen sie selbst nichts wussten, und ihnen Selbstvertrauen zu geben.

Zum ersten Mal schenkte mir der Blick eines Mannes Kraft und machte mich schön. Und ebenfalls zum ersten Mal redete ich mir aus Angst, ihn zu verlieren, ein, ihn noch gar nicht wirklich gefunden zu haben. Wenn ich heute an diese Zeit in meinem Leben zurückdenke, bekomme ich Gänsehaut, und mir wird schwindelig. Ein ganzes Bündel an Erinnerungen kommt hoch. Das Jahr der Vorbereitungen des Irakkriegs, das Jahr des Todes des Journalisten Daniel Pearl und der Angst vor Al-Qaida. Das Jahr, in dem Jacques Chirac sagte: »Unser Haus brennt, und wir wenden den Blick ab«, das Jahr der furchtbaren Geiselnahme im Theater von Moskau.

Doch allmählich kapitulierte ich und gestand mir ein, dass ich in Romain verliebt war. Ja, die Wahrheit ist, dass meine Liebesgeschichte mit ihm zu jenen gehört, die einen brandmarken. Die »lange, unermessliche und planmäßige Ausschweifung aller Sinne«, von der Rimbaud spricht. Und während ich diese Leidenschaft durchlebte, wusste ich bereits, dass ich niemals wieder so starke Gefühle empfinden würde. Dass dies der Höhepunkt meines Liebeslebens war. Der Maßstab, an dem gemessen alles, was ich jemals danach erleben würde, auf fatale Weise fade und farblos wäre.

Und so glaubte auch ich schließlich an diese Liebe.

Und ich gab einfach die Zügel aus der Hand, als ich mich zu einem gemeinsamen Projekt hinreißen ließ, mir gestattete zu glauben, unsere Geschichte könne vielleicht doch eine Zukunft haben, und in Romains Vorschlag einwilligte, mit dem er mir schon seit Monaten in den Ohren lag: Er wollte seiner Frau endlich sagen, dass ihre Ehe gescheitert sei und dass er die Scheidung einreichen werde.

Aber ich hatte nicht damit gerechnet, dass auch Almine ihrem Mann an diesem Abend etwas zu sagen hatte, nämlich, dass sie ein Kind erwartete. Einen kleinen Jungen. Einen kleinen Théo.

Romain

Von: Romain Ozorski
An: Fantine de Vilatte
Betreff: Die Wahrheit über Flora Conway
21. Juni 2022

Liebe Fantine,
nach zwanzig Jahren des Schweigens entschließe ich mich heute, dir aus meinem Bett in einem Krankenhauszimmer zu schreiben. Den Ärzten zufolge werde ich höchstwahrscheinlich nicht in den nächsten Tagen sterben, aber mein Gesundheitszustand ist alles andere als stabil, und sollte es doch dazu kommen, möchte ich, dass du vorher einige Dinge erfährst.
Ende der 1990er-Jahre, nachdem ich schon mehr als ein Dutzend Romane veröffentlicht hatte, hegte ich den Wunsch, unter Pseudonym zu schreiben. Sicher, meine Bücher verkauften sich (sehr) gut, aber sie waren mit einem Etikett behaftet. Sie waren kein Ereignis mehr, sondern eher eine jährliche Routine. Ich war es leid, immer dasselbe über mich zu hören, in den Interviews auf die stets gleichen Fragen antworten und mich für meinen Erfolg, die vielen Leser und meine Ideen rechtfertigen zu müssen.
Auf der Suche nach neuer künstlerischer Freiheit beschloss ich, mich einer neuen Herausforderung zu stellen: Ich wollte mehrere Geschichten auf Englisch schreiben. Sprache, Stil und Genre verändern.

Diese Vorstellung, mir ein literarisches Double zu erschaffen, hatte eine spielerische Seite – hinter einer Maske meine Beziehung mit meinen Lesern fortzuführen –, doch sie erweckte auch eine alte Fantasie zum Leben, die bereits andere vor mir gehabt hatten: Als jemand anderer wiedergeboren zu werden.

Es gehörte zu meinem Alltag als Schriftsteller, *per procura* verschiedene Existenzfragmente zu leben. Nun sollte der Prozess der Persönlichkeitsspaltung in einer anderen Dimension und auf breiter Ebene stattfinden.

So schrieb ich zwischen 1998 und 2002 drei Romane auf Englisch, die ich in einer Schublade verwahrte, bis sich ein geeigneter Moment zur Veröffentlichung ergeben würde. Ich habe dir nie von diesem Plan erzählt, als wir zusammen waren, Fantine. Warum? Vermutlich, weil mir die Eitelkeit eines solchen Vorgehens bewusst war. Émile Ajar, Vernon Sullivan und Sally Mara, diese großen Figuren der literarischen Welt, hatten sich schon vor mir ein literarisches Double erschaffen. Wozu sollte es gut sein, sie nachzuahmen? Vielleicht als eine Art Revanche. Aber warum und an wem?

Fantine

Als Romain von der Schwangerschaft seiner Frau erfuhr, beendete er abrupt unsere Beziehung. Seine Eltern hatten sich nach seiner Geburt getrennt. Er hatte seinen Vater nie kennengelernt, und dieses Trauma verfolgte ihn sein ganzes Leben lang. Weil er seinem Sohn ein stabiles familiäres Umfeld bieten wollte, beschloss er, alles zu tun, um seiner Ehe eine neue Chance zu geben. Ich glaube, er fürchtete vor allem, dass Almine ihm im Fall einer Trennung nicht erlauben würde, seinen Sohn heranwachsen zu sehen.

Nachdem Romain mich verlassen hatte, verirrte ich mich im dunklen Wald der Depression. Mehrere Monate lang war ich Zuschauerin meines eigenen Zusammenbruchs und doch völlig unfähig, irgendetwas dagegen zu unternehmen, statt noch tiefer darin zu versinken.

Die Rolle, die ich mehr oder weniger unfreiwillig am Ende unserer Geschichte übernommen hatte, indem ich die Aussprache zwischen Romain und seiner Frau immer wieder zu verhindern versuchte, war jetzt wie eine offene Wunde, die mich zerstörte. Es schien mir unmöglich, einfach einen Schlussstrich zu ziehen. Ich war mir selbst eine Fremde. Mein Leben hatte keinen Sinn, kein Licht und keine Perspektive mehr.

Zu jener Zeit arbeitete ich als Assistentin im Lektorat eines Verlages in der Rue de Seine. Mein Büro befand sich im hellhörigen Mansardenzimmerchen eines Wohnhauses mit grauer Fassade. Diesen Raum musste ich mir mit den Tauben und Hunderten von Manuskripten teilen, die sich auf dem Parkett breitmachten, sich bis zu meinem Schreibtisch und über die Räuberleiter bis zu den Regalen türmten, ja, manchmal sogar bis zur Decke hangelten.

Der Verlag bekam mehr als zweitausend Manuskripte jährlich zugeschickt. Meine Arbeit bestand darin, eine Vorauswahl zu treffen, das heißt, Genres auszusortieren, die der Verlag nicht veröffentliche (Sachbücher, Poesie, Theater) und eine erste Meinung über die Romane abzugeben. Dann schickte ich meine Anmerkungen an andere, erfahrenere Mitarbeiter weiter. Ich hatte diesen Job mit großen Illusionen begonnen, die ich jedoch bereits innerhalb des ersten Jahres verlor.

Es war eine seltsame Zeit. Die Leute lasen immer weniger und schrieben immer mehr. In Los Angeles hatte jeder – vom Tankwart bis hin zur Bardame im Nachtclub – ein Drehbuch auf einem USB-Stick. In Paris hatte jeder ein Manuskript in der Schublade oder einen Roman im Kopf. Ehrlich gesagt, war die Hälfte der Texte, die ich bekam, sehr dürftig: schlecht geschrieben, schwache Syntax, stilistisch unter Niveau, unklare Handlung. Die andere Hälfte war sterbenslangweilig, uninteressant, die Frauen hielten sich für Marguerite Duras, die Männer kopierten Dan Brown (in den USA war gerade der *Da Vinci Code* erschienen, der offenbar zu monströsen Romanfiguren inspirierte) ... Ich habe nie einen Roman in die Finger bekommen, den ich besonders hätte empfehlen können – von Meisterwerken oder Entdeckungen ganz zu schweigen.

Und dann kam dieser Tag im späten September. Ich betrat mein eiskaltes kleines Büro gegen 8:30 Uhr, schaltete den Heizkörper ein (der nur lauwarme Luft verbreitete), dann die Kaffeemaschine (die nur lauwarme Brühe produzierte), und als ich mich an meinem Schreibtisch niederließ, sah ich den braunen Umschlag, der halb hinter dem Schrank hervorragte. Ich erhob mich, um ihn herauszuziehen. Vermutlich war er von dem übervollen Möbelstück runtergerutscht.

Als ich ihn gerade zurück auf den wackligen Stapel legen wollte, stellte ich fest, dass er an mich persönlich adressiert war. Da ich nur wenig Berufserfahrung hatte, berührten mich solche Aufmerksamkeiten noch sehr, und ich nahm an, der Autor hatte nach langer Recherche in Internetforen oder anderswo versucht, jemanden zu finden, der sich seiner Arbeit wirklich annehmen würde. Ich öffnete den Umschlag und fand darin einen maschinengeschriebenen Text in englischer Sprache.

Englisch, verdammt ... die Leute schrecken vor nichts zurück.

Ich wollte ihn direkt in den Karton mit den abgelehnten Manuskripten werfen, doch plötzlich erregte der Titel meine Aufmerksamkeit. *The Girl in the Labyrinth*. Ich blieb vor dem Schrank stehen und überflog die erste Seite, dann die folgenden Seiten. Schließlich setzte ich mich an meinen Schreibtisch und las das ganze erste Kapitel. Und die beiden nächsten ... Mittags sagte ich meine Verabredung zum Essen ab, um die Lektüre fortsetzen zu können, und als ich die letzte Seite umblätterte, war es bereits dunkel geworden.

Mein Herz schlug zum Zerspringen. Ich stand unter Schock, war völlig gefesselt, ein leichtes Lächeln umspielte meine Lippen, so als hätte ich mich gerade verliebt. Na also, da war es ja endlich, das Manuskript, das *mein Herz berührte*. Dieses eine Buch, das mit nichts vergleichbar war, was ich bisher gelesen hatte. Ein besonderer Roman, der nicht einzuordnen war, mich faszinierte und mich nicht mehr losließ.

Als ich den Umschlag genauer untersuchte, entdeckte ich einen eher lakonischen Brief.

Paris, 2. Februar 2003
Guten Tag, in der Anlage übersende ich Ihnen das Manuskript meines Romans THE GIRL IN THE LABYRINTH, der vielleicht die Éditions Licorne interessieren könnte. Da ich nur über begrenzte Mittel verfüge,

habe ich den Text lediglich an Ihren Verlag geschickt und wäre Ihnen dankbar, wenn Sie mir in einem angemessenen Zeitraum antworten und ihn gegebenenfalls in dem beiliegenden Freiumschlag zurücksenden würden. Mit besten Grüßen, Frederik Andersen

Die Unterschrift überraschte mich – während der gesamten Lektüre war ich davon ausgegangen, bei dem Verfasser handle es sich um eine Frau –, doch das verstärkte meinen Wunsch, Andersen zu treffen, nur noch mehr. In dem Brief wurde eine Adresse in der Rue Lhomond angegeben und auch eine Telefonnummer. Ich rief auf der Stelle an und konnte nur hoffen, dass sich der Autor, des Wartens überdrüssig, nicht an einen anderen Verlag gewandt hatte. Aber selbst in diesem Fall hatte ich noch eine Chance, dass das Manuskript, da auf Englisch geschrieben, unbemerkt geblieben war. Es ging niemand ans Telefon, und ich hatte auch nicht die Möglichkeit, eine Nachricht zu hinterlassen.

Ich eilte nach Hause, ohne mit jemandem über meine Entdeckung zu sprechen. Nach beendeter Lektüre hatte ich trotz meiner Ungeduld, meinen Enthusiasmus zu teilen, einen kühlen Kopf bewahrt und geschwiegen. Bei Éditions Licornes war ich das Phantom aus dem sechsten Stock. Miss Cellophane. Nur wenige Menschen schätzten meine Arbeit, die meisten wussten nicht einmal etwas von meiner Existenz. Ich war »das Manuskript-Mädchen«, »die Assistentin«. Ehrlich gesagt, verabscheute ich diese Idioten aus einem anderen Jahrhundert und diese snobistischen *Damen*, die lieber unter sich blieben und sich ein schönes Leben machten. Warum sollte ich ihnen mein *Girl in the Labyrinth* anbieten? Schließlich war der Brief ja an mich persönlich adressiert gewesen. Um neunzehn Uhr rief ich noch einmal bei Frederik Andersen an und dann jede Stunde bis Mitternacht. Da niemand antwortete, gab ich seinen Namen bei Google ein, und was ich da entdeckte, machte mich zutiefst betroffen.

Quartier du Val-de-Grace: Die Leiche eines Mannes wurde vier Monate nach dessen Tod in seiner Wohnung gefunden
Le Parisien, 20. September 2003

Ein Drama der Einsamkeit, wie es leider immer öfter in der Hauptstadt und im Pariser Ballungsraum vorkommt. Am heutigen Donnerstag wurde die Leiche von Frederik Andersen in seiner kleinen Wohnung im 5. Arrondissement gefunden.
Ein benachbartes junges Paar, gerade von einer langen Südamerikareise zurückgekehrt, war durch den Geruch im Treppenhaus und den übervollen Briefkasten des Mannes beunruhigt und verständigte die Rettungskräfte. Am frühen Abend fuhren die Feuerwehrleute in der Rue Lhomond ihre Leiter bis zum Balkon des Apartments aus. Sie schlugen eine Scheibe ein, um sich Zutritt zu der Wohnung zu verschaffen. Von Polizisten begleitet, fanden sie die Leiche, die sich bereits im Zustand der Verwesung befand. Es gab keine Anzei-

chen für einen Einbruch, und die Eingangstür war von innen abgeschlossen. Obwohl alles auf einen natürlichen Tod hindeutete, wurde doch eine Autopsie veranlasst, um auch formalrechtlich jeglichen Verdacht auf Fremdeinwirkung auszuschließen. Der Rechtsmediziner wird dabei den genauen Todeszeitpunkt des Siebenundsechzigjährigen bestimmen. Ersten Hinweisen vor Ort zufolge könnte das Anfang Mai gewesen sein, da seither der Briefkasten nicht mehr geleert worden war.
Frederik Andersen, ledig, hat immer allein gelebt und den Großteil seiner Rechnungen per Abbuchung beglichen. Aufgrund seiner zahlreichen gesundheitlichen Probleme konnte sich der ehemalige Lehrer nur noch im Rollstuhl fortbewegen und verließ daher selten das Haus. Zu seinen Nachbarn hatte er kaum Kontakt, und diese waren deshalb auch nicht weiter beunruhigt, ihn nicht zu sehen.
In seiner Straße erinnert man sich an ihn als einen zurückhaltenden und distanzierten Menschen, der sehr zurückgezogen lebte. »Er sagte nicht immer Guten Tag, wenn man ihn im Aufzug traf«, erzählt die Concierge Antonia Torres. [...]

Fantine

Ich war so sehr von dem Manuskript besessen, dass ich in dieser Nacht kaum schlafen konnte. Ich wollte auf keinen Fall, dass mir das Recht auf Veröffentlichung durch die Lappen entging. Dieser Roman war wie für mich geschaffen. Das war genau der Grund, warum ich mich für meinen Beruf entschieden hatte: Ich wollte einen Text oder einen Autor entdecken. Es fiel mir schwer, zu glauben, dass ein siebenundsechzigjähriger Mann einen so modernen Roman geschrieben hatte, doch dann erinnerte ich mich an meinen Philosophie-Unterricht und an meinen Lehrer, der gern Bergson zitierte: »Wir sehen nicht die Dinge selber; wir beschränken uns meistens darauf, die ihnen aufgeklebten Etiketten zu lesen.« In meiner Schlaflosigkeit entstand in meinem Gehirn ein verrückter Plan, doch der erforderte echte Recherche.

Am nächsten Tag rief ich im Verlag an, um mitzuteilen, ich sei krank und könne nicht ins Büro kommen. Anschließend begab ich mich in die Rue Lhomond. Ich war nie zuvor hier gewesen. Am frühen Morgen war die Straße, die zu den Geschäften der Rue Mouffetard hinabführte, nur wenig belebt und erinnerte an ein Provinzstädtchen. Man hätte sich in der Kulisse eines alten Maigret-Films wähnen können. Das Haus, in dem Andersen gestorben war, war eines der hässlichsten im ganzen Viertel. Ein »moderner« Betonbau mit bräunlicher Fassade, wie uns die 1970er-Jahre etliche hinterlassen haben. Zunächst dachte ich, es gäbe keinen Hausmeister, aber zu dem Komplex gehörten drei Gebäude, und die Hausmeisterwohnung befand sich im Nebenhaus.

Ich klopfte an die Tür der Concierge – besagte Antonia Torres, die in dem Artikel zitiert wurde – und gab vor, eine Wohnung in der Gegend zu suchen. Ich erklärte, ich hätte den *Le Parisien* von letzter Woche gelesen und fragte mich, ob Monsieur Andersens Apartment bereits neu vermietet sei. Antonia war bei diesem Thema nicht zu bremsen. Sie bestätigte zunächst, dass Frederik Andersen keine Verbindung mehr zu seiner Familie hatte. Seit seinem Tod hatte sich niemand bei ihr gemeldet. Daraufhin war die Wohnung vom Vermieter sofort geräumt und die Sachen in einem großen Keller im zweiten Untergeschoss gelagert worden, bis sie von einer Entrümpelungsfirma abgeholt würden. Sie erzählte mir auch, Andersen sei Lehrer an einem Gymnasium im 13. Arrondissement gewesen, aber wegen seines schlechten Gesundheitszustandes bereits vor Jahren pensioniert worden. »Hat er Englisch unterrichtet?«

»Vielleicht«, antwortete sie.

Ich hatte genug herausgefunden, um etwas zu versuchen. Den Rest des Vormittags verbrachte ich in einem Café in der Rue Mouffetard damit, verschiedene Hypothesen durchzuspielen. Ich war überzeugt davon, dass es um mein Leben ging. Dass sich nie wieder eine solche Planetenkonstellation ergeben würde. Natürlich war es riskant und der Spielraum begrenzt, aber dieses Abenteuer gab meinem Leben plötzlich wieder einen Sinn.

Gegen Mittag brach ein Gewitter los. Ich kehrte in die Rue Lhomond zurück und folgte im Schutz des Regens einem Auto, das in das zweite Untergeschoss des Gebäudes fuhr. Es gab mehrere verschlossene Abteile, aber nur drei hatten eine breitere Tür, und die Concierge hatte von einem großen Keller gesprochen. Ein Abteil war leer, in dem anderen stand ein Auto. Das dritte war mit einem großen Vorhängeschloss gesichert, wie man es von Motorrollern oder Motorrädern kennt. Ich untersuchte das Schloss. Aus und vorbei. Das würde ich nie aufbrechen können. Ich verfügte weder über die nötigen Werkzeuge noch über die Kraft.

Die Ideen überschlugen sich in meinem Kopf. Ich verließ das Haus in der Rue Lhomond und lief im Regen bis zur nächsten Hertz-Autovermietung am Boulevard Saint-Michel. Ich mietete den erstbesten Wagen und fuhr ins hundert Kilometer entfernte Chartres. Dort hatte ich einen Cousin – Nicolas Gervais alias »der dicke Nico« alias »großer Dummkopf« alias »kleiner Schwanz«, der Feuerwehrmann war. Er war sicher nicht der Cleverste im Departement Eure-et-Loir, und ich hatte ihn schon lange nicht mehr gesehen, aber er war hilfsbereit und leicht zu manipulieren. Auch wenn alle das Gegenteil denken, bin ich eigentlich nie nett und wohlwollend. Ich bin neidisch, eifersüchtig und selten zufrieden. Es liegt sicher an meinem ansprechenden Äußeren und meiner Zurückhaltung, dass man mich für einen ausgeglichenen Menschen hält, doch im Grunde habe ich ein aufbrausendes Naturell. Alle halten mich für sanft, dabei bin ich brutal. Alle denken, ich wäre ein wenig arglos, doch in Wahrheit bin ich heimtückisch. Romain Ozorski war der Einzige, der mich wirklich kannte. Er hatte den Skorpion geahnt, der sich in der Rose verbirgt. Und er liebte mich trotzdem.

Ich suchte also Nico bei seiner Mutter auf. Und ich spielte das hilflose Mädchen und bat ihn, mir die Tür der Garage zu öffnen, in der mein Ex angeblich einen Teil meiner Sachen eingeschlossen hätte. Er übernahm begeistert die Beschützerrolle. Kurz vor achtzehn Uhr gab ich den Wagen in der Zweigstelle am Boulevard de la Courtille in Chartres ab, und als Nico mich stolz am Steuer seines SUVs abholte, hatte er sich einen über sechzig Zentimeter langen Bolzenschneider besorgt, wie ihn die Feuerwehrleute benutzen. Das Vorhängeschloss in der Rue Lhomond leistete nicht den geringsten Widerstand. Ich dankte dem Idioten für seine Hilfe und verabschiedete ihn, ohne ihm Gelegenheit zu geben, zu verstehen, dass er ausgenutzt worden war.

Ich verbrachte einen guten Teil der Nacht in dem

Kellerabteil und inspizierte im Schein der Taschenlampe, die ich in dem SUV hatte mitgehen lassen, alles, was man aus Frederik Andersens Apartment hier eingelagert hatte. Einige funktionelle Möbelstücke, einen Rollstuhl, eine elektrische Schreibmaschine Marke Smith Corona, zwei große Stoffkoffer voller Vinylplatten und CDs – das Spektrum reichte von Tino Rossi bis Nina Hagen und von Nana Mouskouri bis Guns N'Roses. Ich fand auch alte Ausgaben des *New Yorker* und drei Kartons mit englischsprachigen Romanen: Penguin Classics, Krimis in Paperback-Ausgaben, Bücher der Library of America, die mit vielen Anmerkungen versehen waren. Die Garage war zudem interessant wegen all der Dinge, die sie nicht enthielt – keine Fotos, keine Briefe. Vor allem aber fand ich in einem Metallschrank mit Schubladen etwas, wovon ich nicht einmal zu träumen gewagt hatte: zwei neue Manuskripte. *The Nash Equilibrium* und *The End of Feelings*. Fieberhaft und ängstlich überflog ich die ersten Seiten. Es handelte sich nicht um Entwürfe, sondern um fertige Romane, und was ich las, war ebenso hervorragend wie *The Girl in the Labyrinth*.

Gegen fünf Uhr morgens verließ ich die Garage in der Rue Lhomond. Nie werde ich das Gefühl vergessen, das mich an diesem Morgen erfüllte, als ich völlig durchnässt durch den Regen lief und erschöpft, aber begeistert die beiden neuen Manuskripte an mich drückte.

Meine Romane ...

Romain

Von: Romain Ozorski
An: Fantine de Vilatte
Betreff: Die Wahrheit über Flora Conway

[…] Die Monate nach unserer Trennung waren zugleich die schönsten und die schmerzlichsten meines Lebens. Die schönsten, weil Théo geboren wurde und ich das Glück hatte, Vater zu werden. Und die grausamsten, weil ich ständig darunter litt, dich nicht mehr sehen zu können. Du fehltest mir so sehr, dass ich nicht mehr schlafen konnte und all meine inneren Dämonen in Aufruhr gerieten. Um weiter mit dir etwas Gemeinsames zu haben, schickte ich dir das Manuskript von *The Girl in the Labyrinth*. Als Geschenk, als eine Bitte um Vergebung.
Aber damit es ein schönes Abenteuer wurde, musste es auch glaubwürdig sein, und ich wusste, dass es nicht so leicht sein würde, dich hinters Licht zu führen. Ich entwarf unendlich viele Szenarien, aber keines schien mir durchführbar. Dann, als ich eines Nachmittags in der Nähe der Place de la Contrescarpe beim Bäcker in der War-

teschlange stand, kam mir plötzlich eine Idee. Die Kunden vor mir sprachen von einem Mann, den man einige Monate nach seinem Tod in seiner Wohnung in der Rue Lhomond gefunden hatte. Ich informierte mich ausführlich über den Vorfall. Andersen hatte sehr zurückgezogen gelebt. Der ehemalige Lehrer war farblos und einsam und hatte nicht viele Spuren in dieser Welt hinterlassen. Der perfekte Typ, um einen in Anonymität verstorbenen Schriftsteller zu verkörpern.

Ganz so, als würde ich den Handlungsverlauf eines Romans konzipieren, ersann ich einen raffinierten Plan. Das Haus in der Rue Lhomond wurde von der OPAC, dem öffentlichen Wohnungsamt der Stadt Paris, verwaltet. Das bedeutete nicht nur, dass das Apartment nicht lange leer bleiben würde, sondern auch, dass Andersens in einem Garagenabteil eingelagerte Sachen nicht ewig dort verwahrt würden. Ich brach das Vorhängeschloss auf, das die Sozialwohnungsverwaltung angebracht hatte, und um Andersen als perfekt zweisprachig darzustellen, hinterließ ich einige Indizien in Form von amerikanischen Zeitschriften und englischsprachigen Büchern. Ich stellte auch die Schreibmaschine ab, auf der ich die beiden Manuskripte von *The Nash Equilibrium* und *The End of Feelings* getippt hatte. Dann verschloss ich die Tür mit einem neuen Vorhängeschloss – ein massives, um dir die Arbeit nicht zu leicht zu machen – und begann mit der zweiten Etappe meines Plans.

Ich hatte manchmal in der Rue de la Seine auf dich gewartet und wusste, wo sich dein Büro befand. Ich wusste auch, dass du der Verlagswelt mit gemischten Gefühlen gegenüberstandest. Um in das Haus zu gelangen, machte ich einen Termin mit dem Verlagsleiter aus. Das war nicht weiter schwierig, denn damals war ich in beruflicher Hinsicht auf dem Höhepunkt meiner Karriere, und alle Herausgeber hofften, »den Lieblingsautor der Franzosen« in ihr Haus locken zu können. Ich dehnte den Termin bis 13:15 Uhr aus, und als man mich zum Aufzug begleitete, fuhr ich statt in die Lobby in den letzten Stock hinauf. Um diese Zeit war der Flur menschenleer. Du warst zum Mittagessen gegangen, und dein Büro war nicht abgeschlossen – Diebe interessieren sich nicht für Manuskripte … Ich schob den Umschlag so hinter einen

niedrigen Schrank, dass er herausragte und leicht nach vorn hing.
Jetzt hatte ich alle Elemente inszeniert, nun war die Reihe an dir, Fantine.

Fantine

Von meinen Eltern, von meinen Freunden, von meinen Großmüttern, von Nico, dem Dummkopf – von allen lieh ich mir Geld, um meinen eigenen Verlag gründen zu können. Ein paar Euro hier, ein paar Euro dort. Ich ließ mir meinen Bausparvertrag und meine Lebensversicherung auszahlen und nahm einen Kredit auf. Alle hielten mich für verrückt und erstellten bereits die Chronik meines angekündigten Scheiterns. Bücher verändern nicht die Welt, aber *The Girl in the Labyrinth* hatte mein Leben verändert. Dank dieses Romans war ich eine andere Frau geworden, hatte mehr Selbstvertrauen und war entschlossener. Diese neue Energie verdankte ich auch meinem Alter Ego Flora Conway. Ich hatte diese Person für Frederik Andersens Texte erschaffen und nach meinen Vorstellungen geformt. Flora Conway war die Romanautorin, deren Bücher ich hätte lesen wollen. Abseits der unter sich bleibenden Szene von Saint-Germain-des-Prés und den inzestuösen Beziehungen der literarischen Oligarchie. Ich hatte mir für sie eine Kindheit in Wales ausgedacht, eine Punk-Jugend in New York, eine Vergangenheit als Bedienung im *Labyrinth*, ein Loft in Brooklyn mit Blick auf den Hudson River.

Flora war meine Definition von Selbstbestimmung: ein Freigeist, der sich nicht prostituierte, um seine Bücher zu verkaufen, die Medien von oben herab behandelte und die Journalisten sozusagen zum Teufel schickte. Eine Frau, die vor nichts Angst hatte und die ins Bett ging, mit wem und wann sie wollte, die nicht den niederen Instinkten ihrer Leser schmeichelte, sondern ihrer Intelligenz, die mit ihrer Verachtung für literarische Auszeichnungen nicht hinter dem Berg hielt, sie aber dennoch verliehen bekam. So entstand nach und nach Flora, während ich ihre Texte ins Französische übersetzte und später, mit ihrem zunehmenden Erfolg, an meinem Computer per Mail die Interviewanfragen beantwortete. Als ich ein Gesicht für Flora finden musste, entschied ich mich für ein Jugendfoto meiner Großmutter. Eine betörende Aufnahme, auf der sie mir ähnlich sah. Flora ist in meinem Kopf und in meiner DNA. Ich bin Flora Conway.

Sie ist eine bessere Version meiner selbst.

Romain

Von: Romain Ozorski
An: Fantine de Vilatte
Betreff: Die Wahrheit über Flora Conway

[…] Ich muss zugeben, du hast mich beeindruckt. Wirklich. Ich hatte diese Texte mit Freude, manchmal gar einer Art Euphorie verfasst – Gefühle, die ich schon seit langer Zeit nicht mehr kannte. Als ich zu meinem eigenen Double wurde, funktionierte sie wieder – die Magie des Schreibens.
Ich hörte zum ersten Mal von Flora Conway, als sich auf der Frankfurter Buchmesse die internationalen Verleger für ihren Romanerstling begeisterten. In der Literaturszene wurde ausführlich kommentiert, dass du für dieses Werk einen maßgeschneiderten Verlag gegründet hattest. Ich bewunderte deinen Geschäftssinn, der dich dazu brachte, den unscheinbaren Lehrer, den ich dir angeboten hatte, in eine mysteriöse Romanschriftstellerin, die in einer New Yorker Bar gearbeitet hatte, zu verwandeln.
Anfangs jubelte ich innerlich. Unvermit-

telt begann eine neue Karriere. Meine Arbeit war endlich frei von Etiketten. Ich erlebte diesen Erfolg wie eine Neugeburt, neuer Treibstoff für mein kreatives Leben. Es war, als wäre ich frisch verliebt! Ich genoss die Komik bestimmter Situationen. In einer literarischen Sendung verriss der Kommentator meinen letzten Roman, während er den von Flora über alle Maßen lobte. Einige Wochen darauf bat mich eine Tageszeitung um eine Rezension von THE GIRL IN THE LABYRINTH. Und entgegen der vorherrschenden Meinung kritisierte ich den Roman unmissverständlich und wurde des Neides beschuldigt! Anfangs war ich, wie gesagt, sehr froh über dieses glückliche Ereignis, doch die Freude war nicht von Dauer. Zunächst konnte ich sie mit niemandem teilen. Und wenn auch Flora Conways Texte von mir stammten, so hattest du doch die Person erschaffen, die dahinterstand. Ich war nicht der Einzige, der die Fäden zog. Und, ehrlich gesagt, konnte ich gar keine mehr ziehen.
Im Laufe der Jahre entglitt mir Flora Conway vollständig, und schließlich ging sie mir sogar auf die Nerven. Jedes Mal, wenn jemand mit mir über sie sprach, man sie

in meiner Gegenwart begeistert lobte oder ich einen Artikel über sie las, empfand ich eine Art Frustration, die sich im Laufe der Zeit in Zorn verwandelte. Oft war ich versucht, das Geheimnis zu lüften und der ganzen Welt zuzurufen: »Ihr Idioten, Flora Conway, das bin ich!«
Doch ich schlug mich tapfer im täglichen Kampf gegen die Eitelkeit.
In einer der schwierigsten Phasen meines Lebens – als meine Ex-Frau im Herbst und Winter 2010 versuchte, mir das Sorgerecht für meinen Sohn zu entziehen und ich mich isoliert und von allen verlassen fühlte – wollte ich dir das Ende der Geschichte enthüllen. Nur dir. Da ich nicht genau wusste, wie ich wieder Kontakt zu dir aufnehmen sollte, tat ich das Einzige, was ich konnte: Ich versuchte, dir die Wahrheit in einem Roman zu erzählen. Einem Roman, der von Flora Conway und Romain Ozorski handelte. Vom Schöpfer und seinem Geschöpf, von der Figur, die sich gegen »ihren« Autor auflehnt. Ein Roman, dessen einzige Leserin du sein solltest. Und tatsächlich begann ich ihn in jenem Winter zu schreiben, aber ich konnte ihn nie beenden.

Denn Flora ist keine einfache Figur. Vielleicht auch, weil ich ein Gelübde abgelegt und nie wieder eine Zeile geschrieben hatte.

Und vielleicht auch, weil diese Geschichte ihren Epilog nur im wahren Leben erfahren kann. Denn wie lautet dieser Satz von Henry Miller, den du so gern zitiertest? »Wozu sind Bücher gut, wenn sie uns nicht ins Leben zurückbringen, um es gieriger zu trinken.«

Klinikzentrum Bastia
Kardiologie – Zimmer 308
22. Juni 2022

Professorin Claire Giuliani *(betritt das Zimmer)*: »Wo wollen Sie denn hin?«
Romain Ozorski *(schließt seine Tasche)*: »Dahin, wo es mir gut zu sein scheint.«
Claire Giuliani: »Das ist absolut unvernünftig, legen Sie sich sofort wieder ins Bett.«
Romain Ozorski: »Nein, ich verschwinde.«
Claire Giuliani: »Hören Sie auf mit dem Theater, Sie führen sich auf wie mein achtjähriger Sohn.«
Romain Ozorski: »Ich will keine Sekunde länger hierbleiben. Hier stinkt es nach Tod.«
Claire Giuliani: »Sie haben sich weniger aufgespielt, als man Sie hier mit verstopften Arterien auf einer Bahre eingeliefert hat.«
Romain Ozorski: »Ich habe niemanden darum gebeten, mich wiederzubeleben.«

Claire Giuliani *(baut sich vor dem Schrank auf, damit er sich seine Jacke nicht herausnehmen kann)*: »Wenn ich Sie so sehe, sage ich mir in der Tat, dass ich mir diese Frage früher hätte stellen sollen.«
Romain Ozorski: »Gehen Sie zur Seite!«
Claire Giuliani: »Ich mache, was ich will. Ich habe hier Hausrecht!«
Romain Ozorski: »Nein, Sie sind in *meinem* Zimmer. Sie werden von *meinen* Steuergeldern bezahlt, und die haben es auch möglich gemacht, dieses Krankenhaus zu bauen.«
Claire Giuliani *(tritt zur Seite)*: »Wenn man Ihre Bücher liest, hat man den Eindruck, Sie müssten ein netter Mensch sein, aber in Wirklichkeit sind Sie ein menschenverachtender, alter Idiot.«
Romain Ozorski *(zieht seine Jacke an)*: »Nach all diesen Liebenswürdigkeiten verschwinde ich jetzt.«
Claire Giuliani *(versucht ihn zu beschwichtigen)*: »Nicht, bevor Sie mir eine Widmung in mein Buch geschrieben haben. Dann habe ich Ihnen das Leben wenigstens nicht umsonst gerettet.«
Romain Ozorski *(kritzelt etwas auf die Buchseite, die sie ihm hinhält)*: »So, sind Sie jetzt zufrieden?«
Claire Giuliani: »Jetzt mal ernsthaft, wohin wollen Sie denn?«
Romain Ozorski: »Dahin, wo mir keiner auf die Nerven geht.«

Claire Giuliani: »Sehr gut! Sie wissen genau, dass Sie ohne medizinische Behandlung sterben werden.«
Romain Ozorski: »Dann bin ich wenigstens frei.«
Claire Giuliani *(zuckt mit den Schultern)*: »Und was haben Sie davon, wenn Sie frei, aber tot sind?«
Romain Ozorski: »Und was habe ich davon, wenn ich lebe, aber ein Gefangener bin?«
Claire Giuliani: »Wir verstehen offensichtlich nicht dasselbe darunter.«
Romain Ozorski: »Auf Wiedersehen, Frau Doktor.«
Claire Giuliani: »Warten Sie noch fünf Minuten. Auch wenn jetzt keine Besuchszeit ist, ist da doch jemand, der Sie sprechen möchte.«
Romain Ozorski: »Besuch? Außer meinem Sohn will ich niemanden sehen.«
Claire Giuliani: »Ihr Sohn, Ihr Sohn, Sie reden von nichts anderem. Lassen Sie ihn mal ein wenig in Ruhe.«
Romain Ozorski *(hat es eilig, wegzukommen)*: »Wer will mich denn sehen?«
Claire Giuliani: »Eine Frau. Sie heißt Fantine. Und sie sagt, sie würde Sie gut kennen. Also, soll ich sie nun hereinlassen oder nicht?«

Das letzte Mal, als ich Flora sah

von Romain Ozorski

1.
Ein Jahr später
Comer See, Italien

Das Restaurant des Hotels vermittelte den Eindruck, direkt in den See hineinzuführen. Alte Steinbögen, große Glasscheiben, helles Mobiliar – der Minimalismus des Ortes stand im Gegensatz zu den großen neoklassizistischen Gebäuden in der Umgebung.

Um sieben Uhr morgens war die Sonne noch nicht aufgegangen. Die Tische waren gedeckt und warteten – in der Ruhe vor dem Sturm – auf die Gäste.

Ich setzte mich auf einen Hocker an der Bar. Um die Müdigkeit zu vertreiben, rieb ich mir die Augen, hinter der Theke tanzten die bläulichen Reflexe des Sees auf den großen Kacheln aus *ceppo di gré*. Ich bat um einen Kaffee, und der Barmann im weißen Smoking stellte eine kleine Tasse vor mich hin mit einem kräftigen und doch milden Nektar, auf dem sich feiner Schaum kräuselte.

Auf meinem Beobachtungsposten kam ich mir vor wie am Bug eines Schiffs. Der ideale Ort, um dabei zuzusehen, wie die Welt erwachte. Um diese Zeit wurden die letzten Vorbereitungen getroffen: Der Poolboy reinigte das Schwimmbecken, der Gärtner goss die Pflanzen in den Blumenkästen, und der Skipper polierte die *Riva* des Hotels, die am Steg lag.

»*Signore, vuole un altro ristretto?*«

»*Volentieri, grazie.*«

Auf der Nussbaumplatte der Theke lag ein iPad, auf dem man die neuesten Ausgaben der Tageszeitungen lesen konnte, doch ich war schon seit Langem unempfänglich für den Schmerz der Welt.

Dabei hatte seit einem Jahr das Leben nach einer Leere, in der es nichts und niemanden außer dem Glück mit Théo gab, wieder die Oberhand gewonnen. Das Dasein erhält oft Farbe, wenn man es mit jemandem teilt. Fantine und ich hatten uns wiedergefunden. Ich hatte Korsika ohne echtes Bedauern verlassen, und wir waren erneut in das Haus am Jardin du Luxembourg gezogen, das endlich Gestalt annahm. Théo, der im zweiten Jahr Medizin studierte, besuchte uns häufig. Der furchtbare Winter 2010 lag weit zurück. Mit fast achtzehn Jahren Verspätung hatte uns Flora, meine Schöpfung – »unsere« Schöpfung, wie Fantine protestierte –, wieder vereint.

Trotz der Schönheit des Ortes und der Landschaft hatte unser Wochenende der Verliebten am Fuße der italienischen Alpen nicht gut begonnen. Um zwei Uhr nachts war ich schweißgebadet aufgewacht, meine Arme waren steif, das Herz wie zusammengeschnürt. Ich spritzte mir kaltes Wasser ins Gesicht und nahm eine Tablette. Allmählich beruhigte sich mein Puls wieder, aber ich konnte nicht mehr einschlafen. Diese Schlaflosigkeit trat immer häufiger auf. Es waren keine richtigen Albträume, sondern eher bohrende Fragen, die mich heftig quälten. Unter anderem diese: Was war aus Flora geworden?

Jahrelang hatte ich so getan, als wäre sie tot, aber war sie das wirklich? Hatte sie die Hand des Hasen-Mannes ergriffen, um sich mit ihm in die Leere zu stürzen? Oder hatte sie sich in letzter Sekunde von seinem Einfluss befreit?

Flora Conway, das bin ich ...

Dieser Gedanke ließ mich einfach nicht los. Aber was hätte ich an ihrer Stelle getan? Flora und ich sind falsche Schwächlinge. Das heißt, wir sind wirklich hart im Nehmen. Ja, genau das können wir am besten: etwas *ertragen*. Wenn man denkt, wir seien längst untergegangen, finden wir in uns die Kraft, durch ein paar kräftige Züge wieder an die Oberfläche zu gelangen. Selbst wenn wir schon am Boden liegen, haben wir unsere Figuren dennoch stets so platziert, dass irgendjemand *in extremis* zu unserer Rettung herbeieilt. Das liegt im Wesen der Romanautoren, denn Fiktion zu schreiben heißt, sich gegen die Fatalität der Wirklichkeit aufzulehnen.

Wichtigtuerei? Leeres Geschwätz? Sicher, ich hatte schon vor langer Zeit aufgehört zu schreiben, aber es tatsächlich nicht mehr zu tun bedeutet nicht, dass man kein Schriftsteller mehr ist. Und wenn ich es recht bedachte, gab es nur ein Mittel, um herauszufinden, was mit Flora geschehen war. Ich musste es aufschreiben.

Ich öffnete das Tablet, das vor mir lag, und sah nach, ob es über ein Textverarbeitungsprogramm verfügte. Es war nicht mein bevorzugtes Arbeitsinstrument, aber es würde ausreichen. Ich könnte nicht behaupten, dass ich keine Angst hatte. Seit über zehn Jahren hatte ich mich strikt an mein Gelübde, nicht mehr zu schreiben, gehalten, das ich an einem kalten Januarabend in einer russischen Kirche abgelegt hatte. Die Götter mögen es nicht, wenn man seine Versprechen nicht hält. Aber das, was ich vorhatte, wäre nur eine winzige Vertragsverletzung, lediglich ein minimaler Verstoß. Ich wollte nur eine Nachricht von einer meiner Figuren erhalten. Ich bestellte einen dritten Kaffee und rief das Programm auf. Es tat mir gut, wieder diesen kleinen Schauder zu verspüren, der einem über den Rücken läuft, wenn man sich ins Unbekannte stürzt.

Hai voluto la bicicletta? E adesso pedala!

Zuerst die Gerüche. Jene, die Bilder entstehen lassen. Die weit zurückliegenden Gerüche der Kindheit und der Ferien. Die von Sonnencreme und dem Duft nach …

2.

Zuerst die Gerüche. Jene, die Bilder entstehen lassen. Die weit zurückliegenden Gerüche der Kindheit und der Ferien. Die von Sonnencreme und dem Duft nach Monoi, die nostalgischen von Zuckerwatte, Waffeln und Liebesäpfeln. Der fettige, aber süchtig machende Geruch der *onion* und der *sausage pizza*. Jedem sein Proust-Effekt, sein Combray oder seine Tante Léonie. Dann das Kreischen der Möwen, Kinderstimmen, Wellen. Brandung, die Volksmusik einer Kirmes.

Ich laufe über die Promenade eines kleinen Seeortes, der sich am Meer erstreckt. Ein Anlegesteg, weißer Sand, in der Ferne das Riesenrad und die durchdringenden Klänge des Jahrmarkts. Die Werbeschilder am *Boardwalk* lassen keinen Zweifel zu – ich bin in … Seaside Heights in New Jersey gelandet.

Die Luft ist mild, die Sonne, die langsam am Horizont versinkt, wird bald ganz untergegangen sein, aber die Leute sitzen noch im weißen Sand. Ich gehe zum Strand hinab. Ein Junge erinnert mich an Théo, als er klein war. Ein Mädchen, das mit ihm spielt, lässt mich an die Tochter denken, die ich mir gewünscht hatte und nie haben würde. Es ist eine entspannte Atmosphäre, ein wenig aus der Zeit gefallen, es wird Volley- und Federball gespielt, die Leute essen Hotdogs, liegen in der Sonne und hören Bruce Springsteen oder Billy Joel.

Bei manchen quillt der Bauch über die Badehose, was Scham oder Gleichgültigkeit hervorruft. Andere ziehen die Blicke auf sich. Ich mustere die Gesichter und hoffe, Flora zu entdecken, doch so viel ich auch suche, ich kann sie nicht finden. In der Menge gibt es einige Lesende. Automatisch schaue ich mir die Namen auf den Buchcovern an: Stephen King, John Grisham, J. K. Rowling ... dieselben, die seit Jahrzehnten an der Spitze stehen. Ohne dass ich wüsste, warum, erregt eine bunte Decke meine Aufmerksamkeit. Ich gehe ein paar Schritte durch den Sand und sehe mir das Buch an, das auf der Luftmatratze daneben liegt.

Life after Life von Flora Conway

»Darf ich mir den Roman ganz kurz ausleihen?«

»Natürlich«, antwortet die Leserin, eine Mutter, die gerade ihr Baby anzieht. »Sie können ihn gern mitnehmen, ich habe ihn zu Ende gelesen. Recht nett, auch wenn ich nicht ganz sicher bin, das Ende verstanden zu haben.«

Ich betrachte das Bild auf dem Cover. Vor einer stilisierten und herbstlichen New Yorker Kulisse klammert sich eine junge, rothaarige Frau, deren Beine in der Luft baumeln, an ein riesiges Buch. Ich drehe das Werk um, um den Klappentext zu lesen:

Manchmal ist es besser, nicht zu wissen ...
»*Von Panik ergriffen, klappte ich den Bildschirm meines Laptops hektisch zu. Ich saß auf meinem Stuhl, und obwohl meine Stirn glühend heiß war, lief mir ein eisiger Schauer über den Rücken. Meine Augen brannten, und ein heftiger Schmerz lähmte mir Schultern und Nacken. Verdammt, es war das erste Mal, dass mich eine meiner Figuren direkt ansprach, während ich an einem Roman schrieb!*«
So beginnt die Geschichte des Pariser Romanautors Romain Ozorski. Während er mitten in einem emotionalen und familiären Fiasko die ersten Kapitel seines neuen Romans schreibt, tritt eine seiner Heldinnen in sein Leben. Sie heißt Flora Conway. Ihre Tochter ist seit sechs Monaten verschwunden. Und Flora hat gerade begriffen, dass jemand die Fäden ihres Lebens zieht und sie manipuliert und dass ihr ein Schriftsteller mitleidlos das Herz bricht.
Also lehnt sich Flora dagegen auf, und es kommt zu einem gefährlichen Duell zwischen ihnen.
Aber wer ist wirklich der Autor und wer die Figur?

Die berühmte Schriftstellerin, die für ihr Gesamtwerk mit dem Franz-Kafka-Preis ausgezeichnet wurde, verlor ihre dreijährige Tochter bei einem tragischen Unfall. Dieser Roman ist sowohl ein unvergleichliches Zeugnis des Schmerzes als auch eine Ode an die Heil bringende Macht des Schreibens.

Einen Moment lang war ich völlig verblüfft angesichts der Entdeckung, dass Flora zwar in meiner Realität meine Romanfigur war, mir selbst aber in ihrer Realität die Rolle der Marionette zukam.
    Realität ... Fiktion ... Mein ganzes Leben lang hatte ich die Grenze zwischen beiden Ebenen als sehr fließend empfunden. Nichts ist dem Wahren näher als das Falsche. Und niemand irrt sich mehr als jene, die glauben, nur in der Realität zu leben, denn in dem Moment, da die Menschen bestimmte Situationen für real halten, *werden* diese *real* in ihren *Konsequenzen*.

3.

Ich steige die Treppe zur Holzpromenade hinauf, die am Strand entlangführt. Der Jahrmarkt zieht mich magisch an. Die Düfte, die von den Pommes-Schälchen aufsteigen, quälen mich, und das furchtbare Hungergefühl, das meine Besuche bei Flora stets begleitet hat, überkommt mich erneut. Auf der Suche nach einem Hotdog gehe ich an den Ständen der Souvenir- und Eisverkäufer entlang und sehe in dem Moment, als ich am wenigsten damit rechne, Mark Rutelli. Er sitzt auf der Terrasse eines Strandlokals und trinkt, den Blick aufs Meer gerichtet, seinen Espresso aus. Der ehemalige Detective ist nicht wiederzuerkennen, so als wäre die Zeit rückwärtsgelaufen: schlanke Gestalt, bartloses Gesicht, sportliche Kleidung, ruhiger Blick.

Als ich gerade auf ihn zutreten will, ruft ihm jemand zu:

»Schau mal, was ich gewonnen habe, Papa!«

Ich drehe mich nach der Kinderstimme um. Ein kleines blondes Mädchen von sieben oder acht Jahren kommt mit einem riesigen Plüschtier im Arm vom Schießstand angelaufen. Mein Herz zieht sich zusammen, als ich hinter ihr Flora Conway entdecke.

»Bravo, Sarah!«, sagt Rutelli und hebt seine Tochter hoch, um sie sich auf die Schultern zu setzen.

Natürlich ist es nicht Carrie. Natürlich kann niemand je Carrie ersetzen, doch als ich beobachte, wie die drei zusammen die Terrasse verlassen, empfinde ich eine große Freude. Das Leben hat die beiden gequälten Seelen wieder aufgenommen, genauso wie mich. Und es hat ihnen sogar ein Kind geschenkt.

Als Flora im Schein der letzten Sonnenstrahlen über den *Boardwalk* läuft, wendet sie sich zu mir um. Für einen kurzen Moment begegnen sich unsere Blicke, und wir werden beide von einer Welle der Dankbarkeit erfasst.

Dann schnipse ich mit den Fingern und verschwinde in der Abendluft.

Wie ein Zauberer.

Samstag, 10. Juni, 9 Uhr 30 morgens

Roman beendet.
Ich kehre ins Leben zurück.

Georges Simenon, *Als ich alt war*

Quellenverzeichnis

Seite 7
Georges Simenon, Als ich alt war, Tagebücher 1960–1963, aus dem Französischen von Linde Birk, © Diogenes Verlag AG, Zürich 1977.

Seite 17
Julian Barnes, Vom Ende einer Geschichte, aus dem Englischen von Gertraude Krueger, © Kiepenheuer & Witsch, Köln 2011.

Seite 39
Jonathan Coe, Interview, *Le Monde*, 2. August 2019, aus dem Französischen von Eliane Hagedorn und Bettina Runge.

Seite 53
Anaïs Nin, Journal, Editions Stock, Paris 1969, aus dem Französischen von Bettina Runge und Eliane Hagedorn.

Seite 57
Ray Bradbury, Zen in der Kunst des Schreibens, aus dem Amerikanischen von Kerstin Winter, © Autorenhaus Verlag, Berlin 2016.

Seite 60
Oscar Wilde, Das Bildnis des Dorian Gray, aus dem Englischen von Siegfried Schmitz, Deutscher Taschenbuchverlag, München 1997.

Seite 72
Virginia Woolf, Geliebtes Wesen, Briefe von Vita Sackville-West an Virginia Woolf, hrsg. von Louise DeSalvo und Mitchell A. Leaska, mit einer Einführung von Mitchell A. Leaska, aus dem Englischen von Sibyll und Dirk Vanderbeke, S. Fischer Verlag, Frankfurt am Main 1995.

Seite 79
Elfriede Jelinek, Die Ausgesperrten, © Rowohlt, Reinbek bei Hamburg 1980.

Seite 88
Arthur Conan Doyle, Das Zeichen der Vier, aus dem Englischen von Leslie Giger, Haffmans, Zürich 1988, in: Sherlock Holmes: Gesammelte Romane und Detektivgeschichten, e-artnow 2014.

Seite 90
Jorge Luis Borges, Fiktionen, übersetzt von Karl August Horst, Wolfgang Luchting und Gisbert Haefs, © Fischer Taschenbuch Verlag, Frankfurt am Main 1992.

Seite 97
Haruki Murakami, Von Beruf Schriftsteller, aus dem Japanischen von Ursula Gräfe, © DuMont Buchverlag, Köln 2016.

Seite 98 und 208
Maria Luisa Blanco, Gespräche mit Antonio Lobo Antunes, aus dem Spanischen von Maralde Meyer-Minnemann, © Luchterhand Literaturverlag, München 2003.

Seite 98
Gustave Flaubert, Lettre à Mademoiselle Leroyer de Chantepie, décembre 1859, aus dem Französischen von Bettina Runge und Eliane Hagedorn.

Seite 100
Jean Giono, Jean Carrière, entretiens, La Manufacture, 1991, aus dem Französischen von Eliane Hagedorn und Bettina Runge.

Seite 117
Milan Kundera, Das Leben ist anderswo, aus dem Tschechischen von Susanna Roth, © Deutscher Taschenbuch Verlag, München 2000.

Seite 130
Stephen King, Interview, Playboy, 1983, aus dem Englischen von Eliane Hagedorn und Bettina Runge.

Seite 132
Mary Shelley, Frankenstein oder der Moderne Prometheus, aus dem Englischen übersetzt und in einer neuen Überarbeitung, herausgegeben von Alexander Pechmann, © Manesse Verlag, München 2017.

Seite 135
Joan Didion, »Why I Write«, New York Times Book Review, 5. Dezember 1976, aus dem Englischen von Eliane Hagedorn und Bettina Runge.

Seite 141
André Malraux, Les Noyers de l'Altenburg, Gallimard, Paris 1948, aus dem Französischen von Eliane Hagedorn und Bettina Runge.

Seite 149
Vladimir Nabokov, Deutliche Worte, aus dem Amerikanischen von Dieter E. Zimmer, Kurt Neff, Gabriele Forberg-Schneider und Blanche Schwappach, © Rowohlt, Reinbek bei Hamburg 1993.

Seite 153
Philip Roth, Amerikanisches Idyll, aus dem Amerikanischen von Werner Schmitz, © Carl Hanser Verlag, München 1998.

Seite 166
Victor Hugo (im Original nicht belegt), Ausspruch vor der Nationalversammlung, aus dem Französischen von Eliane Hagedorn und Bettina Runge.

Seite 177
John Irving, Garp und wie er die Welt sah, aus dem Amerikanischen von Jürgen Abel und Johannes Sabinski, © Rowohlt, Reinbek bei Hamburg 1979.

Seite 201
Sigmund Freud, Das Unbehagen in der Kultur, S. Fischer Verlag, Frankfurt am Main 1974.

Seite 221
Sören Kierkegaard, Furcht und Zittern, in: Sören Kierkegaard, Die Krankheit zum Tode · Furcht und Zittern · Die Wiederholung · Der Begriff der Angst. Herausgegeben von Hermann Diem und Walter Rest unter Mitwirkung von Niels Thulstrup und der Kopenhagener Kierkegaard-Gesellschaft. Aus dem Dänischen von Walter Rest, Rosemarie Lögstrup und Günther Jungbluth, © Deutscher Taschenbuch Verlag, München 2005.

Seite 223
Albert Cohen, Das Buch meiner Mutter, aus dem Französischen von Lilly von Sauter, © Nagel & Kimche im Carl Hanser Verlag, München 2014.

Seite 237
Marcel Pagnol, Der Ruhm meines Vaters, aus dem Französischen von Pamela Wedekind, © LangenMüller in der F.A. Herbig Verlagsbuchhandlung GmbH, München 1964.

Seite 247
Romain Gary, Vie et mort d'Émile Ajar, Gallimard, Paris 1981, aus dem Französischen von Eliane Hagedorn und Bettina Runge.

Seite 267
William Shakespeare, Macbeth, aus dem Englischen von Friedrich Schiller, J. G. Cotta'sche Buchhandlung, Stuttgart 1879.

Seite 268
Arthur Rimbaud, Seher-Briefe/Lettres du voyant, herausgegeben und aus dem Französischen übersetzt von Werner von Koppenfels. Dieterich'sche Verlagsbuchhandlung, Mainz 1990.

Seite 281
Henri Bergson, Das Lachen, aus dem Französischen von Julius Frankenberger und Walter Fränzel, Diederichs, Jena 1921.

Seite 294
Henry Miller, »Lire ou ne pas lire«, Esprit, 1960, aus dem Französischen von Bettina Runge und Eliane Hagedorn.

Seite 309
Georges Simenon, Als ich alt war, Tagebücher 1960–1963, aus dem Französischen von Linde Birk, © Diogenes Verlag AG, Zürich 1977.

Inhaltsverzeichnis

Die walisische Autorin Flora Conway 9

Das Mädchen im Labyrinth

Versteckt 17
Auszug aus der Vernehmung von
Mrs Flora Conway 29
Ein Gespinst aus Lügen 39
Das sechsunddreißigste Untergeschoss 57
Tschechows Gewehr 79

Eine Roma(i)nfigur

Zeitenfolge 97
Eine Falle für den Helden 117
Eine Person sucht einen Autor 135
Almine 153
Der Lauf der Geschichte 177
Das Reich des Schmerzes 201
Bei Tageslicht 213

AP, 13. April 2010   217
Das Stundengebet   221
Le Monde, 16. Januar 2011   229

Die dritte Seite des Spiegels

Théo   237
Corse Matin, 20. Juni 2022   245
Der Ruhm meines Vaters   247
Le Journal du Dimanche, 7. April 2019   261
Die Liebe, die uns folgt   267
Le Parisien, 20. September 2003   279
Klinikzentrum Bastia, 22. Juni 2022   295
Das letzte Mal, als ich Flora sah   299
Quellenverzeichnis   311